# ROYAL Saga

Couronne-moi


Titre original : *Crown Me*
Première publication : 2015, Westminster Press
www.GenevaLee.com

Ouvrage dirigé par Isabelle Antoni
Collection New Romance® dirigée par Hugues de Saint Vincent

34-36, rue La Pérouse
75116 Paris
www.hugoetcie.fr

ISBN : 9782755633825
Dépôt légal : juin 2017
Imprimé en Espagne

GENEVA LEE

# ROYAL Saga

TROISIÈME TOME

# COURONNE-MOI

Traduit de l'américain
par Claire Sarradel

Hugo Poche

NEW ROMANCE®

DU MÊME AUTEUR

*Commande-moi*
*Captive-moi*

*Aux dames de la Cour Royale,*
*Enfin, dames… on se comprend !*
*Que la sexytude soit toujours avec vous,*
*les copines.*

# CHAPITRE

# PREMIER

Les rayons du soleil jouent à travers les fenêtres de la cuisine. Le ciel s'est paré de teintes pourpres qui diffusent une lumière d'un rose vif inhabituel pour un mois de février sur le tranquille quartier de Notting Hill. Mais malgré la beauté et le calme de cette matinée londonienne, je n'ai d'yeux que pour l'homme qui s'appuie contre le plan de travail. Son pantalon de pyjama de soie noire tombe bas sur ses hanches, ce qui met en valeur ses abdos sculptés et la ligne en V fortement marquée de ses hanches à son pubis, sur laquelle j'aime tant faire courir mes doigts. Ses cheveux noirs sont encore emmêlés de notre séance de câlins matinale. Il s'est écoulé moins d'une heure depuis que, ses yeux bleus si clairs rivés aux miens, il me donnait deux orgasmes consécutifs absolument renversants. Pourtant, aussi beau qu'il soit, son corps n'a rien à envier à son cœur. Le mien fait des bonds quand je me dis que c'est mon homme. Il semble impossible que cet être foncièrement beau m'appartienne.

Alors que je me délecte de sa présence, les lèvres subversives d'Alexander dessinent un petit sourire suffisant. Il lève sa tasse en me regardant.

– À ta santé, mon chou.

Avec précaution, je bois une gorgée de mon café et hoche la tête pour lui montrer que j'apprécie.

– C'est bon, je commence enfin à y arriver ? demande-t-il.

– C'est pas mal.

Je confirme en buvant une autre gorgée.

– C'est la moindre des choses de t'offrir une tasse de café décente après la nuit que nous avons passée, même si ça implique de le faire.

– Si tu projettes de me faire veiller toutes les nuits, je ne peux qu'être d'accord avec toi.

Je le taquine en essayant d'ignorer les palpitations de mon abdomen qui se souvient qu'il m'a tenue éveillée la moitié de la nuit. J'ai maintenant pris la mauvaise habitude d'arriver en retard au bureau et je n'ai pas besoin d'une tentation supplémentaire.

Alexander et moi avons trouvé notre rythme ces derniers mois, il est plutôt agréable même si nos chamailleries tournent toujours autour d'un unique débat : café contre thé. Nous avons survécu aux fêtes de fin d'année et même à nos familles respectives. Ce n'est pas rien, surtout si l'on se rappelle que son père préférerait que je disparaisse de la surface de la Terre et que le mariage de mes propres parents ne tient plus qu'à un fil. Quoi qu'il en soit, notre relation est plus solide que jamais. Les mensonges et les secrets qui avaient autrefois érigé un mur entre nous ont été remplacés par la confiance et la compréhension.

Il est maintenant temps de nous concentrer sur les changements qui doivent se produire cette année. Non pas que je n'aie pas envie d'épouser Alexander. J'ai tellement hâte d'être sa femme. Mais il va m'être difficile de passer du temps avec des gens que je n'ai pas envie de voir et je redoute de faire face à tout ce qui va devoir changer dans ma vie.

Il prend mon menton dans ses mains pour attirer mon attention. Pour me faire revenir dans le présent et arrêter de penser à l'avenir.

– Tu fais la tête de celle qui réfléchit trop.

Je me force à sourire.

– J'ai pas mal de trucs sur le feu en ce moment.

– Bientôt un de moins.

Il m'a répondu d'un ton léger, mais ça ne m'empêche pas de me mettre sur la défensive.

C'est reparti pour un tour. La conversation que je souhaitais précisément éviter avec mon amant surprotecteur vient de pointer le bout de son nez.

– Mon travail va me manquer. Ils ont besoin de moi.

Mon job ne fait pas rêver tout le monde, mais ce sont les tâches qu'on m'a assignées chez Peters & Clarkwell. Elles sont importantes, du moins pour moi. Même si je suis nouvelle, j'ai déjà travaillé sur plusieurs campagnes sociétales et environnementales qui ont attiré l'attention du public à une très large échelle. En plus, mon travail de rédaction de communiqués de presse et de création de campagnes de sensibilisation sur les réseaux sociaux a un réel effet positif sur le monde. Je sais très bien que ça ne m'aurait jamais rendue riche mais, vu ma fortune personnelle, ça n'a aucune importance. Cependant, entrer dans la famille royale implique de nouvelles responsabilités qui m'empêchent de pouvoir continuer à travailler. La pilule a été amère à avaler – en fait, elle l'est toujours.

Le regard bleu d'Alexander s'embrase et son sourcil se fait interrogateur.

– J'ai besoin de toi et tu n'as pas besoin de travailler.

– J'ai envie de travailler. Être financièrement indépendante n'est pas une excuse pour passer ses journées à faire les magasins et à se prélasser au spa.

– Tu ne vas pas devenir comme ta mère, m'assure Alexander, ne s'embarrassant pas de détours pour aborder la question.

Il sait bien évidemment ce qui me tracasse. Enfin, c'est ce que je crois jusqu'à ce qu'il ajoute :

– Et crois-moi, tu auras bientôt d'autres responsabilités, ça ne s'arrêtera pas au shopping et aux enveloppements d'algues.

Je repose mon mug et le regarde en face, alors qu'une de mes mains joue avec les cordons de son pyjama.

– Comme quoi ?

Son bras passe autour de ma taille et m'attire brusquement contre sa poitrine. Entre nous, je sens son sexe durcir, jusqu'à devenir comme du béton, ce qui me rappelle ce qu'il attend très exactement de ma part. Mais malgré le désir qui m'agite, je ne laisserai pas passer ça.

– Est-ce qu'on pourra commencer par passer toute la journée au lit ?

– Même si j'aime l'idée de te savoir nue à tout moment, je pensais plutôt à tes autres responsabilités. On attendra beaucoup de toi quand tu seras ma femme, mon chou.

Le ton de sa voix s'est adouci, même s'il me tient toujours aussi fermement.

– Oh.

Bien entendu. Je le sais très bien. Enfin, je pense. Il y a plusieurs mois, j'ai prévenu mon boss que je démissionnerai en février, alors pourquoi ne suis-je pas capable d'accepter que c'est en train d'arriver ? Probablement parce que ça implique de renoncer à ce pour quoi j'ai tant travaillé à l'université, tout ça pour finir par naviguer dans les eaux vaseuses de la famille royale. À leurs yeux, enfin pour la plupart d'entre eux, je ne suis qu'une Américaine, une intrigante qui ne devrait même pas prétendre à pouvoir épouser l'héritier du trône. Mon éducation, tout comme l'enseignement que j'ai reçu, rien de ça ne compte pour eux, ce qui me rend encore plus difficile la décision de renoncer à ma carrière.

Les lèvres d'Alexander mettent le cap sur mon cou.

– Ce n'est pas une condamnation à mort.

– J'en aurais moins l'impression si tu ne te comportais pas comme si c'était le cas.

Impossible de m'en empêcher, je suis la défensive et il a fallu que je lui réponde directement.

– Clara, tu continueras à travailler avec des œuvres de charité, mais quand nous serons mariés, tu pourras te servir de toutes mes ressources et de mon réseau. Tu rencontreras des dirigeants politiques du monde entier et tu pourras faire bouger les choses plus efficacement qu'en animant des campagnes sur Internet.

J'ai comme l'impression qu'il enjolive le tableau pour le rendre plus glamour et qu'il valorise la réalité. Le problème, c'est que je sais qu'il y a une grosse différence entre le militantisme et la politique. Alexander le sait tout aussi bien. Mais quel que soit mon ressenti, je sais aussi que choisir de vivre à ses côtés implique de renoncer à mon ancienne vie, et j'ai déjà pris cette décision. Je m'attendais juste à avoir un peu plus de temps pour m'acclimater à cette idée. Bien entendu, avec Alexander, impossible d'y aller pas à pas. Dans notre histoire, tout est arrivé trop vite : après notre rencontre à ma fête de fin d'études, j'ai foncé directement dans son lit et, sans y prendre garde, nous sommes tombés amoureux. Les débuts de notre relation ont été chaotiques, mais depuis que nous nous sommes promis l'un à l'autre à l'automne dernier, tout est allé très vite. Plus que deux mois avant le mariage. J'ai le tournis depuis plusieurs semaines, j'essaie de suivre tout ce qui se passe dans ma propre vie.

– Je préfère rester au lit avec toi plutôt que d'assister à des réunions avec des politiciens, j'admets en soupirant.

Au moins, si je dois renoncer à ma carrière, j'ai toute une vie avec Alexander pour compenser. Peu importent les changements, c'est lui ma constante. Mon équilibre. Mon cœur. Tant qu'il est à mes côtés, je peux affronter le chaos de l'existence.

Ses mains glissent de mes hanches à mes fesses.

– On pourrait passer la journée au lit.

– Pas moyen, X, dis-je en le repoussant d'un air joueur. J'ai promis à Tori que nous irions déjeuner toutes les deux et j'ai aussi juré que je ne serai pas en retard.

– Dis à ton chef que tu dois t'occuper d'une affaire d'État des plus pressantes.

Il presse son bassin contre le mien pour me montrer très précisément ce qu'il y a de pressant dans cette affaire.

Je ravale le gémissement coincé dans ma gorge, mais il n'a fallu que cet infime moment où je me suis retrouvée déconcentrée pour qu'Alexander remonte ma jupe autour de ma taille. Il émet un sourd grognement en touchant la délicate dentelle de mon porte-jarretelles et de mon string. Il repousse d'un doigt la fine bande de dentelle et met mon sexe à nu, ce qui me renverse complètement.

– Je ne peux pas te laisser partir dans cet état, susurre-t-il à mon oreille.

– Tu t'es déjà bien occupé de mon état deux fois ce matin.

Mais c'est déjà cause perdue. Mon corps réagit à ses douces caresses avec faim et je me mets à onduler du bassin contre sa main.

– Bon Dieu, je t'aime, dit-il alors que mes doigts se glissent sous son pyjama pour attraper son membre.

C'est sûr, le travail peut attendre.

***

Une demi-heure plus tard, je suis définitivement en retard au boulot. Ce n'est peut-être pas plus mal que mon dernier jour approche à grands pas. Si j'avais continué comme ça, il y avait toutes les chances que je me fasse virer de toute façon. Je claque la porte de notre maison derrière moi, passe la bandoulière de mon sac à main sur mon épaule et fais signe à la Rolls-Royce garée à quelques pas de là. Je n'arrive pas à voir Norris, le garde du corps personnel d'Alexander qu'il m'a assigné, mais je sais qu'il n'est pas très loin et qu'il attend pour me conduire au bureau. Je fais un pas en avant et mon talon s'enfonce dans quelque chose de mou. Je recule en vacillant et m'aperçois que c'est une rose écrasée. Je m'accroupis pour la regarder de plus près et la ramasse d'une main tremblante. Aussitôt je parcours du regard le petit jardin qui isole notre maison des regards indiscrets, enfin, qui est censé préserver notre intimité. Lorsque je laisse tomber ce qui reste de la fleur, mon estomac se retourne.

Quelqu'un est entré ici.

Norris surgit et même s'il garde une expression impartiale derrière son masque de gentillesse, je vois qu'il est tendu et qu'il se pose la même question que moi : cette rose est-elle un hommage ou une menace ?

– Vous avez vu quelqu'un entrer ?

Ma question est bête, mais je la pose quand même. Si Norris avait trouvé une personne aussi près de la maison, elle serait déjà en route pour le poste de police le plus proche.

Il ramasse la fleur et l'inspecte. Sans réfléchir, j'arrache un de ses pétales et l'écrase entre mes doigts. Il est froid, presque gelé. Il se pourrait bien qu'elle soit là depuis des heures, ce qui veut dire que cette personne a réussi à déjouer le système de sécurité nous assurant une présence constante, quand bien même distante, à toute heure du jour ou de la nuit.

Norris m'escorte à la porte et me parle d'une voix contenue :

– Mademoiselle Bishop, veuillez attendre à l'intérieur, je vous prie. Je dois parler à Alexander.

Ça ne va pas le faire. Ma vie est déjà sens dessus dessous et je ne peux pas me laisser effrayer par une supposée menace. Hors de question que je reste confinée derrière des portes closes.

– Je suis déjà en retard pour aller travailler.

– Ça ne prendra que quelques secondes, me rassure-t-il.

Je ravale ma frustration, redresse les épaules et le laisse me reconduire à l'intérieur. Je n'ai pas vraiment le choix. Même si j'ai très envie de prétendre qu'il ne s'est rien passé, c'est Norris qui me conduit au travail, donc soit j'attends dehors – toute seule – soit j'obéis. Mais ce n'est pas la peur qui me fait opter pour la retraite, c'est la possibilité d'entendre quelque chose d'important. Notre sécurité a été renforcée depuis que j'ai été attaquée le soir de notre pendaison de crémaillère par mon taré d'ex-petit copain. Il est en prison, accusé de tentative de meurtre et de plein d'autres petites choses. Alexander et Norris font ce qu'ils peuvent pour que toute conversation sur ma sécurité soit réduite au minimum, du moins devant moi. Après la demande en mariage, j'étais vraiment heureuse de faire comme si de rien n'était et de me concentrer sur mon bonheur. Mais là, ça change tout. S'il se passe quelque chose, je dois le savoir.

À peine la porte ouverte, Alexander arrive dans le couloir. Son visage est impassible, un talent qu'il a développé à force de rester sous le feu des projecteurs, mais à le voir aussi raide, c'est clair, il est sur le qui-vive. Je suis déchirée entre l'envie de courir me réfugier dans ses bras et celle de rester près de la porte, je ne sais pas si le toucher le calmerait ou le bouleverserait encore plus. Il craint pour ma vie, lui qui a déjà perdu sa mère et sa sœur, et l'agression de Daniel a ravivé cette anxiété. Aucune mesure de sécurité ne semble pouvoir l'apaiser.

Norris lui remet la rose. Aucun des deux ne prend la parole, mais le regard de connivence qu'ils échangent est assez éloquent.

– Que se passe-t-il ?

– Pouvez-vous attendre dehors ? demande Alexander à son fidèle garde du corps.

Bon, mon plan pour obtenir des informations vient de tomber à l'eau.

Dès que Norris franchit le pas de la porte, je me retourne vers mon fiancé.

– Dis-moi que c'est juste une attention laissée par un admirateur très doué pour passer inaperçu.

– Peut-être.

Il se contente de ces deux mots, mais le non-dit est bien plus révélateur. Alors, je lui rappelle :

– Daniel est en prison, il attend d'être jugé.

– Clara.

Sa voix sonne comme un avertissement, mais je l'ignore et poursuis en l'interrompant d'un ton sec.

– Ne me fais pas ce coup-là. Depuis plusieurs mois, tu fais surveiller cette maison comme si c'était un laboratoire d'essais nucléaires. S'il se trame quelque chose, je dois le savoir.

Nous sommes placés sous surveillance vingt-quatre heures sur vingt-quatre dans notre propre maison. La plupart du temps, j'arrive à l'ignorer. Les hommes qu'Alexander a engagés pour me protéger sont d'anciens militaires, tous très doués pour leur travail. Ils restent hors de ma vue, mais je peux quand même sentir leur présence lorsque nous sommes à la maison. Au travail, je ne peux même pas aller déjeuner sans être escortée par un garde armé. On est au-delà du concept de domination et de contrôle, d'autant plus que la plus grande menace contre ma sécurité est derrière les barreaux. À moins que…

D'un seul coup, je comprends tout et je dois m'appuyer d'une main contre le mur pour retrouver l'équilibre.

– Oh mon Dieu !

Alexander me prend dans ses bras avant que je puisse exprimer la peur qui m'empêche de parler.

– Tu es en sécurité.

Mais ce n'est pas vrai. Pas si…

– Depuis combien de temps ?

Mes mots sonnent creux. Je refuse de me laisser envahir par la peur qui s'accumule dans mon ventre, ça veut dire que je ne me permets pas de ressentir quoi que ce soit.

– Il n'y a aucun danger. Pas avec Norris et l'équipe…

Je tends une main pour lui intimer l'ordre de se taire.

– Depuis combien de temps ?

– Depuis la Suisse, répond-il d'une voix inhabituellement calme.

– La Suisse ?

Mais nous sommes allés en Suisse il y a plusieurs mois… Avant que Pepper n'aille voir la presse en accusant Alexander de l'avoir droguée, avant qu'il ne change le cours de mon existence en me posant une simple question.

– Tu es au courant depuis le début ? Tu le savais quand tu m'as demandée en mariage !

– Oui, confesse-t-il.

Je le repousse, j'ai soudain besoin d'espace pour reprendre mon souffle. Le couloir tangue, je lutte pour reprendre le contrôle sur les émotions qui me déchirent. La peur détruit les barrières que j'avais érigées et elle se propage dans un tel élan de panique qu'elle me submerge. Je ne peux plus l'ignorer.

– Je ne voulais pas que tu aies peur. Si tu avais su, ça n'aurait rien changé.

– Mais merde, bien sûr que si !

En revanche, ça, c'est un mensonge. Je ne me serais pas sentie plus en sécurité de savoir que Daniel était libre d'aller et venir. En l'occurrence, savoir n'est pas dominer, et à cet instant la dernière chose que je ressens, c'est la maîtrise. Ça ne change rien au fait que maintenant, je sais.

– Comment ça se fait ?

– Un avocat trop zélé, commente Alexander en souriant à regret. Le temps qu'on m'informe, il avait déjà disparu.

– Disparu ?

L'incrédulité s'ajoute au chaos d'émotions qui ravagent mon estomac. Comment peut-il avoir disparu ? Même s'il a été temporairement relâché, je n'ai pas retiré ma plainte.

– Pour quelqu'un sans expérience militaire, il est doué pour se cacher.

Cette fois-ci, lorsqu'Alexander s'approche, je le laisse me prendre dans ses bras. Je me laisse couler dans la sensation qu'il me procure, j'essaie de me convaincre qu'il peut me protéger. Mais si Norris ne peut pas trouver Daniel – si tous les agents employés par Alexander dans mon dos n'ont même pas réussi à le voir déposer cette rose – quel espoir me reste-t-il ? Cette idée me glace le sang et s'infiltre partout en moi.

Je m'arrache à son étreinte et m'avance pour attraper la poignée de la porte.

– Il faut que j'y aille.

– Clara, si je…

– Je ne veux pas le savoir.

J'ai passé ces derniers mois à croire qu'Alexander me couvait un peu trop, parce que je pensais que la raison de sa paranoïa était en prison.

– Je ne sais pas ce qu'il y a de pire – que Daniel ait été relâché ou de découvrir que tu me l'as caché. Tu m'as menti. J'ai besoin de réfléchir.

– Clara.

Il m'interpelle d'un ton sec, mais je l'ignore.

– Je pensais qu'on avait dépassé toutes ces merdes. On se voit plus tard, X.

Je pars avant qu'il ne puisse me présenter d'autres excuses. Il me protégeait, je le sais très bien, mais ça ne rend pas la pilule de la trahison moins amère à avaler, ni même le fait que mon si fragile bonheur ait été détruit. Là, tout ce dont j'ai besoin, c'est de temps et d'espace pour réfléchir à ce que je viens d'apprendre :

Personne ne peut me protéger.

# CHAPITRE

# DEUX

Une tête rousse bien familière passe à côté de mon bureau. Tori me lance un petit sourire fatigué et je lui fais signe d'approcher. Elle se laisse tomber sur ma chaise d'invité et caresse son petit ventre qui commence à poindre avant de pousser un gros soupir. Je suis tellement frustrée que j'aurais pu faire pareil. Visiblement, ce lundi va être compliqué pour tout le monde. J'espère seulement que ce n'est ni un ex complètement fou ni un petit ami possessif qui lui prennent la tête. Ce n'est probablement pas ça, elle fréquente l'un des hommes les plus gentils que je connaisse.

– C'est aussi terrible que ça?

Je pose la question en toute sympathie. Je m'adosse à ma chaise, je croise les bras et attends patiemment. De toute évidence, elle a l'air totalement épuisée. Le teint pâle de Tori tranche vraiment avec les cernes profonds sous ses yeux, et ses cheveux roux, normalement coiffés en boucles très glamour ou en chignon super-élaboré, sont attachés en une queue-de-cheval lâche.

– Je suis en retard sur la campagne PostAid. J'ai cru que je pourrais me rattraper ce week-end, mais je suis tellement fatiguée. C'était censé s'améliorer au deuxième trimestre.

– Tu devrais en parler à ton chef, dis-je, pince-sans-rire, avant d'ajouter un clin d'œil pour faire bonne mesure.

– Je crois qu'il est encore plus crevé que moi. Les jumelles ont eu la grippe. C'est la débandade, commente-t-elle en baissant les yeux. Je te jure, j'ai déjà le dos en compote. Je n'arrive pas à croire qu'il me reste encore cinq mois ! J'ai regardé les chaises de bureau ergonomiques, mais vu leur prix, je vais devoir me contenter d'une contrefaçon.

– C'est tout à fait le genre de cadeau de Noël idéal de mon père, l'accro au boulot. Je dois admettre, elles sont plutôt sympas, dis-je en tapotant du bout des doigts mon nouveau fauteuil Aeron.

Je ne lui dis pas que ce cadeau extravagant est une nouvelle tentative de sa part pour dégripper nos relations un peu tendues. Le geste est ridicule, car je n'évite pas mon père, pas plus que je ne le repousse depuis que je l'ai vu avec une autre femme. Ma mère et ma sœur ont également eu de somptueux cadeaux. Mais nous savons toutes que ce n'est pas un cadeau qui nous fera oublier ce qu'il a fait.

– Tu sais quoi ? En fait, je n'en ai plus besoin.

Je me lève et je pousse ma chaise de bureau vers elle. Au moins, la corruption affective de mon père servira à quelque chose de bien.

– Sérieux ?

Son regard s'illumine, mais son visage s'assombrit juste après et les larmes perlent à ses yeux.

– Je n'arrête pas d'oublier que c'est ta dernière semaine.

– Je n'arrête pas d'oublier que tout te fait pleurer ces derniers temps, dis-je pour la taquiner. Pense qu'il y a un côté positif à mon départ : tu gagnes ma chaise de bureau.

Elle réussit à esquisser un petit sourire.

– Ça me plombe encore plus. Mon médecin m'a appelée, je dois passer à son cabinet. On peut reporter notre déjeuner ?

– Aucun problème.

J'espère que ma réponse n'a pas l'air trop forcée. Je suis triste de rater l'un de nos derniers déjeuners, même si je suis super-contente pour le bébé.

Ça va être difficile de rester pro en débarrassant mon bureau. J'aimerais revoir Tori et Bennett – ils sont sur ma liste d'invités aux fiançailles et au mariage. Malheureusement, Tori devra rester sagement assise pendant l'enterrement de jeune fille tapageur que Belle a concocté. Et, bien sûr, je meurs d'envie de prendre ce bébé dans mes bras dans quelques mois. Ils seront toujours là, mais ce ne sera pas pareil. Je me suis attachée à eux en tant que couple, même si je suppose que c'est en partie parce que je suis un peu jalouse de la normalité apparente de leur relation. Ils sortent ensemble le soir. Ils regardent des films à la maison. Pas de paparazzis pour les pourchasser ni de journaux à scandale pour spéculer sur leur vie. J'attrape mon cahier et un crayon et rassemble mes forces avant d'aller dans le bureau de mon chef, sachant que nos « points stratégie » du matin sont comptés. Je m'arrête devant sa porte le temps qu'il finisse sa conversation téléphonique, mais il me fait signe d'entrer.

« C'est bien compris. »

Bennett pivote sur sa chaise pour regarder par la fenêtre. Sa vue est bloquée par les miroirs de la tour d'à côté, le Gherkin, mais, aveuglé par la lumière qui s'y réfléchit, il plonge son regard dans le vague.

Je suis un peu en vrac, assaillie d'émotions contradictoires, mais je réussis à garder contenance. La semaine dernière, ma mère m'a gentiment fait passer un article de magazine qui parlait des vingt-cinq événements les plus stressants d'une vie. J'ai arrêté de faire le compte quand je me suis aperçue que j'en avais dix en même temps en ce moment. Je suis certaine qu'en réalité il y en a bien plus. La tension de tous ces changements m'a rendue aussi sentimentale que Tori, mais je refuse de pleurer lorsque Bennett se retourne et me demande comment je vais. Je ne pleurerai pas. Pas tant que ma dernière journée au bureau ne sera pas passée, du moins.

Du coup, je me plonge dans les stratégies que j'ai réussi à détailler pendant le week-end. Le seul avantage de l'augmentation des responsabilités familiales d'Alexander, c'est que j'ai plus de temps à consacrer à mes projets en dehors du bureau. Une heure plus tard, je réussis à arracher à Bennett une validation à demi-mot de tout ce que je lui ai présenté.

– Comment vais-je faire sans toi ? demande-t-il lorsque je termine de lui présenter les derniers paramètres pour la campagne de santé publique que nous créons pour la BBC.

J'agite un index sévère avant de lui répondre :

– Ne commencez pas !

– En fait, tu ne veux pas vraiment épouser ce gars, hein ?

– En parlant de mariage, dis-je fort à propos, quand allez-vous faire de Tori une femme honnête ?

– Hé, mais je lui ai demandé.

Il lève les bras en l'air dans un geste défensif, son regard pétillant fait danser les petites rides au coin de ses yeux bruns si chaleureux.

– Elle m'a dit que dès qu'elle arriverait à faire une vraie nuit avec huit heures de sommeil d'affilée, elle me traînerait à l'église la plus proche.

– Pour ma défense, nous interrompt Tori depuis le pas de la porte, j'ai une tête de zombie. Tout ce que je veux, c'est une petite photo décente le jour de mon mariage, sur laquelle je n'ai pas l'air de vouloir dévorer le cerveau de quelqu'un.

Je ris avec eux, puis je m'éclipse discrètement pour retourner travailler. Je dois clore un nombre de projets absolument astronomique avant mon départ.

Une heure plus tard, j'ai fini de trier les dossiers que je garde sur mon bureau et ceux que je remets aux chefs de projet qui reprendront mes diverses campagnes. Je termine de remettre le dernier d'entre eux lorsque mon portable se met à sonner. Le visage de Lola apparaît à l'écran et je me précipite vers mon coin bureau avant de prendre l'appel. Même si le détail de ma vie quotidienne est étalé sur les couvertures de tous les journaux à scandale, la dernière chose dont j'ai envie, c'est que les problèmes conjugaux de mes parents s'ajoutent à tout ça. C'est idiot de s'intéresser à ce que j'achète au supermarché quand je fais les courses, mais je refuse d'inviter les gens à spéculer sur les problèmes de ma famille.

– Salut Lola, dis-je à bout de souffle.

– Tu courais ? demande-t-elle légèrement confuse avant de poursuivre sur un ton teinté d'ennui : et pourquoi murmures-tu ?

– Je suis au travail.

Petite piqûre de rappel. J'aime ma petite sœur, mais son franc-parler sans retenue fait d'elle une personne assez peu perspicace.

– Je croyais que tu travaillais dans un bureau, pas dans une bibliothèque.

Je secoue la tête en m'émerveillant de l'étrange mélange anglo-américain qu'est ma sœur. Lorsque nous avons déménagé en Grande-Bretagne, elle était encore assez jeune pour prendre l'accent, mais son audace est toute américaine. Moi, c'est tout l'inverse, je parle comme une Américaine mais je choisis mes mots avec le soin d'une Anglaise – la plupart du temps.

– Je me disais que ça pourrait être sympa de garder quelques aspects de ma vie privée secrets. (Je lève involontairement les yeux au ciel, bien contente qu'elle ne puisse pas me voir au téléphone.)

J'aimerais que nos problèmes de famille ne parviennent pas jusqu'aux tabloïds.

Je n'ai aucune raison de suspecter que quiconque chez Peters & Clarkwell m'ait vendu, mais les paparazzis sont devenus encore plus voraces depuis que je suis fiancée à Alexander. Ils ont réussi à publier des articles sur tout et n'importe quoi, depuis une analyse de mon apparente préférence pour les œufs de poules élevées en plein air à des interviews de gens qui sont allés en cours avec moi à la fac.

– Maman aime se voir dans les tabloïds.

Normalement, je dirais qu'elle marque un point, mais l'entêtement de ma mère à refuser d'admettre que mon père la trompe suggère qu'il y a une limite à ne pas franchir. Une histoire aussi juteuse que l'infidélité de mon père pourrait valoir un sacré paquet de fric – et au passage ça pourrait bien détruire ma mère. Bien sûr, Lola n'admet pas qu'elle apprécie également toute l'attention médiatique qu'elle reçoit. Notre ADN commun a fait d'elle une version plus jeune et plus mince de moi, une version qui a plus de style. Beaucoup plus de style. C'est comme ça qu'elle est rapidement devenue une lanceuse de tendances, elle a même réussi à propulser sur le devant de la scène une créatrice de sacs qui vit de l'autre côté de l'océan. Les journaux ont créé des rubriques spécifiques surveillant ses apparitions, pour analyser ses choix vestimentaires et lui prêter des relations avec une douzaine des célibataires les plus en vue de la planète. Pour moi, c'est trop, mais je préfère la voir les mener en bateau, ça évite qu'ils s'intéressent de trop près à ce qui se passe derrière les portes closes. En plus, ça n'a pas l'air de gêner Lola.

– Quoi qu'il en soit, continue-t-elle, elle m'a demandé d'aller faire les magasins, histoire de trouver une robe et un chapeau pour une certaine cérémonie. Pitié, dis-moi que ton dernier jour approche. Elle insiste pour que nous y allions ensemble.

– Pas de date fixée pour le moment. (Je mens.) Emmène-la acheter un chapeau pour les fiançailles. C'est le week-end prochain.

– Ça fait des mois qu'elle l'a trouvé, celui-là, répond Lola en insistant lourdement. Attention, elle va exiger que tu viennes à notre réunion de famille la semaine prochaine.

– Comme c'est étonnant ! dis-je en soupirant avant de lever les yeux vers la pendule. Je dois y aller.

– Tu ferais bien d'y aller en courant si tu continues à faire lanterner maman plus longtemps, m'avertit Lola avant de raccrocher rapidement.

Je repousse ces idées de shopping-chapeau dans un coin de mon cerveau. Encore une raison de regretter mon travail : plus de dérivatif pour oublier mon mariage. Tout est déjà tellement compliqué dans ma vie en ce moment, je n'ai vraiment pas besoin d'en remettre une couche avec, en plus, la préparation d'un mariage. Pas tant qu'Alexander me fait encore des cachotteries. Pas tant que son père refuse de nous donner sa bénédiction. Et certainement pas tant que Daniel est dans les parages. Une grosse boule se forme dans ma gorge, je me force à ravaler la soudaine sensation de peur qui grandit en moi.

M'enterrer sous une tonne de travail me permet de ne pas avoir à regarder la réalité en face.

Quelques tableaux Excel et un PowerPoint plus tard, je suis surprise de voir en levant les yeux que c'est l'heure du déjeuner. Mon estomac gronde, il est habitué à recevoir ses repas à des horaires réguliers et j'y fais bien attention. Mais je n'ai pas faim. Sans Tori pour me faire oublier toutes les mesures de sécurité qui entourent ma sortie du bureau, je n'ai pas envie de sortir pour aller me chercher à manger. Mon téléphone vibre avec insistance et je l'attrape pour faire disparaître le rappel que j'ai mis en place pour ne pas oublier de manger, mais je suis surprise de constater qu'en fait, c'est Edward qui m'appelle.

Je lui réponds en feignant de parler sur un ton officiel :

– Bureau de Clara Bishop.

– La catin est-elle disponible ?

Edward a répondu d'une voix qui respire la causticité, tout ce qu'il y a de plus britannique.

Tout en terminant de taper un truc et avant de fermer un dossier, je souris d'un air perplexe en l'entendant m'appeler par ce surnom tellement impertinent. Edward, le petit frère d'Alexander, est le seul membre de la famille royale que j'arrive à supporter.

– J'ai bien peur qu'elle ne soit occupée.

– Dommage. J'appelais pour l'informer que sa présence est requise ce week-end à une soirée filles obligatoire.

Je ne peux pas m'empêcher d'exploser de rire. Depuis qu'il a fait son coming out, il assume complètement son homosexualité. Je ne peux que l'aimer encore plus.

– Une soirée filles, hein ?

– Ne prends pas la peine de me dire que je ne dispose pas de l'équipement nécessaire, j'ai l'attitude nécessaire. Et le kit d'initiation.

– Pitié, ne me dis pas qu'il y a des nuages dans ton petit paradis ensoleillé.

– Absolument pas. J'ai été transformé, m'assure-t-il avec insolence. J'ai juste envie de passer du temps avec mes deux futures mariées préférées. Belle a déjà accepté et si Alexander ne supporte pas d'être loin de ton vagin pour un soir, on peut faire ça chez toi.

– Tu es indécent.

– C'est pour ça que tu m'aimes.

Là-dessus, je ne peux qu'être d'accord.

– Je vais devoir…

Les mots me manquent lorsque je vois Alexander s'asseoir sur la chaise à côté de la mienne. Il s'installe confortablement avec un sourire carnassier alors que je lutte pour reprendre contenance.

– Désolée… Je suis interrompue. Je te rappelle.

– Dis-lui bonjour de ma part.

Je prends une grande inspiration en raccrochant et jette mon téléphone au fond de mon sac.

Je laisse sortir la tourmente qui m'a agitée toute la matinée et l'accueille d'un ton mordant :

– Alors ? Tu ne pouvais pas juste envoyer un message ?

– Il faut qu'on parle.

Il parle bas, mais d'un ton ferme. Dominateur. Puissant. Je suis emportée par une sensation grisante et je me débats pour ne pas me laisser envahir par l'effet qu'il a sur moi.

Je connais ce ton autoritaire. Certes, il me commande, et je ne peux pas nier que j'adore ça au lit, mais il est hors de question que j'accepte ça en dehors.

– Alors, tu veux parler maintenant ? Il s'est passé quelque chose que tu n'as pas réussi à organiser derrière mon dos ?

– Mon chou.

– Je dois aller déjeuner.

Et je dois éviter de me lancer au bureau dans une dispute bruyante.

– C'est pour ça que je suis là.

Alexander s'approche et me caresse le bras d'un doigt. Ma réaction est instantanée. Un éclair de désir me traverse, du point de contact à la nuque. Mon corps bouge et se courbe pour l'attirer avec le même instinct magnétique qui nous jette dans les bras l'un de l'autre depuis que nous nous sommes rencontrés.

Mais je refuse de me coucher aussi facilement.

– J'ai prévu quelque chose pour le déjeuner, tu t'en souviens ?

– Et ton plan est tombé à l'eau, rétorque-t-il en haussant ses larges épaules dans un geste bien trop innocent.

– Putain, c'est pas croyable.

J'attrape en vitesse mon sac à main et fonce vers l'ascenseur, mais il est à mes côtés avant même que je l'atteigne. Il passe son bras sous le mien, possessif, puis nous attendons l'ascenseur.

– Tu as fait installer des micros partout ?

Je crache ma question, incapable de me contenir, en espérant qu'aucun de mes collègues ne m'entende.

Alexander est plus patient, il fait preuve d'un contrôle quasi surnaturel qui me rend folle. Lorsque les portes s'ouvrent, il relâche mon bras et me fait signe d'entrer. Je frémis de rage, mais j'atteins l'ébullition lorsqu'il appuie calmement sur les boutons.

– Je suis averti lorsque ton programme est perturbé.

– Tu te rends compte que c'est complètement dingue, ce que tu me dis ?

– C'est une mesure de sécurité. Ta vie pourrait être en danger.

Il me parle d'un ton calme et égal qui me met encore plus en colère.

– Pourrait ! Elle pourrait être en danger ! Tu pourrais aussi me rendre complètement folle !

J'ai accepté les premières mesures de sécurité juste après l'agression de Daniel, parce que j'avais autant désespérément besoin de me sentir protégée qu'il avait cette compulsion de me mettre à l'abri du danger. Mais peut-être que c'était la mauvaise approche. Alexander peut être raisonnable. Je dois juste être logique.

– Tu n'as pas été honnête avec moi. J'ai accepté ces mesures de sécurité pour te rassurer. Je pensais que nous pourrions rapidement nous relâcher tous les deux, mais en fait, je viens de découvrir qu'il y avait une véritable menace depuis tout ce temps. Qu'est-ce que ça te ferait si chaque moment de ta vie était épié, enregistré et rapporté sans que tu saches même pourquoi ?

Mais il ne fait qu'arquer un sourcil ironique en me répondant.

– C'est la description de chaque instant de ma vie.

– Certes.

Je m'appuie contre la paroi métallique de la cage d'ascenseur pour avoir un peu de soutien. Évidemment. C'est toujours le cas. Pour lui, c'est normal, ce qui veut dire qu'on s'attend à ce que ça le soit pour moi aussi. Lorsque nous arrivons au rez-de-chaussée, je ne bouge pas.

La main d'Alexander se referme avec douceur sur mon bras, m'incitant à traverser le hall d'entrée. Cette fois-ci, il n'essaie pas de passer son bras sous le mien, il me guide en silence jusqu'au trottoir. La foule dans les rues de Londres ne nous offre pas plus d'intimité que le calme de mon bureau, mais même dans l'anonymat le plus complet, je n'arrive pas à trouver les mots pour lui parler.

– J'aurais dû être plus honnête avec toi, admet-il. Nous pouvons en discuter pendant le déjeuner, mais là, il faut que je te fasse manger quelque chose.

La bandoulière de mon sac à main glisse et je la remonte avec détermination avant de lui désigner un bistro à quelques pas. Je suis déjà venue déjeuner là et je sais qu'il est fréquenté par des hommes d'affaires trop préoccupés par leurs problèmes et leurs conversations pour s'intéresser à nous. Alexander prend ma main lorsque nous traversons la rue, se plaçant intentionnellement du côté des voitures. Mais la rue est assez calme et, quelques instants plus tard, il me tient la porte en cuivre du restaurant. Le bourdonnement d'une douzaine de conversations est accompagné d'une musique d'ambiance plutôt neutre. Ce bistrot est niché à l'ombre de plusieurs gros immeubles de bureau, ce qui adoucit notoirement la lumière à l'heure du déjeuner.

– Une table pour deux, demande Alexander à la serveuse occupée à redresser une pile de menus.

Elle jette un coup d'œil vers nous et reste bouche bée.

– Bien entendu.

Ses mains tremblent lorsqu'elle consulte le plan de la salle pour voir s'il reste une table de libre.

Alexander se baisse pour la regarder en face et précise :

– Une table… discrète.

Mes genoux cèdent, ce qui me fait légèrement vaciller. Il resserre son étreinte sur ma main en appuyant sur l'énorme rubis de ma bague de fiançailles. La brève et légère douleur de sentir le bijou s'incruster dans ma chair se mêle à la frustration, ce qui m'envoie une décharge de désir.

Presque personne ne nous remarque suivre la serveuse jusqu'à l'arrière du restaurant où elle nous propose une table dans une alcôve relativement à l'abri des regards, mais j'ai l'impression qu'il se passe quelque chose. Sommes-nous observés ? Est-ce qu'une équipe de sécurité nous suit ? Notre vie privée l'est-elle vraiment ?

– Cette table vous convient-elle ?

La jeune serveuse se tord les mains tant elle est nerveuse et Alexander me tire une chaise.

– Ça ira, répond-il avec courtoisie en penchant la tête légèrement sur le côté.

La serveuse nous regarde à tour de rôle, puis esquisse une petite révérence avant de détaler.

Je suis prise d'un sentiment de possessivité, j'ai bien vu son regard lubrique. Je ne peux pas lui en vouloir. Non seulement c'est le prince de Galles qu'elle a en face d'elle, mais il dégage une sensualité brute que la plupart des femmes ne peuvent ignorer. Toutefois, ma réaction est inattendue et incontrôlable. La jalousie, ce n'est pas trop mon truc, sauf quand l'abominable Pepper Lockwood est dans le paysage. Je m'agrippe à ma chaise et force mon cœur à ralentir. Je suis paranoïaque. Alexander s'est remis à me mentir et mon corps a réagi à la menace qu'il a perçue par de la possessivité. C'est tout.

Mais ça n'en est pas plus acceptable.

– Tu es bien calme.

Son ton n'est pas accusateur, mais il y a comme un sous-entendu, quelque chose de caché dans ses mots. De la douleur.

Je lève doucement les yeux pour le regarder en face, me préparant à ressentir cette décharge électrique comme chaque fois que je le vois. J'en suis traversée, mais cette fois-ci, je me concentre sur ce désir incandescent pour alimenter ma colère. La trahison et le désir forment un cocktail détonnant et je dois faire appel au peu de self-control qui me reste pour conserver un volume sonore assez bas et qu'il soit le seul à pouvoir m'entendre.

– J'ai l'impression que tout ce que nous avons vécu ces derniers temps est complètement faussé.

– J'aurais dû te le dire pour Daniel, répète-t-il. Mais ce n'était jamais le bon moment. Je pensais qu'on allait avoir une piste bien plus rapidement.

– Ce n'est pas une raison pour me cacher la vérité !

– J'ai cru que tout allait être réglé il y a plusieurs semaines. Plusieurs mois, même. Plus ça prenait de temps, plus c'était difficile d'aborder le sujet.

Je secoue la tête en rejetant son excuse pourrie.

– Ça ne t'a pas mis la puce à l'oreille ? Tu ne t'es pas dit que justement, c'était mal ?

– Mon chou.

Il lève ma main vers lui et embrasse chacun de mes doigts en s'arrêtant à l'annulaire, comme pour gentiment me rappeler que je me suis promise à lui.

– Ne pense pas un seul instant que si tu es charmant et gentil, je vais oublier ce que tu as fait.

– Tu penses que je suis charmant ?

Le petit sourire satisfait qui lui va si bien est de retour sur ses lèvres, ce qui me donne envie de l'embrasser.

– Tu passes à côté de ce que je veux dire, X.

– Nous sommes venus ici pour parler, et nous allons le faire, mais je suis aussi venu pour te dire que je dois partir en déplacement.

Son regard bleu reste rivé au mien lorsqu'il m'apprend la nouvelle.

Je déglutis avec difficulté et hoche la tête.

– Pour combien de temps ?

– Mon père m'a demandé d'assister à un dîner du Jubilé. J'aimerais que tu m'y accompagnes.

– Impossible.

Le refus sort de ma bouche sans même que j'y réfléchisse. Dans quelque temps, ma présence à ce type d'événement sera requise, mais pour l'instant, j'ai envie de profiter de mes derniers moments de liberté.

Alexander se raidit, surpris par ma réponse.

– J'ai des trucs prévus, dis-je précipitamment. Et c'est ma dernière semaine de travail.

– Ça n'a rien à voir avec notre dispute de ce matin ?

– Non. (Je fais une petite pause.) Et si, oui, aussi. Peut-être qu'un peu de distance nous permettra de remettre les choses en perspective.

– Je n'aime pas quand il y a de la distance entre nous, grogne-t-il.

– Je ne peux pas.

Cette fois-ci, mon refus sort un peu plus faiblement.

– Très bien, mais je veux que les choses soient parfaitement claires entre nous.

Alexander attrape l'un des accoudoirs de ma chaise et m'approche brusquement de lui. Le crissement des pieds sur le parquet me résonne dans le corps et agite mes nerfs déjà bien en vrac. Je n'en ressens qu'encore plus sa présence. Son corps irradie d'une chaleur qui m'attire vers lui, alors même que j'essaie de rester à bonne distance. Il m'a peut-être menti, mais le sentiment de sécurité que je ressens lorsque je suis dans ses bras est une vérité bien plus évidente que tout ce que j'ai pu connaître. C'est très bizarre, mais c'est comme ça qu'il m'aime. J'ai du mal à maintenir une certaine distance entre nous, d'autant plus que j'ai besoin de le sentir me réconforter.

Il penche les épaules et incline la tête jusqu'à ce que son souffle chaud effleure mon cou. J'inspire profondément pour sentir son odeur – un mélange d'épices, de chaleur, de terre et de feu – j'en ferme les yeux alors que sa main se pose sur mon genou pour ensuite remonter sous ma jupe. Ses doigts agiles me taquinent en arpentant la peau de ma cuisse.

– Tout ce que je fais, c'est pour te protéger, mon chou. Non seulement de toute personne qui pourrait vouloir s'en prendre à toi mais aussi de toi-même.

De sa main libre, il replace une mèche de cheveux derrière mon oreille, puis relève mon menton. Mes paupières papillonnent pour s'ouvrir, pleines d'attente. Je sais exactement ce qu'il veut de moi, ce qu'il exige. Nos visages sont à quelques centimètres l'un de l'autre, assez proches pour échanger un baiser.

– La peur est ton ennemi. Elle te contrôle si tu la laisses faire, et alors la lutte est trop difficile pour reprendre les choses en main.

Il contrôle ma peur pour moi. Il me protège de moi-même. Ou du moins, il contrôle ce que je sais. Parfois, j'ai l'impression qu'il a encore envie que je le craigne. Au début de notre relation, il a essayé de la saboter de toutes ses forces. Je ravale la boule dans ma gorge et soutiens son regard, sans faillir, même lorsque le bout de ses doigts caresse légèrement la dentelle de mon string. Je suis trempée, complètement excitée malgré ma confusion, et son regard se voile lorsqu'il sent à quel point je le désire.

– Vous souhaitez passer commande ?

Mes yeux mi-clos s'ouvrent d'un coup lorsque je me rends compte qu'un serveur est à nos côtés, mais le visage d'Alexander reste impassible, il détaille le menu, sa main toujours fermement en place entre mes cuisses.

– Je voudrais le gigot d'agneau et la salade de fenouil, répond-il en repoussant la dentelle sur le côté avant de me pénétrer d'un doigt.

Je me mords l'intérieur de la joue pour essayer de m'empêcher de gémir de plaisir et de crier tandis qu'il passe commande. À son attitude décontractée, personne ne pourrait deviner qu'il me doigte habilement sous la table.

– Et pour Madame ?

Le serveur se concentre maintenant sur moi.

Je sens le rouge me monter aux joues. Je n'ose pas lever les yeux. Je n'ose pas bouger. Si j'ouvre la bouche maintenant, je serai incapable de faire comme si de rien n'était. Je m'accroche à mon dernier fil de maîtrise, suspendue au-dessus d'un précipice d'extase, comme dans les limbes. L'idée de me faire choper – que l'inconnu face à moi puisse suspecter ce qui est en train de se tramer –, cette simple idée me permet de me contrôler alors que chacune de ses caresses m'emmène encore plus loin. Toujours plus loin.

– Elle prendra la même chose, intervient Alexander en venant à ma rescousse.

Il dessine de petits cercles de son pouce sur mon clitoris palpitant. Puis il tend le menu au serveur et lorsqu'il l'attrape, Alexander introduit un deuxième doigt en moi. Quand le serveur prend congé, je me force à sourire poliment, même si c'est un sourire un peu forcé. Dès qu'il a disparu, j'enfouis mon visage dans les larges épaules d'Alexander et je mords sa chair, ses muscles et ses os pour tenter de contrôler mon plaisir.

– Voilà comment ça va se passer entre nous, annonce-t-il d'un ton rauque, la voix chargée de désir. Quoi que je te demande, quoi que je pense être ce qu'il y a de mieux pour toi, tu m'obéiras. Je ne vis que pour deux choses, Clara : te donner du plaisir et te protéger. Je ne me retiendrai sur aucun des deux tableaux. Tu comprends ? Hoche la tête pour me le dire, mon chou.

Ses doigts se recourbent en moi et appuient directement sur mon point G. Je suis incapable de parler, mais je pourrais bouger la tête.

Et je le fais.

Mon corps lui appartient.

Je lui appartiens.

– Et maintenant, tu vas jouir pour moi, me susurre-t-il d'un ton autoritaire. J'ai envie de sentir tes dents sur ma peau quand tu t'empêcheras de crier. Marque-moi, laisse une trace de toi sur moi pour que je te revendique comme mienne devant tous ces gens.

Je referme la bouche avec vigueur pour essayer d'étouffer le sanglot euphorique que sa domination me procure. Je ne peux pas plus refuser cette emprise à Alexander que je suis capable de me priver d'oxygène. Je suis furieuse, mais cette colère n'a fait qu'aiguillonner mon désir pour lui. Il le sait. Il sait très bien que je lui appartiens.

# CHAPITRE TROIS

– Tu peux me dire pourquoi Hugh Grant est toujours aussi délicieusement stupide dans les films ?

Edward nous interroge en faisant passer un saladier rempli de pop-corn.

Il se laisse tomber sur le lit de la chambre d'ami à côté de moi, et se concentre de nouveau sur la télévision. J'attrape une poignée de grains et commence à picorer.

– C'est pour tous ces abominables Américains.

– Ça marche sur toi ? demande-t-il en riant, les yeux brillants de malice. Je vais essayer de m'en souvenir.

La tête de Belle pivote et elle le toise d'un air hautain, le sourcil inquisiteur déjà relevé.

– Tu es déjà en main, lui rappelle-t-elle. Ne m'oblige pas à envoyer un texto à David.

– Et puis d'abord, il est où ? j'interviens.

– On se calme. Dois-je vous rappeler qu'en tant que prince, je dois me cogner beaucoup trop d'abominables Américains ?

Edward lève une main en signe de reddition, puis me désigne et poursuit :

– Surtout celle-là. J'accepte n'importe quoi qui puisse m'aider.

– Tu évites la question, l'accuse Belle, un sourire complice sur ses lèvres charnues.

– Toi, je ne te parle plus.

Edward secoue la tête. L'espace d'un instant, il est le portrait craché d'Alexander, beau et sur la défensive. Il baisse les yeux, montrant ainsi son épaisse chevelure noire et bouclée qu'il coiffe toujours avec style. Soudain, le pop-corn est bien plus intéressant que le charmant petit Anglais à la télévision. Il se passe définitivement quelque chose.

Belle s'assied devant l'écran pour bloquer la vue et se tourne vers nous :

– Crache le morceau, Votre Majesté. Tu es encore plus nerveux qu'une prostituée dans une église.

– Tu nous empêches de voir la meilleure scène, dit-il en se tordant le cou pour regarder derrière elle. J'adore l'idée du Premier ministre dansant dans Downing Street.

– Eh bien, je suis désolée de pourrir ton fantasme, mais le Premier ministre est loin d'être aussi mignon que Hugh Grant. Et arrête d'éluder la question. Tu nous as convoquées pour une soirée filles. Alors, balance ce que tu as à dire, dis-je.

En vérité, il n'aurait pas pu choisir meilleur moment. Comme Alexander est en voyage, j'ai trouvé une excuse pour aller squatter chez mes parents la veille. On ne peut pas dire que ce soit mon plus grand moment de fierté de ma vie d'adulte, mais je n'étais pas prête à dormir toute seule, même si Norris me surveille. Alexander sera de retour demain et, ce soir, une soirée filles chez moi me semblait être exactement ce qu'il me fallait pour changer d'air.

– Comme si j'étais le seul à avoir des secrets, se défend Edward en repoussant ses lunettes à monture en écaille de tortue pour me dévisager. Toi aussi, tu es sur ta planète.

– Je me marie dans quelques semaines !

– Je suis la seule à ne pas avoir de problèmes au paradis ? demande Belle sans accepter non plus mon excuse.

Edward et moi nous exclamons simultanément :

– Des problèmes ?

– Visiblement, je ne lis pas très bien en vous, rétorque Belle sur un ton très sarcastique.

Elle enroule une mèche de cheveux blond miel autour d'un doigt et plisse les yeux. Avec ses pommettes saillantes et son port de tête impeccable, elle est élégante et gracieuse, même en pyjama.

– Ne m'obligez pas à éteindre cette télévision.

Je soupire et me laisse tomber sur la tête de lit rembourrée. Si Alexander pense que ça ne vaut pas la peine de m'inquiéter à propos de Daniel, c'est plus qu'inutile de donner des cheveux blancs à Belle et Edward à cause de lui. Mais bon, je n'apprécie pas particulièrement l'idée d'avoir à mentir à mes meilleurs amis, d'autant plus que ça prouverait qu'Alexander a eu raison de me cacher cette information. Bien sûr, il n'y a pas que ça qui me travaille.

– Alexander va de plus en plus voyager. J'ai ma mère sur le dos qui me harcèle pour des trucs de mariage toutes les trente secondes. Et depuis ce matin, je suis officiellement sans emploi.

– Tu seras bientôt très occupée, dit Edward d'une voix douce.

– Exactement, je réponds en attrapant un oreiller pour le serrer contre moi. Ce n'est pas comme si Alexander rendait attrayante l'idée d'appartenir à la famille royale.

– Ce n'est pas comme s'il avait le choix, intervient Belle. Et toi non plus, si tu veux l'épouser.

Edward et moi partageons un regard de connivence. Apparemment, je ne suis pas la seule à réfléchir à la question.

– C'était quoi, ça ? nous interroge Belle.

Incapable de parler de ça à voix haute, j'hésite. Alors, Edward le dit à ma place :

– Il pourrait renoncer au trône.

– Il pourrait vraiment l'envisager ? demande-t-elle. Je ne peux pas croire qu'il le ferait maintenant alors qu'il aurait déjà pu le faire.

– Je ne sais pas.

C'est un mensonge de ma part. Je suis certaine qu'Alexander ne voudrait rien de moins que faire tomber la monarchie, mais sa position lui permet d'avoir accès à des services de sécurité privés et lui donne les moyens de se les payer. Il fait tout ça pour moi.

– Je ne suis pas certaine d'en savoir plus. Dire que tout va bien, je me rends compte que c'est un mensonge. Pourtant tout le monde pense que je vis un conte de fées !

Edward passe un bras autour de mes épaules. Il regarde Belle brièvement.

– Je t'avais bien dit qu'on aurait dû prévoir plus de vin.

– De toute façon, le vin, ça ne va pas avec le pop-corn.

Je marmonne en me frottant le ventre. Toute cette situation me donne la nausée. Depuis que j'ai trouvé cette rose lundi matin, j'ai mal au ventre.

– Je pense qu'il a peur aussi de ne plus pouvoir me protéger s'il renonce au trône. Il est devenu un peu taré depuis que Daniel m'a agressée.

– C'est complètement con. S'il renonce, vous pourriez aller vous installer n'importe où, baiser comme des lapins et faire des tonnes d'adorables bébés.

J'en perds le souffle, comme si j'avais reçu un coup de poing. Lorsque je reprends contenance, j'attrape une poignée de pop-corn. Apparemment, cette soirée filles est un champ de mines, quelque sujet de conversation qu'on aborde.

Belle et Edward se taisent, ils ont senti qu'ils avaient touché un sujet sensible. Ma gorge est à vif, douloureuse, mais ça m'échappe, il faut que je le dise :

– Nous n'aurons pas d'enfant. Je n'en veux même pas d'ailleurs, alors ce n'est pas grave.

– Qui en voudrait ? rétorque Edward avec un air conspirateur pour essayer de me faire rire.

Des couches puantes et se faire réveiller au milieu de la nuit !

– Des vergetures, ajoute Belle.

Je me force à sourire pour montrer ma gratitude et me frotte les yeux avec ma manche.

– Je ne sais pas d'où ça vient. Je n'ai jamais pensé à l'idée d'avoir des enfants et, soudain, ce n'est plus possible et bam ! j'ai des larmes qui sortent de partout.

– Est-ce que tu as découvert…

Belle cherche ses mots, mais elle se ravise et me regarde avec compassion. Elle était là il y a un peu plus d'un an, quand j'ai cru que j'étais enceinte. Je souffrais de malnutrition, mais elle sait que j'ai fait exprès d'éviter de poser des questions à mon médecin.

– Nan. (Je secoue la tête et prends une grande inspiration.) Alexander ne veut pas avoir d'enfant.

– Père va adorer, commente Edward d'une voix atone.

– Je suppose que ça va être à toi maintenant de perpétuer la monarchie.

– Alors, la monarchie pourrait bien être condamnée (Il rit sans conviction.)

– Regarde-nous, dis-je en me penchant vers lui. Assis là, à détruire lentement mais sûrement des milliers d'années de tradition.

– Un samedi soir sur la Terre.

– J'ai l'impression de ne pas jouer mon rôle, ajoute Belle en faisant faussement la moue.

– On pourrait avoir besoin d'une assistance, dis-je délibérément.

– Je suis douée pour ça, promet-elle avant de lever un doigt fin et de désigner Edward. Et toi, comment détruis-tu la monarchie ?

– Tu veux dire autrement qu'en étant pédé comme un phoque ? (Il hésite, son regard va et vient entre Belle et moi.) Je pense demander David en mariage.

– Espèce d'enfoiré !

Belle pointe encore son doigt vers lui et fait mine de le frapper avec.

– Tu es resté là toute la soirée en gardant ça pour toi !

Un véritable éclat de rire nous saisit tous les trois.

– Enfoiré !

– Eh bien, si tu penses que c'était dur pour l'adorable et timide Clara de se faire accepter par mon père, imagine ce que ça va être pour David.

Il y a comme une amertume qui sous-tend son rire lorsqu'il conclut :

– Un roturier homosexuel et noir !

Ma joie tourne au vinaigre en entendant Edward parler de son père. Le seul devoir qu'il pense avoir vis-à-vis de ses enfants est celui de leur pourrir la vie. Difficile d'imaginer qu'un parent puisse être volontairement si cruel, mais il n'a pas mâché ses mots quand il a dit ce qu'il pensait de ma relation avec Alexander. Son comportement est un peu plus réservé ces derniers mois, mais je ne doute pas un instant de l'opinion qu'il a du copain de son fils.

Il a le même regard bleu que ses deux garçons, mais le sien est toujours empreint de déception.

– Qu'est-ce qu'on en a à foutre ?

– Oh, alors on renonce tous au trône ? demande Edward.Cette année va être spectaculaire pour cette chère vieille Albion.

– Qu'est-ce qu'on en a à foutre de savoir si ton père accepte ton mariage ? je continue en l'ignorant. Ce qui compte, c'est l'engagement que vous allez prendre l'un envers l'autre. Tu n'as pas besoin que quelqu'un approuve ta décision d'aimer David ni ton choix de passer le restant de tes jours avec lui.

Plus personne ne parle et je me sens un peu bête d'avoir laissé ma passion m'emporter, mais Belle s'allonge alors en se faisant une petite place entre nous.

– Vous vous rendez compte qu'on va se marier tous les trois cette année !

Edward renifle en l'entendant.

– Tu penses vraiment que je peux organiser un mariage en moins d'un an ?

Mais il est incapable de cacher le sourire penaud qui s'affiche sur son visage.

En un rien de temps, nous abandonnons complètement l'idée de regarder le film pour parler demande en mariage et échanger nos idées. Nous parlons si longtemps que Belle se roule en boule entre nous et s'endort sur place.

Essayant de ne pas la réveiller, Edward murmure :

– Ça va être dur de faire mieux qu'Alexander.

– La demande d'Alexander était un challenge, dis-je me remémorant la mise en scène exagérée qu'il a organisée autour du London Eye.

J'ai été excitée et bouleversée par sa demande et même si j'ai dit oui, ce n'est que lorsqu'il me l'a redemandé dans l'intimité, plus tard ce soir-là, que j'ai véritablement accepté.

Edward secoue la tête.

– C'était un message pour annoncer que c'est toi qu'il avait choisie. J'ai envie que David ressente la même chose. J'ai envie qu'il sache que je l'ai choisi le jour où je le lui demanderai.

– Il le saura, je lui promets doucement.

Il prend une grande inspiration.

– Tu as envie de faire les magasins demain pour trouver une alliance ?

– J'ai cru que tu n'allais jamais le demander, dis-je en souriant de toutes mes dents.

– Clara.

Edward s'arrête brusquement, son air d'exubérance puérile disparaît momentanément de son visage lorsqu'il tend la main vers la mienne pour la prendre.

– Je sais que ça ne va pas trop bien en ce moment, mais je veux que tu saches que je suis content que tu deviennes ma sœur.

Je serre sa main.

– Moi aussi.

Entre nous, Belle se retourne et se met à ronfler.

– On devrait la filmer, suggère Edward.

– On devrait, mais nous ne le ferons pas, parce que nous sommes ses meilleurs amis. On va juste se moquer d'elle sans pitié dès demain matin.

Edward me fait un sourire doux amer.

– C'était quoi ça?

– Je suis juste content d'avoir une sœur.

– Et moi un frère.

– Tu ne gagnes pas vraiment au change.

– J'en suis seule juge.

Je lui tire la langue pour faire bonne mesure. Dans mon mariage avec Alexander, beaucoup de choses m'effraient, mais qu'Edward fasse partie de ma famille est définitivement un plus sur la liste.

– J'adore Belle, mais je ne peux pas dormir avec tout ce boucan.

Edward s'installe dans le lit en riant.

– David dit que je pourrais dormir même au cœur d'une tornade.

– Bonne nuit.

Je me baisse et l'embrasse sur la joue avant de reprendre:

– Demain, on ira chercher une bague.

Il sourit largement en s'endormant à moitié.

– Qu'est-ce qu'un abominable Américain dirait? « Oh putain, ouais? »

– Oh putain ouais!

Je glousse un peu. C'est vraiment comme si j'allais avoir un petit frère.

Je me prépare à me rendre dans ma chambre à coucher, toute vide, lorsque je me rends compte que la lumière est allumée dans la cuisine. Je descends maladroitement l'escalier en bâillant. Je tire sur le bas du boxer que j'ai piqué dans le tiroir d'Alexander en espérant que, quel que soit le vigile d'astreinte devant chez moi, il ne me regarde pas.

Le claquement d'une porte de placard m'arrête net. Je suis déchirée entre l'envie de courir rejoindre Belle et Edward et celle de me précipiter vers la porte d'entrée ou d'attraper un parapluie. Je repense au fait qu'on me suit tout le temps, à la sécurité permanente qui m'entoure, aux mensonges qui ne font que s'accumuler entre Alexander et moi. Je suis fatiguée d'avoir à courir. Ma main se referme sur la poignée du parapluie et je le retire de son portant.

Je prends une grande inspiration et me tourne sur le côté.

– Tu penses qu'il va pleuvoir ?

Alexander serre les lèvres pour cacher son amusement.

– Qu'est-ce que tu fais là ?

Je lâche le parapluie et me précipite vers lui. Il me serre dans ses bras et je recule un peu la tête pour l'admirer.

– Je t'ai manqué ? demande-t-il sur un ton devenu rauque qui me rend toute chose.

Je triture la cravate qui tombe de son col ouvert et secoue la tête d'un air joueur.

– Ça ne fait qu'une nuit.

– Tu es sûre, mon chou ? Tu portes quand même mes sous-vêtements.

Il caresse de l'index l'élastique qui encercle ma taille.

– Retourne-toi pour me laisser t'admirer. Doucement.

Je pivote docilement, transpercée par son regard attentif qui embrase la petite flamme tout au fond de mes entrailles. Oui, il m'a manqué et mon corps affamé réagit par vagues de désir. Je serre les jambes l'une contre l'autre pour essayer d'éteindre cet incendie.

Alexander glisse une main entre mes cuisses et m'incite à les écarter en frôlant mon sexe au passage. Même cette légère caresse, largement entravée par le coton maintenant trempé qui m'habille, me fait pousser un gémissement.

De son index tirant l'élastique du boxer, il m'attire brusquement contre lui. Glissant une main sous mon débardeur, ses doigts s'attaquent à mes tétons. Il tire dessus et les pince jusqu'à ce qu'ils durcissent presque douloureusement et que je halète de désir. Je presse mes fesses contre lui et je sens poindre son érection entre mes fesses – un signal silencieux lui disant ce dont j'ai besoin.

Il approche ses lèvres de mon oreille et mordille mon lobe.

– Alors maintenant, dis-moi. Est-ce que je t'ai manqué ?

# CHAPITRE QUATRE

Mon souffle s'accélère pour se transformer en petits soupirs. Je pensais que notre courte séparation programmée allait me permettre de prendre de la distance avec son influence, mais en fait j'ai passé tout ce temps à le désirer ardemment. Avec tous ces changements, ma vie est mise entre parenthèses et je n'ai qu'une seule certitude : lui.

– Réponds-moi, insiste-t-il en serrant ma poitrine, me tirant ainsi de mes divagations. Dis-moi que je t'ai manqué.

Dans mon état, je gémis un oui, à peine capable de trouver le mot. J'ai envie de me retourner – pour l'embrasser – mais je reconnais le ton de sa voix. Ce soir, il est aux commandes et mon corps le sait très bien. C'est ce que je veux. Je refuse toujours de croire que j'ai besoin de me soumettre. C'est un choix délibéré, je m'en remets complètement à lui. Pour l'un comme pour l'autre, c'est la seule manière de garder une relation saine. Mais bon, savoir que je vais bientôt être à sa merci m'envoie des petites décharges de plaisir un peu partout.

– Si tu ne veux pas me parler, alors il va falloir me le montrer, m'intime-t-il.

Il me relâche et appuie doucement ses mains sur mes épaules. Il n'a pas besoin d'être féroce, pas encore.

Je m'agenouille, la fraîcheur du carrelage de la cuisine m'envoie comme un torrent de sensations alors que je suis déjà assaillie de frissons brûlants. Ce froid glacé me traverse si rapidement qu'au lieu d'en frissonner, je n'en suis que plus fiévreuse.

Alexander me contourne pensivement et s'arrête devant moi, de façon à ce que je voie la preuve de son excitation poindre derrière son pantalon.

– On a des invités ?

Je hoche la tête.

– C'est pour ça que tu es aussi silencieuse ?

Un sourire canaille joue sur ses lèvres et je m'imagine passer ma langue sur elles. Je les imagine confinées entre mes jambes.

– Alors, profitons-en pour jouer un peu. Si Clara veut rester silencieuse, elle le restera. Mais je ne vais pas te faciliter la tâche.

Ce n'est pas vraiment que j'aie envie de rester silencieuse ou que je m'inquiète de réveiller nos invités, c'est plus ce qu'Alexander exige de moi ce soir. Son côté dominant l'emporte, tout comme le côté soumis qu'il a révélé en moi a envie de lui céder. Une partie de moi lutte contre ce phénomène, je suis encore blessée de son mensonge par omission.

– Un gentleman te ferait monter dans la chambre et fermerait la porte. Il te ferait l'amour lentement pour que tes cris ne réveillent pas tes amis.

Il se penche en avant et soulève mon menton de son index. Son regard est brûlant, il embrase mes dernières inhibitions.

– Je ne suis pas un gentleman.

Cette dernière phrase met le feu aux poudres. Le désir explose dans chacune de mes terminaisons nerveuses et ma peau cède, elle frémit sous un courant quasi électrique d'avidité. J'ai besoin de lui, ce besoin fait frémir mes chairs, comme pour m'avertir que la moindre petite caresse pourrait déclencher un brasier infernal.

Il effleure mes lèvres de son pouce, puis s'arrête, attendant que je les ouvre pour y enfoncer son doigt.

– Des lèvres parfaites, murmure-t-il avec admiration. Tu aimes avoir la bouche pleine ?

Je commence à hocher la tête puis change d'avis, je ne suis pas prête à lui céder entièrement, même si je passe d'un genou sur l'autre, désespérée de ce désir de plus en plus pressant. Mais à me tortiller, je n'en récolte qu'une ferme désapprobation. Alexander recule un peu et secoue la tête.

– Vilaine fille.

Il me fait signe de me lever en recourbant son index et je me dépêche de lui obéir.

– Déshabille-toi, m'ordonne-t-il.

Je suis incapable de résister à sa demande parce que, de toute façon, je ne peux rien lui refuser. Je ne veux pas lui résister. Je fais tomber le boxer avant de donner un coup de pied dedans pour l'éloigner et je suis bien consciente d'être complètement nue dans la cuisine.

– Est-ce que tu es mal à l'aise de savoir que tes amis sont à l'étage ? Qu'à tout moment un garde du corps pourrait entrer pour vérifier que tout va bien et te voir comme ça ?

La paume de sa main s'attarde sur mon ventre dénudé, laissant une empreinte enflammée sur son passage.

– Tu peux parler.

– Non.

– Si tu n'as pas peur, alors pourquoi murmures-tu ? demande-t-il en attrapant un foulard en soie posé sur le col du manteau que j'avais laissé traîner sur la table de la cuisine.

– Non.

Cette fois-ci, je réponds d'une voix claire et assurée, même si mes genoux manquent me faire tomber en cédant. Je pense à ce qu'il va faire.

Alexander enserre son poing dans le foulard puis tire dessus, jusqu'à ce que la soie soit aussi tendue que mon propre désir. J'ai mal, comme si une douleur sourde s'était mise à battre entre mes jambes. Sous le poids de son regard de plus en plus ténébreux, je retombe instinctivement à genoux. Toute pensée consciente m'échappe, remplacée par les sensations qui ont pris mon corps d'assaut et exigent d'être libérées.

– Voilà qui est mieux.

Il fait quelques pas pour se retrouver derrière moi et place le morceau de soie devant mes yeux. Le fin tissu m'aveugle presque et la cuisine n'en devient qu'une suite de formes floues.

– Montre-moi ta jolie chatte.

Ses paroles sont vraiment crues et sous l'entrave du foulard, sa voix paraît encore plus autoritaire.

Je me penche en avant avec précaution, mes mouvements sont contrôlés par Alexander qui relâche peu à peu le bandeau de fortune sur mes yeux. Le foulard descend alors, passe sur ma bouche et glisse doucement jusqu'à ma gorge alors que je pose mes paumes sur le sol glacé. Je frissonne, tant de cette nouvelle sensation glacée sur ma peau nue que de l'angoissante promesse.

– Tu as froid.

Sa voix est empreinte de sollicitude, mais il ne me propose pas de me relever.

– Je vais allumer un feu.

C'est déjà fait. Cette simple idée se dégage de mon cerveau embrumé, mais je ne parle pas. Je suis droguée, enivrée par ma propre soumission. Sans y penser, j'avance à quatre pattes, tirant doucement sur le foulard. Derrière moi, j'entends Alexander retenir son souffle, mais il ne bouge pas, me forçant à m'arrêter, le cou pris dans le tissu. J'attends qu'il fasse un pas pour être à mes côtés avant de me remettre à avancer jusqu'à la cheminée du séjour. Je ne me suis jamais sentie aussi ouvertement érotique et sensuelle, même avec Alexander. Je suis soumise à son contrôle, à ses appétits carnassiers.

Chaque mouvement – chaque pression d'une main contre le sol, chaque glissement de genou – chaque avancée nourrit ce côté lascif. Je me suis déjà soumise à lui, mais c'est toujours lui qui a pris les rênes. Ce soir, je les lui ai littéralement données.

– Arrête-toi là, dit-il au milieu de l'épais tapis d'Orient qui trône devant la cheminée.

Il lâche le foulard et tombe doucement à côté de moi, mais je ne bouge pas, même lorsqu'il met le feu à une allumette et jette cette petite flamme dans un feu qui s'embrase instantanément. Sa chaleur me lèche le visage, brûle mes épaules et enveloppe mon corps dans une vague de chaleur qui me calcine déjà les veines. Je reste dans ma position, à quatre pattes, et je sens qu'Alexander savoure de me voir poser.

– Tu sens le feu ? demande-t-il alors que sa main se referme sur la boucle de sa ceinture. Ta peau prend une adorable teinte rosée. Ça me fait penser à d'autres choses qui la rendent toute rose.

Je me tends, en prise à ses attentes délirantes. Il retire la ceinture de son pantalon. Elle tombe par terre, bientôt suivie de sa cravate. Je suis incapable de le quitter des yeux et je le regarde détacher les boutons de sa chemise un à un avec une lente précision, jusqu'à ce qu'elle soit totalement ouverte et révèle les creux et les bosses de son abdomen. J'ai envie qu'il la retire pour que je puisse admirer tous les reliefs ciselés de son corps, y compris les cicatrices que je me suis prise à aimer, mais je n'ose pas parler. À la lumière du feu, son regard bleu est aussi sombre que l'encre noire de ses cheveux dans lesquels il passe une main en m'étudiant. Il gratte alors la légère barbe qui orne son visage en fin de journée. Je presse mes cuisses l'une contre l'autre en m'imaginant ce que je sentirais contre lui, mais avec mes fesses en l'air, ça ne fait rien pour alléger ce désir douloureux.

– Tu as été si patiente, me dit-il sur un ton approbateur.

Le compliment me va droit au cœur et calme un peu l'angoisse que je n'avais même pas identifiée.

– Tu seras récompensée, mais d'abord, je veux voir ce que tu peux endurer. Tu peux supporter ça, mon chou ? Le plaisir sans la libération finale ? Je veux que tu te maîtrises – que tu te retiennes. Que tu supplies. Mais que tu ne jouisses pas avant que je te l'ordonne.

Je gémis, sachant très bien qu'il est capable de me mener au bord du précipice et de m'y maintenir sans me laisser plonger. Il l'a déjà fait dans le passé, mais jamais à cette échelle. D'habitude, il veut que je succombe aux puissants orgasmes sans pitié qu'il m'assène. Ça, c'est nouveau.

Et c'est exactement ce dont j'ai envie – de céder mon corps, tout en gardant le contrôle.

Il humidifie ses lèvres en passant sa langue dessus et descend sa braguette, avant de se déplacer. Je ne le vois plus. Je plonge mon regard dans le brasier, mais je ferme les yeux de toutes mes forces lorsque d'un geste doux, il m'incite à écarter les pieds pour se placer entre eux. En tombant à genoux, il dévore des yeux mon sexe enflé. Ses mains agrippent mes hanches, puis s'étendent sur la douce rondeur de mes fesses avant que sa bouche incandescente se referme sur moi. Je ravale un grognement et j'enfonce mes dents dans ma lèvre inférieure. Je me concentre pour ne pas exploser. Sa langue fait de petits mouvements rapides et tourbillonne, plonge en moi, puis s'attarde sur le petit paquet de nerfs qui convulse déjà, faisant de l'abstinence un exploit impossible. La morsure précise qu'il inflige à mon clitoris met à mal ma concentration et je pousse un cri, dangereusement près de l'orgasme.

Il recule et me donne une petite fessée pour marquer son déplaisir.

Je prends une grande inspiration, mais j'ai du mal à respirer et je lutte pour retrouver ma concentration.

– Savoure cette sensation, me conseille-t-il. Sens à quel point tu es proche. Profites-en. Mais ne te laisse pas aller.

– Pitié.

Le mot m'a échappé avant même que je ne puisse m'en empêcher.

– Non, mon chou. (Il me caresse le dos en faisant des petits cercles.) Tu peux tenir plus longtemps. Je ne serai content que quand tu me supplieras comme si ta propre vie était en jeu. En fait, tu as peut-être besoin de prendre un moment pour te ressaisir. Retourne-toi.

Je lui obéis et je tourne mon sexe tremblant vers la chaleur de l'âtre. Je penche la tête pour le regarder, pleine d'espoir, et je m'approche, puis dépose un petit baiser sur sa braguette, sur le contour rigide de son sexe derrière le pantalon. Il sourit et baisse les mains pour le libérer. Je ne perds pas de temps. J'ai envie qu'il se sente à moitié aussi excité que je le suis. Je veux le torturer – juste un peu. Ma bouche se referme sur son gland et je détends ma mâchoire pour l'accueillir en moi jusqu'à le sentir au fond de ma gorge. Un son guttural gronde en lui lorsque je le lèche sur toute la longueur.

– Putain, tu es tellement belle avec ma bite dans ta bouche, tes yeux grands ouverts et si innocents. Ça me donne envie de te faire des tas de choses toutes plus dépravées les unes que les autres.

Mon gémissement vibre sur son doux membre d'acier et il réagit à cette sensation en attrapant une poignée de mes cheveux pour prendre le contrôle de ma bouche dans un abandon furieux.

– Tu as envie de me faire jouir ? gronde-t-il.

Pour lui répondre, je creuse mes joues et sa tête tombe en arrière alors que mes lèvres continuent leur mouvement de va-et-vient, le suçant aussi fort que possible. Le corps d'Alexander s'immobilise une fraction de seconde et je détends ma gorge pour anticiper sa jouissance. Mais il choisit de sortir brusquement de ma bouche et il serre son sexe dans son poing avec brutalité avant de se répandre par jets sur mes seins nus.

Il ne m'avait encore jamais marquée comme ça et, de surprise, je m'assieds sur mes talons en regardant la substance laiteuse couler lentement sur mes tétons.

– Lève-toi. Tout de suite, m'intime-t-il, les dents serrées.

Son érection est toujours aussi raide. Il m'attrape par les coudes et me tire pour me lever. Il me traîne quasiment jusqu'à un coin de la pièce, puis me fait pivoter en mettant ses mains sur mes hanches. Il pousse mes genoux sur le tabouret du piano qui n'a pas été touché depuis que nous avons emménagé. Je me retiens à peine et mes mains tombent à plat sur les touches du clavier, faisant exploser une cacophonie de notes dans le silence. Quelque part, je me rends compte que nous ne sommes plus très discrets, mais je m'en moque complètement. Il n'y a que lui. Que ses caresses. Que sa peau et la paume de sa main lorsqu'il me donne une petite fessée.

– Ce n'était pas très patient de ta part.

Son accusation précède une autre fessée enjouée. Il masse la morsure du coup pour la faire disparaître avant de recommencer de l'autre côté.

– J'avais envie de jouir avec toi, mon chou. Maintenant, je vais devoir te faire jouir deux fois.

Oui, avec plaisir.

Il lit dans mes pensées. Son avant-bras passe autour de ma taille et me force à baisser les hanches pour que mes fesses se retrouvent à la hauteur du coin du banc. Alexander pose un genou à terre derrière moi et place son large gland à l'entrée de mon intimité, puis attend.

– S'il te plaît, dis-je en gémissant.

Mais il ne bouge pas.

– J'ai besoin de te sentir. J'ai besoin que tu me baises, X.

Il reste immobile et j'ondule des hanches pour essayer de m'abaisser sur lui. Il resserre sa prise autour de ma taille pour m'empêcher de bouger.

J'étouffe, je n'arrive pas à respirer tant la frustration et le désir s'affrontent en moi. Le désir m'a fait aller au-delà de tout comportement rationnel et je lutte contre lui, je rue et je hurle alors que des larmes coulent sur mes joues. Une litanie de suppliques sort de ma bouche entre deux violents sanglots. Les lèvres d'Alexander descendent doucement dans le creux de mon cou tandis qu'il affirme sa prise sur mon corps agité de soubresauts et il m'embrasse doucement. Ce simple baiser m'électrise et je pousse un cri.

Sans rien faire pour que je me taise, il me pénètre brusquement, s'enfonçant, d'une seule poussée fluide, aussi profondément que possible. Je suis empalée sur son sexe ; ses mains attrapent immédiatement mes poignets pour les bloquer derrière mon dos. Ma tête s'écroule sur l'ivoire gelé des touches du piano pendant qu'il me pilonne, transformant mes sanglots en cris et hurlements, en explosions venues du tréfonds de mes entrailles. Mon orgasme me déchire. Mes muscles me lâchent, et la boule de tension accumulée en moi éclate alors que je m'effondre sur lui. Il m'a brisée – détruite – et je fonds dans ses bras, me repliant contre lui alors qu'il m'entraîne doucement vers un second orgasme.

Lorsqu'il me prend dans ses bras, me couvre de sa chemise et me porte à l'étage, mes paupières sont lourdes et mon corps épuisé. Je renifle son odeur accrochée au coton empesé de sa chemise, elle me berce un peu plus près de mes rêves. Il entrouvre la porte de la chambre et avance de deux pas quand une voix m'interpelle.

– Clara ! Tout va bien ?

La voix endormie d'Edward se dirige vers nous.

Alexander s'arrête et sort la tête dans l'embrasure de la porte en gardant hors de vue mon corps épuisé et alangui.

– Laisse tomber, s'exclame un Edward, hilare cette fois-ci. Alexander la tornade est de retour à la maison.

– Bonne nuit.

Alexander ferme la porte d'un coup de pied et me dépose sur le lit.

# CHAPITRE CINQ

Edward tapote sur la vitrine éclatante.

– Qu'est-ce que tu penses de celle-là ?

– Trop ostentatoire.

Ceci dit fermement. Il y a de gros diamants taillés en carré sur un épais anneau en or jaune. La personne qui portera cette bague ne passera pas inaperçue – ce n'est pas vraiment ce qu'un homme comme le petit ami d'Edward a envie de mettre en avant.

– Je ne vois pas David porter ça.

– Moi non plus.

Edward pousse un gros soupir et secoue la tête avant de poursuivre :

– Tu peux me rappeler que je ne suis pas en train de prendre la décision la plus importante de toute ma vie, s'il te plaît ?

Je penche la tête de côté en réfléchissant à sa question. Je triture le rubis de ma propre bague de fiançailles.

– Le demander en mariage, si, ça l'est.

– Mais pas le choix de la bague, clarifie Edward.

– Tu pourrais lui donner un élastique qu'il en serait fou de joie. Il a envie que tu lui demandes.

– Bon Dieu, j'espère que tu as raison.

Edward désigne un autre anneau que la vendeuse récupère rapidement pour qu'il puisse l'inspecter.

– Hé ! On ne se dégonfle pas.

Un petit coup d'épaule pour essayer de lui remonter le moral.

– Tu n'as pas à flipper, à moins qu'il refuse.

– Et s'il accepte ? demande Edward en retournant l'anneau dans sa main avant de l'enfiler sur son propre annulaire.

– C'est une tout autre question.

– Et toi, gonflée ?

– À bloc et aussi légère que la brise, lui dis-je sur un ton très assuré. Enfin la plupart du temps.

– Et le reste du temps ?

– Je bois de la tisane drainante.

Il serre fermement les lèvres avant de revenir à la tâche en cours.

– Merci de m'avoir accompagné dans cette épreuve. Les tabloïds s'en seraient donné à cœur joie s'ils m'avaient chopé ici tout seul.

Le « ici » en question, c'est Hammond's, le joaillier privé le plus exclusif de tout Londres, dont la boutique est installée dans le très chic quartier de Belgravia. Je n'avais jamais entendu parler d'eux jusqu'à ce matin. Je pensais qu'Edward parlait d'Harrods, le célèbre grand magasin tout proche. En fait, je me retrouve dans une minuscule échoppe, nichée parmi des vitrines sans prétention.

Comme sa clientèle est très exclusive, la famille royale par exemple, seule une plaque indique l'établissement et dessus il n'y a que deux informations : le nom du magasin et l'année de sa création. L'intérieur est très agréablement aménagé, avec de luxueux fauteuils en cuir et de magnifiques tapis importés, ce qui lui donne un aspect étonnamment accueillant, enfin jusqu'à ce que je voie les étiquettes de prix.

Pas étonnant qu'ils soient les joailliers attitrés de la famille royale. Chaque bijou pourrait payer la rançon d'un roi.

– Je suis le plus parfait des alibis, dis-je en me penchant sur la vitrine, créant aussitôt une petite auréole de buée sur son impeccable surface. J'ai besoin d'acheter une alliance, moi aussi.

– Je ne pense pas que tu puisses donner un élastique à Alexander, me taquine Edward en souriant d'un air suffisant.

– Probablement pas.

Du moins pas tant que le monde entier s'entêtera à disséquer chacune de mes décisions pour ce mariage. Je soupire, luttant pour me convaincre que les attentes du public ne m'importent pas. Mais en fait, si. Plus je me rapproche d'Edward, plus j'ai envie de voir le reste de sa famille juste arrêter de me tolérer pour se mettre à m'aimer pour de bon. Mais je ne suis pas prête à le faire admettre à Alexander.

– Celle-là, s'exclame Edward d'un air triomphal en remontant ses lunettes sur le haut de son crâne pour la regarder de plus près.

Mon sac se met à vibrer et je l'encourage d'un signe de tête tandis que je pars à la pêche au téléphone.

– Très beau choix, commente la vendeuse derrière le comptoir. C'est de l'or blanc quatorze carats brossé, bien sûr ceux-ci aussi sont à quatorze carats, précise-t-elle en désignant les deux fins anneaux qui entourent le plus large au milieu.

Je ne reconnais pas le numéro qui s'affiche, en revanche, je vois d'où il vient. D'Oxford. Je passe mon téléphone en mode silencieux d'une main tremblante et le laisse retomber au fond de mon sac.

– Tout va bien ? me demande Edward.

– Ouais.

Je mens et fais semblant de regarder la vitrine. Je m'écarte pour les laisser discuter du prix et essayer d'atténuer la frayeur qui m'a saisie en voyant cet appel sur l'écran. J'effleure la vitrine du bout des doigts et, interpellée par un simple anneau, je m'arrête soudain.

– Puis-je vous présenter un article ?

De l'arrière-boutique, un homme, vêtu d'un costume taillé sur mesure sûrement hors de prix, sort de l'ombre. Il est saisissant – d'une beauté classique, sauf son nez qui a l'air d'avoir été cassé plusieurs fois. À en juger par sa chevelure poivre et sel, il doit avoir à peu près l'âge de mon père. Je hoche la tête et lui désigne l'alliance que je viens de remarquer.

– Je ne pense pas que nous ayons été présentés. C'est un plaisir de vous recevoir dans ma boutique, Mademoiselle Bishop.

Il sait qui je suis, ce qui me déstabilise. Puis je me souviens que je ne suis plus une inconnue anonyme. Il tend la main vers la mienne et l'attrape pour ensuite la porter à ses lèvres. Charmant, beau et propriétaire d'une joaillerie, cet homme est une triple menace. Je ne peux pas m'empêcher de me demander si Jane, la tante de Belle, voit quelqu'un en ce moment.

– Monsieur Hammond, j'imagine.

– Je vous en prie, appelez-moi Jack.

Malgré la chaleur de son accueil, il se dégage quelque chose de froid de son regard gris ardoise qui me fait froid dans le dos.

– Alors, vous devrez m'appeler Clara.

J'essaie de retirer ma main, mais il resserre son étreinte.

– Quelle merveilleuse bague. Mon père l'a créée pour Albert.

J'arque un sourcil interrogateur. Le père d'Alexander n'est pas du genre à se faire appeler par son prénom par son joaillier. Je souris poliment.

– J'y suis très attachée.

– J'en étais sûr. Sans aucun doute à cause de l'homme qui vous l'a offerte.

Il me détaille du regard un instant et je me trémousse, de plus en plus mal à l'aise à chaque seconde qui passe.

– Dites-moi, comment va Alexander ? J'attends sa visite depuis que j'ai entendu parler de vos fiançailles.

– J'ai l'intention d'utiliser la bague de sa mère comme alliance.

Jack relâche ma main en souriant faiblement.

– Tout de même, un homme doit conserver de bons rapports avec son bijoutier s'il désire un mariage heureux.

Je ris poliment. Jack Hammond se penche pour attraper l'anneau et j'assassine du regard Edward, qui hausse les épaules, l'air visiblement perdu.

– Il devrait convenir à votre fiancé, me dit-il en me tendant l'alliance.

C'est un simple anneau de platine, mais l'intérieur est plaqué d'or rose. Il me rappelle sa demande en mariage, avec toutes ces douzaines de roses rouges. Je la lui rends.

– Pourriez-vous la faire graver ?

– Absolument, répond-il en la rangeant dans une petite boîte recouverte de velours. Et je serai ravi de vous la livrer chez vous.

Aussi bizarre que ce soit, instinctivement, j'ai envie de dire non.

– Pourriez-vous la joindre à la commande d'Edward ? Je ne voudrais pas qu'il la voie avant le mariage.

Jack acquiesce en hochant la tête et je me sens soulagée. Tout d'un coup, je me sens très bête. Il n'y a aucune raison d'être paranoïaque. On sonne à la porte du magasin – une autre marque de son exclusivité – un tintement qui le distrait et me sauve de mes pensées. Pas besoin d'approfondir. L'agression de Daniel remonte à des mois et je vois encore le mal partout, plus aucun visage n'est amical.

Nous organisons les derniers détails pour le paiement et la livraison et j'essaie de ne pas trop penser au montant extravagant de l'addition. Si Alexander doit porter cet anneau pour le restant de ses jours – et si j'ai mon mot à dire, c'est ce qui va se passer –, le prix en vaut bien la chandelle.

Alors qu'Edward finit de signer son chèque, je lève les yeux et remarque pour la première fois la cliente qui vient d'entrer dans le magasin. Et le fait qu'elle m'observe. Elle ne détourne pas le regard lorsque je la surprends. Je rougis et me tourne, non sans avoir pris le temps de l'étudier à mon tour. Elle a à peu près mon âge, mais la ressemblance s'arrête là. Elle porte un jean slim et des bottes en cuir. Elle ne ressemble pas au genre de clientes que je m'attendrais à voir ici. Sauf qu'elle est très belle. Une chevelure noire et épaisse lâchée dans le dos, bien plus bas que ses épaules. Des lèvres pleines qui esquissent naturellement une moue, sans se donner la peine de grimacer. Je ne me souviens pas de la dernière fois où j'ai vu une femme aussi sublime que cette audacieuse inconnue.

– Mademoiselle Bishop, m'interpelle Jack. Permettez-moi de vous présenter l'une de mes partenaires. Voici Mademoiselle Kincaid.

Mademoiselle. C'est le genre de femme à insister pour se faire appeler comme ça. Peut-être à cause de ses bottes ou de son allure qui dit clairement à tout le monde d'aller se faire foutre.

Elle avance lentement de quelques pas avec grâce et me tend la main.

– Georgia.
– Clara.
Je bégaye pour prononcer mon propre nom, légèrement confuse.
– Mademoiselle Kincaid est une… entremetteuse, explique Jack. En quelque sorte.
– Malheureusement, nous nous rencontrons trop tard, dis-je en blaguant.
Georgia rit, mais son amusement n'atteint pas son regard. Je ne peux pas m'empêcher de penser qu'elle est en train de me jauger.
– Tu es prête ? demande Edward qui n'a pas du tout remarqué ce qui se passait derrière son dos.
Lorsqu'il se retourne, il se fige un instant mais se reprend très rapidement avant de poursuivre :
– Encore merci, Jack.
Edward passe un bras sous le mien et m'escorte rapidement hors de la boutique.
– C'était un peu impoli, lui dis-je. Mais merci. Ils n'arrêtaient pas de me dévisager.
– Normal, tu seras la prochaine reine d'Angleterre.
Sa réponse cache quelque chose.
– Qui c'était ? Tu la connais, elle n'a pas arrêté de me juger.
– Personne, répond Edward trop rapidement.
– Je ne te crois pas, dis-je en arrivant devant la Rolls.
Edward se glisse sur la banquette arrière sans répondre et je le suis, plus déterminée que jamais à percer le mystère Georgia Kincaid.
Je croise les bras sur la poitrine et le toise.

– Tu ne vas pas laisser tomber, c'est ça ?

Je secoue la tête.

– Quelqu'un tout droit sorti du passé.

– Du passé d'Alexander ? (Mon estomac fait des bonds, mais je repousse mon malaise.) Pas étonnant qu'elle m'ait regardée comme ça.

– Tu ne peux pas lui en vouloir d'être curieuse.

Il s'installe plus confortablement sur la banquette en cuir.

C'est la curiosité qui me gagne, plus que la jalousie.

– C'était sérieux ?

– Je ne pense pas. Honnêtement, j'étais jeune. Je n'ai jamais vraiment rencontré les copines d'Alexander.

– Jusqu'à moi ?

– Tout à fait. Alors, on s'en tape de cette fille, non ? En tout cas, Alexander ne se la tape pas.

J'espère bien.

***

Je fais un signe de la main à Edward pour lui dire au revoir depuis le portillon.

J'adresse un petit sourire en coin au vigile positionné à côté, j'entre et ferme doucement la porte d'entrée. J'attends un moment en tendant l'oreille pour savoir si Alexander est là avant de me précipiter vers le bureau au bout du couloir.

Mes mains tremblent lorsque je retrouve le numéro qui m'a appelée tout à l'heure et que j'appuie sur le bouton vert.

– Clinique de l'Oxfordshire, m'accueille gaiement une voix.

– Ah, euh, j'ai manqué un appel tout à l'heure.

J'ai du mal à dire cette simple phrase. Mon cœur se met à battre si fort que je peux le sentir dans ma poitrine.

– Votre nom, s'il vous plaît.

– Clara Bishop.

Je murmure ma réponse en me demandant si c'est une bonne idée. Les hôpitaux sont soumis au secret médical, mais je ne suis plus une simple étudiante à l'université. La vie privée avec anonymat, ce n'est plus vraiment ça.

– Bishop, répète-t-elle avant de se taire quelques instants. Ah oui ! Nous avons reçu votre demande de consultation de dossier médical.

J'humecte mes lèvres et hoche la tête.

– Oui.

– Je vous présente nos excuses pour le délai de réponse. Malheureusement, nous ne sommes pas capables de retrouver la moindre trace de vos soins chez nous.

– Quoi ?

Je presse ma main moite contre ma nuque en insistant sur le nœud de tension qui s'est soudain formé.

– J'ai été hospitalisée il y a un peu plus d'un an.

– Je suis désolée. Nous avons changé notre système informatique, il est possible que votre dossier ait simplement été perdu.

– À qui puis-je adresser une réclamation ?

Je bataille pour trouver une solution qui, je le sais, n'existe pas. Ce n'est pas un hasard si mon dossier a disparu.

– Je peux enregistrer une demande de rendez-vous avec notre service de relations avec les patients, mais je vous assure que ma recherche a été très fouillée.

Son ton irrité ne passe pas inaperçu.

– Je vous remercie tout de même.

Je raccroche et regarde fixement mon téléphone.

J'attendais des réponses. Je les redoute depuis que j'ai vu le numéro s'afficher sur l'écran. Et finalement, je me retrouve avec encore plus de questions.

Daniel a prétendu que j'étais responsable de la mort de notre enfant encore à naître. Avait-il raison ? Étais-je vraiment enceinte ? Maintenant, je ne le saurai jamais. Alexander dit que ça lui est égal et je le crois. Alors pourquoi ai-je demandé à consulter ce dossier ? Je n'étais pas sûre à l'époque.

Mais maintenant, je le sais, c'est parce qu'à mes yeux, c'est important.

Je sais aussi que ce dossier n'a pas simplement disparu.

Prenant une grande inspiration, je recompose le numéro et plaque le téléphone contre mon oreille.

– Clinique de l'Oxfordshire.

– Bonjour. Je viens juste de vous appeler. J'ai une autre question à vous poser. Est-ce que vous avez une Clara Bishop enregistrée dans votre système ?

Elle ne me répond pas tout de suite.

– Non. Je suis désolée. Êtes-vous certaine de vous adresser au bon hôpital ?

– Tout à fait.

Je raccroche le téléphone, abasourdie. D'un côté, j'aimerais m'être trompée d'hôpital parce que l'alternative est pire. Bien pire.

Ces dernières semaines, j'ai eu peur de tous ces changements. Je n'ai jamais pensé que moi-même je pourrais avoir changé.

– Mon chou ?

Surprise, je sursaute en voyant Alexander adossé au chambranle de la porte.

Son regard bleu me détaille des pieds à la tête.

– Tout va bien ?

Je ne lui réponds pas. Je me contente d'aller me réfugier dans ses bras. Il les referme autour de moi sans poser de question. Je me dis que ce n'est pas un mensonge. Je me dis que je n'ai rien à lui dire qui puisse être un mensonge. Je me dis que lui non plus ne me ment pas.

Je me dis qu'en fait, je suis probablement en train de me mentir à moi-même.

# CHAPITRE VI

Clarence House est pleine de diplomates et de lointains membres de la famille. Les quelques visages amicaux croisés dans la foule le sont grâce aux ajouts de Clara à la liste des invités et au bon sens d'Edward. Mais bon, je dois reconnaître que mon petit frère a réussi à rendre l'affaire quelque peu festive – une prouesse rarissime pour les raouts de la famille royale. Les gens entrent au compte-gouttes depuis une heure, ils sont de plus en plus nombreux et maintenant les fêtards ont même envahi tout le premier étage. Mais si la fête bat son plein, être séparé de Clara pour la troisième fois en moins d'une heure est proprement inacceptable.

Je la repère et fonce droit vers elle en contournant un diplomate russe que je salue au passage d'un hochement de tête sévère. Elle est blottie contre Belle et lui chuchote quelque chose. Aucun doute, elle essaie d'éviter ses parents. Mon souffle se fait plus court quand je la vois. Je me demande si on lui a suggéré de jouer le rôle de la fiancée rougissante aujourd'hui. Si c'est le cas, il faut que je remercie la personne qui a eu cette idée. Ses cheveux bruns sont rassemblés sans être serrés et cascadent par vagues sur une épaule, ce qui offre un contraste saisissant avec son teint de porcelaine. Mais c'est sa robe qui fait faire des bonds à ma bite. La dentelle couleur ivoire effleure ses courbes dans un alléchant mélange d'innocence et de sensualité. J'arrive par-derrière et presse la paume de ma main sur le bas de son dos. Sa peau est brûlante sous le fin tissu.

Je dois faire un effort considérable pour me rappeler que ce n'est ni le lieu ni le moment. Quant à convaincre ma bite…

– Je croyais qu'on célébrait nos fiançailles, lui dis-je à voix basse, mais j'ai du mal à suivre ma fiancée à la trace.

Belle sourit largement et secoue la tête.

– Dois-je vous laisser seuls en tête à tête ? Un conseil, il y a en gros une cinquantaine de pièces dans ce palais, mais essayez d'en trouver une avec une serrure.

– Sors-toi ces idées répugnantes de ta cervelle perverse, s'exclame Clara en tapant l'avant-bras de sa meilleure amie.

– En parlant d'esprit pervers, rétorque Belle, j'aperçois Philip. C'est peut-être moi qui vais utiliser une de ces pièces qui ferme à clé.

Clara soupire et s'appuie contre mon épaule. Je passe mon bras autour de sa taille, savourant ce qui sera certainement un de nos seuls instants d'intimité.

– J'aimerais avoir la moitié de son aisance dans ce type de réception.

Pensivement, je plisse les yeux pour observer Belle naviguer dans la pièce, un sourire éclatant aux lèvres. La meilleure amie de Clara est jolie et charmante, mais elle est insignifiante, comparée à la femme que j'aime.

– Je préfère te savoir troublée lors de ces événements.

– Ah oui, tiens donc.

Elle s'appuie sur moi, pressant contre ma poitrine une plus grande surface de son corps créé pour pécher, ce qui ne fait rien pour diminuer la douleur sourde dans mes testicules. Puis elle continue :

– Et pourquoi ça, X ?

Je me penche sur elle, frôlant son oreille de mes lèvres.

– Parce que ça me donne une excuse pour te faire sortir et te donner l'occasion de te reprendre.

Un tremblement agite son corps. Ma main tombe et attrape la sienne. Je la guide vers le grand hall avant qu'elle ne puisse m'arrêter. J'ai besoin de l'avoir pour moi tout seul. Maintenant. Une main puissante s'abat sur mon épaule, ce qui me déroute et me fait perdre mon objectif de vue. Je me retourne pour découvrir un visage familier.

– Brex !

Je le serre fort dans mes bras. À mes côtés, Clara se tourne et me donne un petit coup de coude impatient.

Je le relâche pour passer un bras sur ses épaules.

– Clara, laisse-moi te présenter Brexton Miles. Cet homme est responsable de ma survie, c'est lui qui a régulièrement sauvé ma misérable peau.

– Alors c'est un plaisir, dit-elle en lui tendant la main.

Brexton l'attrape et la lève jusqu'à sa bouche. Je le repousse et lui rappelle :

– Elle est déjà en main.

Clara rougit et passe son bras autour du mien. Je jette un coup d'œil à mon vieux pote que je regarde avec ses yeux à elle : cheveux coupés à ras, coupe militaire traditionnelle, larges épaules, sourire chaleureux et uniforme impeccable. Je referme ma main sur la sienne, mon sourire est un peu moins rayonnant.

– N'aie pas l'air si offensé, gamin, dit-il en coinçant son chapeau sous son bras. Je ne cherche jamais à conquérir la femme d'un autre. Maintenant, si tu déconnes – et je sais que tu le feras –, là, c'est une autre histoire.

Je souris sans le vouloir. Il ne se doute pas à quel point c'est pratiquement sûr, je vais tout faire foirer. Non pas que je le laisserais – lui ou n'importe quel autre, d'ailleurs – s'approcher d'elle. Que je reste dans le paysage ou pas.

– Gamin ? répète Clara en riant, un regard curieux braqué sur moi.

– Un enfoiré lui a donné ce surnom, explique Brexton.

Il réussit à garder un air innocent, sauf son regard vert qui brille de malice.

– Un enfoiré, hein ? Ce mec s'est pointé à l'entraînement, m'a jeté un coup d'œil et s'est mis à gueuler devant tout le monde : « Alors, qui doit se taper de baby-sitter le gamin ? », je précise.

– Le surnom est resté, commente Brex en haussant les épaules. Et cet enfoiré s'est retrouvé de corvée de baby-sitting.

Clara se mord la lèvre comme pour essayer de se retenir d'exploser de rire.

– Alors, vous avez servi la couronne ensemble.

– Je ne suis pas sûr qu'on puisse dire ça comme ça, répond Brex en feignant la gravité.

Je parle rarement de mes années en Afghanistan avec Clara. À la différence de beaucoup de gars revenus du front, je n'ai pas ramené de fantômes avec moi. Mais seulement parce que je les ai sagement laissés là-bas.

– Excusez-moi, dit Brex, le regard fixé sur quelque chose derrière mon épaule. Je crois que je viens de trouver mon âme sœur.

– Âme sœur ?

– Au moins pour ce soir.

Il fait un clin d'œil à Clara qui rougit de plus belle.

– Quelle pauvre fille est dans ta ligne de…

Je me retourne pour voir celle qui a retenu l'attention de Brex et m'arrête en pleine phrase.

Le truc quand on enferme son passé à double tour, c'est que les fantômes sont capables de traverser les murs.

– Georgia Kincaid, dit Clara en mettant un nom sur le visage que j'aimerais oublier.

Je lui jette un coup d'œil, incapable de réprimer mon malaise de l'entendre prononcer ce nom.

– Alors, vous la connaissez.

Brex pivote aux côtés de Clara et prend son bras libre avant de lui demander :

– Faites les présentations.

– Je ne la connais pas aussi bien qu'Alexander.

Putain, mais comment elle sait ça ? Putain, comment se fait-il qu'elle connaisse le nom de Georgia ?

– Tu te souviens de toutes les fois où je t'ai sauvé la vie ? dit Brex en désignant Georgia d'un mouvement de tête.

Mais avant que je puisse trouver une bonne excuse pour l'éloigner, Clara s'approche d'elle.

Georgia porte une robe noire moulante à mes fiançailles, ce qui résume assez bien l'état de notre relation. Merde. Je ne doute pas un seul instant qu'elle soit là à la demande de son employeur. Je ne manquerai pas d'en parler à Hammond.

– Aux amoureux !

Elle lève son verre et sourit comme si nous étions de vieux amis.

– C'est un plaisir de vous revoir, dit Clara d'un ton sec mais poli.

– Je ne savais pas que vous vous connaissiez.

Je ne peux pas cacher le ton accusateur de ma voix, mais je ne suis pas sûr de savoir si je suis plus énervé par la présence de Georgia ou parce que Clara ne m'a pas dit qu'elle l'avait rencontrée.

Parce que, bon Dieu, c'est sûr, Clara a une petite idée de la nature de notre relation.

– Je suis certaine que Clara ne voulait pas gâcher la surprise, et maintenant je l'ai fait.

Georgia a l'air tout sauf désolée.

Clara hausse ses fines épaules que j'ai envie de secouer.

– Ce n'est pas un secret. Alexander sait que nous allons nous marier… Il ne devrait pas être surpris que j'aie acheté une alliance.

Malgré son attitude nonchalante, son corps s'est raidi dès qu'elle a vu Georgia et elle ne s'est toujours pas détendue. Je lève la main de Clara à mes lèvres et l'embrasse doucement. Les circonstances de sa rencontre avec Georgia n'ont pas d'importance, en revanche, la voir perturbée par la présence de cette femme en a. C'est évident, elle sait que nous avons eu une relation, mais je ne peux pas concevoir qu'elle en ait saisi la véritable nature.

J'ai comme l'impression que nous allons très rapidement en parler.

– Moi, en revanche, je ne vais pas me marier.

Brex s'avance et tend la main.

Les présentations sont pénibles, d'autant plus que Brex semble totalement inconscient de la situation délicate de notre trio.

– Vous voulez bien nous excuser ? Je crois qu'Edward a besoin de la présence de Clara pour…

Je ne termine pas ma phrase, car je me rends compte que Brex et Georgia sont beaucoup plus intéressés l'un par l'autre que par mon excuse. En traversant un petit salon, j'escorte Clara vers la première pièce isolée à laquelle je pense. C'est une sorte de bureau, probablement jamais utilisé, puisqu'aucun membre de la famille royale ne réside officiellement ici en ce moment. Les rideaux sont tirés, permettant juste à quelques rayons de soleil de filtrer.

Je ferme la porte et, suivant la recommandation de Belle, je la verrouille derrière nous avant de revenir vers Clara.

– Quand as-tu rencontré Georgia ?

– Il y a quelques semaines.

Clara se frotte un bras et je remarque que sa lèvre inférieure tremble légèrement.

– Qui est-elle ?

– Une ex.

C'est la réponse qu'elle attend et la vérité, en grande partie.

– Elle est au courant ?

Une larme roule sur sa joue. Je m'adoucis immédiatement et la prends dans mes bras.

– Mon chou, elle fait partie de mon passé. Je suis désolée que tu l'aies rencontrée comme ça.

– Elle est très belle, dit doucement Clara.

– Vraiment ?

– Tu le sais très bien.

Clara essuie ses joues et tourne la tête pour m'éviter.

Je suppose qu'elle a raison, mais le physique de Georgia n'a jamais été important à mes yeux.

– Au cas où tu ne l'aurais pas remarqué, je suis plutôt obsédé par toi. Si toutes les femmes dans cette pièce avaient été nues, je ne suis pas certain que je l'aurais remarqué.

– Je sais que c'est bête, renifle-t-elle. Ce n'est pas qu'elle. Nous avons tous un passé. Je suis bouleversée. Il y a trop à apprendre : à qui faire la révérence, quel est le titre de chacun. Je n'arrive pas à garder le cap et ça me fait penser que…

Elle ne termine pas sa phrase.

Je me rapproche.

– Oui ?

– Que je vais être une horrible épouse. Je ne suis pas faite pour ça, X, confesse-t-elle dans un souffle. Et si je m'inclinais devant la mauvaise personne et que j'oubliais comment m'adresser correctement à elle ? Tu savais qu'il y a un blog entièrement dédié à mes manquements à l'étiquette et à mes fautes de protocole ?

– Tu sembles croire à tort que j'en ai quelque chose à foutre. (Je la serre un peu plus fort.) Tu pourrais retourner dans cette pièce et faire des bras d'honneur à tout le monde. Ce n'est pas à toi de les impressionner. Ils devraient s'incliner devant toi, et ils le feront.

– Ah oui, s'incliner ?

Elle rit légèrement et tire sur ma cravate, même si les larmes continuent à affluer dans son beau regard.

– Clara Bishop, dis-je en faisant glisser mes mains autour de sa taille, tu vas devenir reine. Le monde entier est à tes pieds.

– Tout le monde ? demande-t-elle en haussant un sourcil. Je crois que la place du monde est à vos pieds, Votre Majesté.

– Mais ma place à moi est à tes pieds. Ou l'as-tu oublié ?

Ses doigts se resserrent autour de ma cravate, sa poitrine se soulève rapidement à mesure que nos corps se rapprochent.

– Je croyais que c'était ma place, X.

– Parfois.

Je commence à relever le bas de sa robe, savourant la vue de ses bas.

– Parfois, j'aime que tu sois à genoux devant moi, mon chou. Mais tu es ma religion. J'adule ton corps, alors oui, ma place est à tes pieds.

Je prends le bas de sa robe dans mes mains et fais un pas en arrière pour admirer son délicat porte-jarretelles et ses bas couleur chair qui mettent si bien ses courbes en valeur. J'appuie ma main sur sa cuisse et elle réagit instinctivement en les écartant pour me permettre d'y accéder plus facilement, comme j'en crève d'envie. Ma bite fait des bonds derrière ma braguette, mais là, ce n'est pas moi qui compte.

Je tombe à genoux et tire d'un doigt sur la petite lanière de satin qui retient son bas, qui se détache alors. Un petit cri d'impatience s'échappe de ses lèvres lorsque je détache les autres et que je fais glisser sa petite culotte le long de ses hanches.

– C'est très joli, ça, mon chou, dis-je, la voix de plus en plus rauque à mesure que mon envie d'elle grandit. Mais ce n'est pas nécessaire. Retire ça pour moi.

Clara obéit et je range le petit bout de dentelle dans ma poche.

– Je vais le garder pour toi. Je préfère que ta chatte soit prête pour moi.

Je la caresse légèrement d'un doigt et elle frissonne. Sa réactivité est ma drogue, elle se mêle à mon sang jusqu'à me perdre dans un brouillard où il n'y a qu'elle. Son odeur. Sa douceur. Plus je la frôle de mon doigt, plus elle mouille et je dois me rajuster dans mon boxer.

– Oui, avec plaisir, gémit-elle, déjà perdue.

– Longue vie à la reine.

Je murmure en déposant une ligne de baisers en dessous de son nombril et je me penche pour atteindre l'intérieur de sa cuisse. Je respire profondément pour m'imprégner de son parfum, jusqu'à en avoir l'eau à la bouche. Jusqu'à ce que je ne pense plus qu'à une chose, mettre ma bouche sur sa chatte et qu'elle soit incapable de tenir debout toute seule.

Ma main remonte pour écarter ses grandes lèvres et révéler le petit bouton rose qui est mon endroit préféré sur Terre. Ma bouche se referme avec faim sur sa chatte et je suce avec ferveur son clitoris jusqu'à le faire ressortir. J'enroule ma langue autour du petit bouton engorgé et une vague de testostérone m'envahit lorsque je l'entends gémir. Elle ondule des hanches contre moi et mes mains vont directement se plaquer sur son cul pour l'encourager à continuer.

J'ai envie de la dévorer. J'ai envie de la retourner complètement avec ma langue.

D'une voix étouffée, la bouche toujours pleine d'elle, je lui ordonne :

– Jouis avec ma tête.

Elle comprend le message.

– Oh, mon Dieu, ouiiiiiiii.

Clara se lance contre moi, mes mains la guident jusqu'à ce qu'elle perde le contrôle, ruant aussi fort que ma langue la transperce. Elle agrippe mes cheveux et tire dessus lorsqu'elle fond. Ses cuisses se resserrent sur mon visage, mais je n'en ai pas encore fini. Je la lèche doucement, savourant son goût et ses tremblements sur ma langue.

– Arrête, me supplie-t-elle. S'il te plaît.

J'embrasse son sexe frémissant avec douceur en l'incitant à rouvrir les jambes. Je me redresse, j'attrape ses hanches et j'attends qu'elle baisse les yeux sur moi. Même dans la pénombre de la pièce, je la vois rougir profondément lorsque son regard plonge dans le mien.

– À partir de maintenant, quand tu affronteras ces gens, souviens-toi de ça, dis-je, la voix chargée de désir. Tu m'as mis à genoux. Putain, tu m'as mis à genoux devant toi, Clara.

J'enfouis mon visage contre elle et je l'aide à se tenir droite jusqu'à ce que ses tremblements cessent. Lorsqu'elle s'immobilise enfin, je lui demande :

– Tu peux tenir toute seule ?

– Tu deviens prétentieux, X.

Mais à peine a-t-elle fait cette remarque qu'elle lâche mes cheveux et pose ses mains sur le bureau pour retrouver l'équilibre.

Je me relève avec un grand sourire.

– Attends-moi là.

Un instant plus tard, je reviens de la salle d'eau attenante avec une serviette.

– Tu ne veux pas que je me balade avec une petite culotte trempée ? demande-t-elle, un sourire ironique aux lèvres, alors que je la tamponne avec soin.

– Tu crois vraiment que je vais te la rendre, mon chou ? dis-je en tapotant le string en boule dans ma poche. Je serais bien resté là à te lécher jusqu'à ce que tu sois sèche, mais tu as la curieuse habitude de mouiller de plus en plus.

– Comme c'est étonnant.

Elle tend la main, prend ma cravate dans son poing et m'attire contre elle. Elle plisse le nez.

– Tu sens le…

– Splendide, n'est-ce pas ?

Je ne peux pas m'empêcher de lui faire un clin d'œil.

– Mais tous ces gens, commente-t-elle en secouant la tête. Chacun là-bas va savoir que…

– Que je suis l'homme le plus chanceux de la planète ?

– X !

– Il se trouve que j'adore sentir ton odeur sur moi et il se trouve que j'adore que tout le monde sache ce que je t'ai fait. Je veux qu'ils sachent que je suis incapable de ne pas te tripoter. Je veux que tous les hommes là-bas soient jaloux. (Je relève son menton pour la forcer à me regarder en face.) Je veux qu'ils sachent tous que tu es à moi.

– Ils n'ont pas besoin de le savoir, eux, tant que toi tu le sais, murmure-t-elle.

Je la prends dans mes bras et dépose un baiser sur son front.

– Je le sais, mon chou.

Et bon Dieu, c'est moi qui lui appartiens.

***

Après avoir remis un peu d'ordre dans mon apparence, nous retournons discrètement à la soirée, pas sans nous arrêter plusieurs fois pour voler quelques baisers avant de retrouver nos invités.

Edward, très élégant dans son costume bleu marine, nous intercepte à la porte, feignant de nous gronder.

– Vous n'avez pas honte ? Si vous n'arrêtez pas de copuler comme ça tous les deux, vous allez avoir votre propre documentaire animalier.

– Je peux mettre la BBC sur le coup, commente Clara, pince-sans-rire.

– Tori et Bennett te cherchent.

J'interromps mon frère qui pousse déjà Clara dans le couloir d'un air joueur :

– Essaierais-tu de me voler ma fiancée ?

– J'essaie de la sauver de ton insatiable appétit sexuel, répond Edward en la tirant loin de moi.

Elle me lance un regard d'excuse et hausse un peu les épaules.

Quand elle sera ma femme, Edward aura bien plus de mal à l'éloigner de moi. Cette idée ne fait rien pour arranger la situation dans mon pantalon. Mais malgré ça, je me sens bien plus léger depuis plusieurs semaines. Clara et moi, nous nous sommes trop terrés dans notre maison ces derniers mois, complètement absorbés l'un par l'autre. Malheureusement, ce type d'événement va devenir de plus en plus fréquent. Et malgré les peurs dont elle m'a parlé tout à l'heure, elle n'a pas de quoi s'inquiéter. Elle a charmé tout le monde. Edward l'aime déjà comme une sœur. Je crois fermement que tout le reste se mettra naturellement en place. En tout cas, je décide de le croire.

Un serveur s'arrête près de moi et je prends une flûte de champagne sur son plateau avant de le remercier d'un signe de tête. J'avale une petite gorgée avec un frisson glacé quand, tout à coup, je le reconnais. Je pivote brusquement et rentre dans l'homme derrière moi. Je marmonne une excuse et fonce dans la foule à la recherche du serveur.

Il me tourne le dos, je saute sur lui et l'attrape par l'épaule pour le tenir fermement. Quand je le force à se retourner, son plateau tombe par terre dans un grand fracas.

– Hé mec, fais gaffe !

L'inconnu m'assassine du regard lorsque je le relâche. L'expression de son visage vire à l'horreur lorsqu'il se rend compte de qui je suis.

– Je suis vraiment désolé, Votre Majesté. C'est entièrement de ma faute.

– Je suis navré.

Je ne sais pas trop quoi dire pour m'excuser. Je me sens bête. Je me penche pour l'aider à ramasser le plateau et aperçois les restes d'un assortiment de crudités.

– Vous ne serviez pas de champagne ?

– Non, juste ces canapés, répond-il en les remettant sur le plateau.

Je bondis pour me redresser, je passe la foule en revue pour le retrouver, mais je sais qu'il est trop tard.

Encore une fois, Daniel m'a échappé.

# CHAPITRE
# VII

Je regarde partout en essayant de reprendre le contrôle sur ma panique. Mon corps est totalement sur le qui-vive, tous mes instincts sont concentrés sur une tâche : retrouver Clara. Lorsque je la repère enfin, je prends une grande inspiration et j'envoie un SMS à Norris.

Mais je ne la quitte pas du regard. Chaque seconde s'étire à en devenir une insupportable éternité, qui ne sert qu'à intensifier mon instinct protecteur. Plus il faut de temps à Norris pour venir vers moi, plus j'ai envie de partir moi-même à la recherche de Daniel. Mais ça impliquerait de laisser Clara hors de portée de vue – et ça, ça n'est pas près d'arriver.

Norris surgit de l'autre côté de la pièce et je lui fais signe de me rejoindre.

– Le périmètre est sécurisé, murmure-t-il en bougeant à peine les lèvres.

Il comprend l'importance de la discrétion. Si la presse découvre que Clara est pourchassée par un déséquilibré, ils ne la lâcheront pas. Une trop grande attention forcerait Daniel à se cacher encore plus ou tout simplement nourrirait son délire. Vu le comportement psychotique qu'il a montré jusqu'à présent, je n'ose pas imaginer quelle option il choisirait.

– Et je lui ai assigné quelqu'un.

J'observe la foule autour de Clara et je repère enfin l'agent de sécurité incognito qui la suit discrètement alors qu'elle discute avec ses anciens collègues, Tori et Bennett. Clara éclate de rire et même si à cette distance je ne peux pas l'entendre, la pression se relâche un peu dans ma poitrine. Je la regarde se baisser vers Tori et mettre une main sur son ventre. Un instant plus tard, son visage s'éclaire. Cette scène me procure une étrange sensation, mais je n'ai pas le temps de m'appesantir là-dessus.

– Suivez-moi.

Je pose ma flûte de champagne sur une petite table à proximité et navigue dans la foule jusqu'à ce que je la repère. La légèreté passagère qui m'avait saisi en regardant Clara s'évapore, presque instantanément remplacée par un poids très pesant : le fardeau du passé.

Georgia, adossée à un mur, la tête langoureusement inclinée, rit de ce que lui dit Brex. Je dois bien le reconnaître, sa performance est exceptionnelle. Je note aussi dans un coin de ma tête de ne pas oublier d'alerter Brexton. C'est peut-être encore un homme à femmes, mais Georgia Kincaid est loin d'être une femme comme les autres.

Je m'avance vers Georgia et l'attrape par le coude.

– Je déteste interrompre les préliminaires, mais j'ai besoin de te parler.

– Excuse-nous.

Elle affiche un sourire étourdissant par-dessus son épaule alors que je la guide vers le hall d'entrée. Dès que nous nous éloignons du cœur de l'action, elle tire brusquement sur son bras pour m'échapper et nous assassine du regard, Norris et moi.

– Tu n'es pas un hôte très gracieux, Alex.

– Ne m'appelle pas Alex.

Je ne peux pas la regarder en face. Je n'en ai pas envie.

Elle se penche vers moi, inclinant la tête pour croiser mon regard distant.

– J'ai d'autres noms en réserve si c'est toujours ce que tu préfères.

– Ça ne sera pas nécessaire, vu notre situation actuelle.

Mon estomac se soulève alors qu'une image de Georgia à genoux devant moi me vient spontanément à l'esprit. Je secoue la tête pour m'en débarrasser, mais cette sensation de haine de moi-même qui l'accompagne ne se dissipe pas.

– Je présume qu'Hammond t'a envoyée pour une raison particulière.

– Je ne suis pas là pour livrer des bijoux.

Georgia croise ses bras fins sur sa poitrine et attend.

C'est malin de sa part. Personne ne peut deviner qui est cette très belle femme. Ça ne veut pas pour autant dire que j'apprécie de la voir ici.

– Alors, il t'a mandatée.

Je frotte ma nuque, essayant de digérer cette nouvelle information.

– C'est un sentimental, dit-elle platement. Y a-t-il une raison à ce petit rendez-vous ? Non pas que je n'apprécie pas cette séance de retrouvailles.

– J'ai repéré la cible dans la foule. Mes hommes sont partis à sa recherche, mais je veux que tu trouves comment il a fait pour s'introduire dans le palais. Et je veux que tu le trouves.

Georgia hausse les épaules, comme si je venais juste de lui demander de me montrer où étaient les toilettes.

– Et que dois-je faire quand je l'aurai trouvé ?

– Je m'en remets à toi.

Je ne veux pas savoir ce qu'elle lui fera quand elle l'aura attrapé. Et pas seulement à cause des répercussions juridiques.

– Merveilleux. Comme tu le sais… (elle effleure les boutons de ma veste)… je peux être très discrète.

J'attrape sa main et la repousse brusquement.

– Alors, sois discrète.

– Ton père serait ravi de connaître ce coup-là.

Elle ne prend même pas la peine de cacher son dégoût et poursuit :

– Elle est au courant au moins ?

Ça ne la regarde pas. Ça ne la regarde plus. Mais je réponds quand même.

– Oui, elle est au courant.

– Je ne l'en aurais jamais crue capable. (Georgia a un sourire sardonique, visiblement impressionnée.) Mais bon, on ne peut jamais vraiment savoir, n'est-ce pas ? Il faut de tout pour faire un monde. Peut-être qu'un peu plus tard, je pourrai discuter avec elle, de femme à femme, de soumise à soumise.

– Clara n'est pas ma soumise. Je ne pratique plus. Je n'ai jamais vraiment adhéré.

Georgia fait un pas en avant et baisse la voix pour que Norris ne puisse pas l'entendre.

– J'ai une cicatrice à l'arrière de ma cuisse gauche qui prouve le contraire, dit-elle avant de reculer et de poursuivre. Moi non plus. Nous étions jeunes. Pleins de fougue.

Ce n'est pas le mot que j'aurais choisi pour décrire la nature de notre relation, mais je ne suis pas vraiment intéressé par ce voyage dans le passé.

– Bon, j'ai comme une chasse au taré qui m'attend, reprend-elle. (Elle me fait un clin d'œil.) Mais tout à l'heure, tu me donneras le numéro de téléphone de Brexton.

Mais bien sûr, je vais lui donner. J'esquisse un sourire. Georgia soupire et retourne à la fête d'un pas nonchalant.

Norris me rejoint et s'éclaircit la gorge alors que nous la regardons s'éloigner.

– Mademoiselle Kincaid.

Il laisse son nom planer entre nous, sans plus de commentaire.

– J'aurais dû savoir qu'Hammond allait nous faire un coup dans le genre, dis-je avec dédain.

Mon vieil ami ne dit rien. Il m'a déjà fait comprendre ce qu'il pensait lorsque j'ai demandé de l'aide à Hammond. Jack Hammond est le dernier homme envers qui j'ai envie d'avoir une dette, mais je n'ai pas le choix. Pas quand Daniel échappe à mes propres équipes depuis cinq mois.

Norris appuie sur son oreillette et écoute attentivement. Lorsqu'il se concentre à nouveau sur moi, il a l'air maussade.

– La vérification est terminée. Nous n'avons trouvé aucune trace de son passage.

Je prends une grande inspiration. Daniel a réussi à m'échapper une fois encore alors que nous sommes en plein cœur de l'événement privé le plus sécurisé de l'année.

– Parlez au traiteur et trouvez si Daniel faisait partie des employés recrutés pour la soirée.

Norris hoche la tête et marque un temps d'arrêt.

– Nous allons maîtriser la situation.

– Vraiment ?

Je secoue la tête, la frustration est en train de remporter la bataille.

– Jusqu'à ce que ce mariage soit célébré, Clara est trop exposée. Il a trop d'opportunités de pouvoir l'atteindre. Six semaines.

– Et après le mariage ? demande Norris.

– Ça fait longtemps que la famille royale n'a pas fait de voyage officiel en Amérique.

Si je dois traverser l'océan Atlantique pour supprimer la menace, qu'il en soit ainsi.

– Il ne passera jamais les douanes et la frontière.

Norris ne dit rien, mais je sais ce qu'il pense. Daniel n'agit pas seul. Quelqu'un lui apporte de l'aide, lui fournit le nécessaire pour se cacher des équipes que j'ai lancées à sa recherche. C'est pour cette raison que j'ai été forcé de faire entrer Hammond dans la danse.

– Et d'ici là ? demande Norris. Il se fait remarquer. Je n'ai pas besoin de vous dire qu'il nous envoie un message.

Il a raison. La menace est claire. Daniel nous nargue et nous ne sommes pas plus avancés dans nos recherches. C'est inexplicable. Cet homme n'a aucun passé militaire, pas plus que dans la police. Il a étudié les maths à Oxford. Et pourtant il réussit à nous échapper à tous les coups.

– Là… dis-je en redressant ma cravate, je vais parler à mon père. Et arranger la situation.

***

Je sirote mon bourbon. Il me brûle la gorge, emportant au passage le goût amer que m'ont laissé ces dernières minutes. Je me laisse tomber dans un fauteuil club en cuir et je détaille lentement mon environnement. Je ne suis pas entré dans cette pièce depuis mon enfance. À l'époque, c'était le bureau de mon père. Personne ne s'en est servi depuis des années, pas depuis que mon grand-père est décédé et que ma famille a déménagé à Buckingham.

Clarence House est la maison où j'ai grandi. C'est la seule des résidences familiales dans laquelle j'ai de véritables bons souvenirs. Le bonheur hante ces salons, comme un fantôme toujours présent que je suis incapable de regarder en face.

J'abandonne mon verre et me dirige vers le grand bureau en chêne de l'autre côté de la pièce. En fouillant dans les tiroirs, je la trouve enfin. J'attrape la photo de ma mère et je la rapporte près du fauteuil, et de mon verre.

Je vis sans ma mère depuis assez longtemps pour ne plus être assailli par la douleur et les regrets lorsque je vois une photo d'elle. En la regardant maintenant, je me retrouve en elle. Ses cheveux noirs et le regard brillant qui se détache sur sa peau mate. J'ai de la chance, physiquement, c'est à elle que je ressemble le plus. Mais je ne me vois pas que moi dans son image.

Je vois Clara.

Elle a été le roc sur lequel s'est ancrée notre famille, son centre. Depuis son décès, nous avons perdu cet équilibre. Lorsque ma mère est morte, j'étais assez jeune pour ne pas perdre ma foi en l'humanité et elle fait partie de ma vie. Clara est une partie de mon être. J'ai enfin retrouvé mon équilibre avec Clara et l'idée de la perdre est inconcevable.

– J'imagine que tu as une bonne raison pour t'échapper de ta propre fête, dit mon père en entrant, avant d'aller se servir un verre. Et pour me faire quitter les invités.

– Je ne savais pas que vous appréciez tellement l'événement, je réponds d'un ton sec. C'est particulièrement étrange, vu comme vous vous êtes opposé à Edward lorsqu'il vous a annoncé vouloir l'organiser ici.

– Clarence House est une résidence royale, me rappelle-t-il. Je n'ai fait que respecter le protocole quant à son usage. Si cette maison était occupée par l'un de mes fils, ça n'aurait pas posé problème.

C'est tellement le genre de mon père de jouer les victimes, mais je sais que ce n'est qu'un piège dans lequel il veut m'attirer. Pour attaquer.

– Raison supplémentaire pour que ça ne pose pas de problème.

Nous sirotons nos verres respectifs en nous dévisageant. Son regard bifurque sur la photo que j'ai laissée sur la petite table.

– Quelle tristesse qu'elle ne puisse pas être parmi nous, dis-je.

– Ta mère n'aurait pas approuvé cette situation. Elle respectait les traditions.

– Elle vous aimait, dis-je calmement. Dieu seul sait pourquoi, mais elle vous aimait. Peu lui importaient les traditions. Son seul intérêt était sa famille.

– Que veux-tu, Alexander ? Ou ne peux-tu arriver à me demander quoi que soit ?

– Pourriez-vous arriver à me donner quoi que ce soit ?

Un muscle tressaute sur sa joue et il secoue la tête.

– Tu sais ce qu'on attend de toi.

– Supposons que ça n'ait rien à voir avec votre envie de me voir ramper devant vous. Une chose est claire : vous n'avez pas l'intention d'approuver notre mariage.

– Entrons dans le vif du sujet.

Il repose son verre sur l'accoudoir de son fauteuil et se détend un peu. Il poursuit :

– Non, je n'en ai pas l'intention, et pourtant tu continues à mener cette mascarade.

– Les invitations ont été envoyées. Dans six semaines, je ferai de Clara mon épouse.

– Dans six semaines, tu mettras en scène une parodie de mariage qui fera de Clara la risée du monde. La couronne ne la reconnaîtra pas comme ton épouse.

Ses mots sont tranchants, mais ils ne me font pas mal. Depuis longtemps, je suis insensible aux blessures infligées par mon père.

Je m'éclaircis la gorge et m'efforce de continuer.

– Les menaces contre la sécurité de Clara sont encore montées d'un cran. Mes équipes personnelles s'en occupent, mais j'aimerais avoir l'appui de la garde royale.

– C'est ce que tu souhaites me demander ?

Un sourire caustique s'affiche sur son visage pâle.

– La garde royale assure la sécurité de la famille royale. Clara n'en fait pas partie.

Mon poing s'abat sur la petite table.

– Elle le sera dans six semaines.

– Non, mon fils, dit-il en se levant, le regard mauvais. Elle ne le sera pas.

Je fais un tel effort pour me contenir que ma mâchoire se bloque.

– Quand cette punition sera-t-elle levée ?

– C'est à toi de voir. Je ne te punis pas, Alexander.

– Prenez-moi pour un con ! je lui hurle.

– Les attentes ne sont pas des punitions, commente-t-il avec conviction. Plus vite tu le comprendras, mieux ce sera pour toi. Tu penses que c'est acceptable de jouer les petits couples et de mettre en scène des exhibitions publiques pour saper mon autorité, mais je t'assure que ces simagrées ne changeront en rien mon opinion sur le sujet. Ton avenir est sur le trône. C'est là qu'est ta place. Pour le bien de la monarchie, je ne pourrai pas approuver ton mariage tant que tu ne l'auras pas compris.

– Aux chiottes la monarchie !

Il grimace et me jette un coup d'œil avant de se retourner, puis de sortir de la pièce.

D'un seul coup, je me rends compte d'un truc. Il n'y a qu'une seule manière de procurer à Clara le plus haut degré de sécurité. Je me lève et part à sa poursuite avant d'en perdre le courage.

En passant par l'un des salons, je fais signe à un serveur. J'attrape une flûte de champagne sur son plateau et la lève en l'air, puis j'attire l'attention du public.

– Veuillez excuser cette interruption.

Le silence s'abat par vagues sur la foule alors que tous nos invités se retournent vers moi.

– Clara ?

Je l'appelle d'une voix forte. J'ai besoin de la voir, j'ai besoin de me rappeler pourquoi je fais ça.

À l'autre bout de la pièce, la foule s'écarte et elle m'apparaît. Son sourire est timide, comme si elle se doutait que je trame quelque chose, mais il suffit à me rassurer.

– Dans un peu plus d'un mois, Clara Bishop acceptera de devenir ma femme. Je ne peux qu'en déduire qu'elle ne se doute pas de ce qui l'attend. (Je fais une petite pause pour attendre que les invités cessent de rire.) Si elle le sait déjà, la seule raison possible est que par miracle, elle pense que j'en vaux la peine.

Cette fois-ci, je me moque des rires. Je me concentre complètement sur elle et poursuis :

– Merci de m'avoir témoigné ta confiance et ton amour. Je ne peux qu'espérer te prouver que je les mérite. Ton choix n'a pas été facile.

Son sourire se tord lorsqu'elle reconnaît ironiquement la vérité. Je prends une grande inspiration et regarde à nouveau le reste des invités.

– J'ai récemment parlé à mon père des difficultés d'un mariage. Il m'a rappelé que nous ne pouvons pas toujours prédire l'avenir mais que nous pouvons toujours choisir la personne avec qui l'affronter. Si Clara et moi faisons face ensemble à tous les changements que l'avenir nous apportera, je sais que nous pourrons relever n'importe quel défi.

Mon regard se porte sur mon père. Même à l'autre bout de la pièce, je vois qu'il serre les dents de me voir autant déformer ses paroles.

Je me dis qu'il ne paie rien pour attendre. Il va encore moins aimer mon prochain coup.

– Je suis tellement heureux d'annoncer que le premier de ces nombreux bouleversements sera un changement d'adresse.

Je regarde vite fait Clara dont les yeux s'écarquillent.

Moi non plus, je ne paie rien pour attendre, je vais déguster. Je tends la main vers elle et j'attends qu'elle me rejoigne. Elle fait les derniers pas qui la séparent de moi et prend ma main d'un geste incertain. Je me penche pour l'embrasser sur la joue. J'en profite pour tourner la tête et rapidement lui murmurer :

– Tu me fais confiance ?

Sa main fragile se mêle à la mienne et elle me serre brièvement les doigts.

– Dans quelques semaines, nous emménagerons officiellement ici. Comme certains d'entre vous le savent, j'ai grandi dans ces murs et je suis content que Clarence House soit notre premier foyer de mari et femme. (Je me tourne vers Clara et lui prends l'autre main.) Et j'espère que ma fiancée apprécie son cadeau de mariage.

Clara se hisse sur la pointe des pieds et m'embrasse rapidement. Lorsqu'elle recule, je vois son regard plein d'interrogations, mais elle n'exige pas de réponse. Pas tout de suite. Elle se contente de retourner vers nos invités, acceptant gracieusement la soudaine effusion de félicitations. La foule menace de l'avaler, mais je tiens fermement sa main dans la mienne, hochant poliment la tête à chaque vœu de bonheur qu'on m'adresse.

Bien sûr, je remarque que mon père ne nous présente pas ses félicitations. J'ai joué mon va-tout, j'ai sacrifié un pion, ma liberté, et je me rapproche encore un peu plus de l'emprise du roi.

# CHAPITRE

# HUIT

Les cartons s'empilent partout dans l'entrée du numéro 19. Je pousse un gros soupir frustré. J'ai du mal à croire qu'en si peu de temps de vie commune ici, nous ayons accumulé tant de bazar.

Lorsqu'il a annoncé notre déménagement à Clarence House, Alexander m'a vraiment prise au dépourvu. Même en oubliant que c'est un palais et non pas une maison comme son nom le laisse penser – déjà, j'ai du mal à comprendre la nuance –, il faut aussi dire qu'il est complètement meublé et plein d'objets que j'ai peur de toucher, alors de là à m'asseoir dessus…

Les semaines ont filé à toute allure entre les essayages de ma robe et les rendez-vous, mais j'ai quand même réussi à faire le tri dans presque toutes nos affaires à temps pour que les déménageurs puissent arriver demain matin. Alexander a pris sa matinée et annulé ses réunions pour finaliser notre plan pour la journée de demain. Je n'ai pas remis sa décision en question, je savais qu'un jour ou l'autre nous devrions emménager dans une résidence officielle, c'était inévitable.

Ça ne veut pas dire que j'étais prête.

J'attrape un marqueur et liste le contenu du carton que je viens de fermer. La plupart de nos affaires sont en route pour le garde-meuble. C'est vraiment idiot de les garder, elles vont prendre la poussière dans un coin, mais je ne peux pas me résoudre à m'en débarrasser.

Un bras s'enroule autour de ma taille et je me laisse aller contre le corps musclé d'Alexander.

C'est pour cette raison que je fais tout ça.

C'est pour lui.

Y aurait-il une autre raison ?

– Je crois que nous sommes prêts, dit-il en m'embrassant légèrement sur le crâne.

– Vraiment ?

– Ne me dis pas que tu as des doutes.

J'entends dans sa voix le sourire que je ne peux pas voir.

– Tu n'as jamais pensé à partir en douce ? Acheter une petite maison sur la côte pour vieillir ensemble ?

C'est un fantasme, mais Alexander se raidit derrière moi. Sans y faire attention, j'ai touché une corde sensible. Je soupire et me trémousse pour lui faire face.

– Je sais où je mets les pieds.

Je le rassure. Il a été bien clair le soir où il m'a fait sa demande en mariage. Nous avons regardé le scintillement de Londres à nos pieds et il m'a mise en garde. Ça ne veut pas dire qu'une partie de moi ne regrette pas que les choses ne soient pas différentes. Plus simples.

– Tu crois ? demande-t-il.

Son regard bleu fouille le mien à la recherche de réponses à sa question muette.

– Oui.

Je le savais quand j'ai accepté. Je le sais encore. Mais je sais aussi qu'il a vraiment besoin de l'entendre.

– Je suis heureuse.

– J'aimerais ne pas avoir à t'infliger tout ça, dit-il en m'embrassant sur le front. J'aimerais pouvoir m'enfuir avec toi et acheter des alliances. Disparaître dans une vie tranquille au bord de la mer, mais…

– Où est le challenge dans tout ça ?

– Quelque chose me dit que tu seras toujours un challenge.

Le petit sourire en coin dont je suis tombée amoureuse naît sur ses lèvres et fait battre mon cœur.

Je lui assène une petite tape sur la poitrine, faisant semblant d'être offensée.

– Recommence un peu que je te donne une fessée, m'avertit-il, une lueur joueuse de retour dans son regard.

– Tu promets ?

– En fait… (il fait traîner le suspense)… je n'arrête pas de penser à tous ces endroits que nous n'avons pas baptisés.

J'étais à court de souffle, mais là, j'éclate de rire.

– Où par exemple, X ?

Nous regardons autour de nous. Si l'on fait exception de la montagne de cartons, j'ai de très bons souvenirs de la plupart des surfaces dans cette maison : les meubles, les sols et aussi les murs.

Alexander attrape mes hanches et m'assied sur une pile de cartons.

– Là.

– Tu triches…

Ses lèvres m'interrompent. Je me coule contre lui, mes bras passent derrière son cou et je l'attire plus près de moi. Mes doigts se mêlent à ses cheveux d'un noir d'encre alors que sa langue s'insinue dans ma bouche. Je la suce doucement, j'ai envie de lui.

J'en veux plus. Je veux tout.

Il rompt notre étreinte, mais son visage reste proche du mien. Nous luttons pour reprendre notre souffle.

– J'ai trouvé où, mon chou.

– C'est comme ça que tu gagnes du temps ? Embrasse-moi jusqu'à ce que j'oublie de quoi je t'accuse.

Il sourit d'un air suffisant.

– Ça dépend. Est-ce que ça marche ?

Je plisse le front pour réfléchir, mais avant que j'aie pu répondre, il me prend dans ses bras et me soulève. J'encercle sa taille fine de mes jambes et je savoure la sensation de sa bouche sur la mienne lorsqu'elles entrent à nouveau en contact. J'ai envie de poser ma bouche sur lui. J'ai envie de lécher les creux et les bosses de son ventre. J'ai envie d'embrasser les cicatrices qui marquent son corps magnifique.

Mais plus que tout, j'ai envie d'être possédée.

Et, d'un seul coup, j'ai l'impression de flotter, puis j'atterris doucement sur le sofa.

– Ah.

Je caresse le tissu duveteux. Il a vraiment réussi à trouver un endroit où nous n'avons pas fait l'amour.

– Tu as une sorte de balise pour détecter les endroits sur lesquels tu as envie de me baiser ?

– Mon chou, il n'y a que toi sur mon radar.

Il mord sa lèvre et me parcourt du regard comme s'il se demandait comment me dévorer avant de reprendre :

– Bon, allons-y pour tous ces vêtements.

Il se penche en avant et détache le bouton de mon jean. Mes fesses se soulèvent automatiquement lorsqu'il tire dessus pour le faire descendre sur mes hanches.

– J'adore découvrir ta chatte sans rien pour la couvrir.

Il laisse tomber mon pantalon par terre avant de poser la paume d'une de ses mains sur l'intérieur de mon genou.

À sa douce incitation, j'écarte les cuisses. La délicieuse sensation d'être à nue devant lui amplifie mon désir jusqu'à me faire éprouver un besoin frénétique. Son regard se fait lourd de désir et il touche son membre rigide. Ma main descend pour caresser le petit mont humide et enflé entre mes jambes.

– C'est toi qui me fais ça. Quand tu me regardes comme ça, tu me donnes envie de me toucher pour toi.

– Montre-moi, ordonne-t-il.

Il abandonne son érection et s'attaque à son t-shirt, le passant par-dessus sa tête dans un geste fluide. Sans ciller, il déboutonne son pantalon.

Je savoure la vue de son corps, quelque chose de primal s'éveille en moi et je dessine un petit cercle avec mon doigt sur mon clitoris. Il a réveillé mon côté sombre – ma propre brutalité sensuelle –, ce qui me captive. Je suis l'air et il est le feu, il me consume jusqu'à ce que l'intégralité de mon corps brûle pour lui.

Je ne supporte pas de le regarder, bouleversée par la force à l'état brut qui émane de lui. Je ferme les yeux et frissonne lorsque mes doigts dansent sur mon petit paquet de nerfs palpitant.

– Regarde-moi, exige-t-il.

Je secoue la tête, perdue dans l'instant – et je sais très bien ce qui se passera si je lui désobéis. J'ai envie de le rendre fou, de le pousser au-delà des limites du contrôle qu'il s'impose, qu'il craque et qu'il s'attaque à moi.

– Redresse-toi, grogne-t-il alors que sa main passe sous mes fesses pour écarter mes doigts de mon sexe frémissant.

Il n'attend pas que j'obéisse, il me repositionne lui-même. Il se laisse tomber sur le canapé et caresse son sexe, produisant une perle de liquide nacré au bout. Avant même de savoir ce que je fais, je me penche pour le lécher.

– Ta bouche est si chaude et humide, grogne-t-il alors que je passe ma langue autour de son gland, mais il m'en empêche : Je vois que tu en as très envie, mais tu ne peux pas m'allumer comme ça. Me montrer ce qui m'appartient et ensuite le cacher.

Je gémis, mes hanches se déplacent sous le poids de l'excitation. J'y étais presque, mais il m'a arrêtée, me laissant souffrir la glorieuse agonie de la frustration.

– Lève-toi.

Je me lève d'un bond, pressant mes cuisses contre le cœur de ma douleur. Alexander s'allonge, ses doigts vont et viennent à toute vitesse sur son membre. Je m'avance vers lui, le sexe moite, prête à le prendre en moi.

– Est-ce que je t'ai dit que tu pouvais l'avoir ? demande-t-il en attirant mon attention sur l'objet de tous mes désirs.

Il le relâche et le laisse tomber lourdement sur son ventre. Le gland frôle le bas de son nombril. Il me fait signe d'approcher avec son index.

– Viens ici.

J'avance, il passe un bras autour de mes fesses, m'attirant près de lui. Je trébuche, alors il guide mes jambes sur le canapé. Mais avant qu'il ne puisse me prendre au piège, je pivote et me laisse tomber sur les mains. Mon cul est à quelques centimètres de son visage lorsque je m'accroupis. Il malaxe mes hanches de ses mains, m'approchant de lui jusqu'à ce que sa langue effleure mes chairs sensibilisées.

Un gémissement m'échappe lorsqu'une vague de plaisir me déchire.

– Je vais te faire tellement de bien.

Il me pénètre de deux doigts. Ses lèvres se referment sur le petit paquet de nerfs surexcités jusqu'à ce que j'approche de l'explosion. Puis la chaleur de sa bouche disparaît quand ses doigts me pénètrent de plus belle.

– Cette adorable chatte est à moi.

– À toi.

Plus il me pousse vers le précipice, plus j'ai du mal à respirer, mais il me retient au bord.

Mon plaisir lui appartient. Je suis à sa merci. Je brûle d'envie de le satisfaire. Je me penche en avant et j'attrape son membre dans ma main pour le mettre dans ma bouche. Son odeur masculine envahit mon nez et je ne pense qu'à le sucer. Ma bouche plonge pour le prendre tout entier et je le suce à un rythme d'enfer. J'ai envie de le prendre avec moi, j'ai envie qu'il explose sur ma langue alors qu'il prend possession de mon corps. J'attrape ses testicules et je les serre doucement, ce qui me vaut un renouveau de férocité dans son assaut.

Alexander plaque son visage contre mes fesses, me dévorant, alors que je creuse mes joues autour de son membre. Mais malgré son impatience, sa langue tourne et darde avec habileté. Chaque mouvement est d'une précision nette. Il est concentré. Chaque caresse me propulse un peu plus en avant sur le chemin de l'extase.

Son pouce plonge entre mes cuisses pour s'enduire du fruit de mon excitation, puis je le sens le presser sur mon anus. Je grogne lorsqu'il le pousse au-delà de l'anneau de muscles serrés. Je suis emplie, si près de l'explosion, rendue fragile par sa totale domination sur mon corps.

Je me contorsionne contre lui, ondulant de toutes mes forces contre ses doigts et sa langue – j'en veux plus, plus profond. Il passe son bras autour de mes cuisses et me retient captive de son assaut alors que sa main attrape mon clitoris gorgé de désir et le pince entre ses doigts.

Un cri s'échappe de ma gorge et je m'étouffe sur son membre. De petites explosions me font frémir partout, mon orgasme jaillit sur lui. Je lutte pour me maîtriser alors que les premiers jets de son plaisir arrivent sur mon palais. Je les avale alors même que mon corps tremble et s'épuise contre le sien.

Lorsqu'il a enfin fini de jouir, je m'effondre sur lui, ma main encore agrippée à son sexe toujours complètement érigé.

Alexander m'embrasse l'intérieur de la cuisse. Il masse une de mes fesses pour me donner le temps de me reprendre avant de me faire passer sous lui. Il s'agenouille sur les coussins, écarte mes cuisses et positionne son membre à l'entrée de mes chairs sensibilisées.

– Non. Je ne peux pas. Je ne peux pas…

– Chhhut, mon chou. Tu sais quoi me dire si tu veux que j'arrête.

*Brimstone.* Mon code de sécurité me revient en tête. Je ne l'ai pas utilisé depuis plusieurs mois, alors qu'il me fait aller toujours plus loin et qu'il est de plus en plus exigeant. Même si j'ai gagné en assurance, il me rappelle toujours qu'il y a un moyen de l'arrêter.

Je n'ai juste jamais envie de l'arrêter.

Il attend et je gémis un autre non alors que mon bassin ondule déjà pour se rapprocher de lui, mon sexe s'épanouit et se dilate alors qu'il est encore agité de spasmes.

– C'est ça. Ouvre-toi à moi.

Alexander se penche, ses bras musclés se plantent de part et d'autre de mon corps alors qu'il me pénètre délicieusement, centimètre après centimètre. Il y va doucement, il glisse, puis se retire. Je plante mes griffes dans ses biceps, cherchant désespérément à le faire avancer plus vite, mais il garde son rythme de croisière. Son regard me transperce et ses hanches vont et viennent, puis font des cercles, me conduisant à un autre orgasme. Je me sens complète – entière comme lui seul peut me le permettre.

Mon sexe se contracte et je renverse la tête en arrière quand la pression monte encore d'un cran.

– Regarde-moi, dit-il. Garde les yeux ouverts. Je veux lire ce que tu penses quand tu jouis.

Nos regards se rivent l'un à l'autre et je lutte contre mon instinct de me laisser emporter. De la sueur perle au front d'Alexander, sa mâchoire se serre sous l'effort qu'il fait pour se maîtriser.

– Oui, c'est ça, mon chou. Putain, tu es tellement belle quand tu jouis. Montre-moi ce que ça te fait quand je te comble. Montre-moi que tu m'aimes.

Il s'enfonce encore plus profondément, son membre sollicite à coups de patientes caresses le point que lui seul peut atteindre. La béatitude la plus parfaite se répand dans tous mes membres. J'éclate de plaisir en me cambrant. Je ne retiens rien, je lui donne tout.

# CHAPITRE
# NEUF

Je m'arrête à l'entrée du bistrot pour regarder les gens assis à table. Comme nous avons découvert deux autres endroits dans lesquels nous n'avions jamais fait l'amour, je suis en retard. Je me suis habillée à toute vitesse, optant pour une simple robe portefeuille et mes Louboutin préférées. Préférées, parce que je suis encore capable de tenir debout avec, malgré les exercices du matin.

Edward me fait signe depuis une table près du patio. Je m'avance vers lui. Pendant que je navigue entre les tables, les murmures des clients se font de plus en plus bruyants derrière moi. Je coince mon sac à main sur mon épaule, faisant de mon mieux pour les ignorer.

– Où qu'elle aille, elle fait une entrée remarquée !

Edward se lève pour m'accueillir et attend que je m'asseye.

– Ne m'en parle pas, dis-je à mi-voix. Visiblement, ce midi, c'est déjeuner et spectacle.

– Un jour, tu ne le remarqueras même plus, me promet-il.

J'espère qu'il a raison. Pour le moment, j'ai décidé de vivre pleinement l'instant présent. Combien de fois cela m'arrive-t-il de me lever et d'avoir un déjeuner prévu avec une personne que j'apprécie vraiment ?

Il y a des priorités, je me rappelle fermement.

Nous passons rapidement commande pour nous donner plus de temps pour discuter. Dans le tourbillon des dernières semaines, j'ai passé moins de temps avec Edward que je ne l'aurais voulu.

– Oserais-je te demander comment se prépare le mariage ?

– Tu viens juste de le faire, dis-je avec une moue.

– Aussi bien que ça, hein ? Au moins, le reste du monde est prêt.

– Moi aussi, j'ai commencé le compte à rebours.

Le nombre de journaux et de médias qui lancent des paris sur absolument tout, de ma robe à ma coiffure, est légèrement perturbant. En vérité, je ne sais même pas ce que je vais faire de mes cheveux.

Je m'en moque. D'une seule voix, nous nous exclamons :

– Une semaine.

Le dire à haute voix me fait l'effet d'une nuée de papillons en liberté dans mon ventre. Je le frotte d'un geste absent, regrettant de ne pas être capable de mieux maîtriser mon anxiété.

– En parlant de ça…

Edward met la main dans sa poche et en retire un petit écrin noir.

– C'est la bague de David ?

J'attrape la petite boîte et il renifle.

– C'est la tienne.

– Oh mon Dieu !

– Tu avais oublié ! m'accuse Edward.

– Je n'ai pas oublié. J'ai simplement rangé ça dans un coin de ma tête.

– Tu n'as pas une autre excuse à me faire gober ?

– Je dois penser à tellement de choses que j'en oublie certaines à droite et à gauche. Parfois. J'oublie même d'aller aux toilettes, dis-je en baissant la voix. J'ai besoin d'y aller puis j'oublie, et je ne m'en rends compte qu'à mi-chemin vers mon prochain rendez-vous.

– Une semaine, répète-t-il sur un ton apaisant.

– Pour le bien de ton frère, prie pour que je ne perde pas la tête d'ici là.

Et j'ouvre l'écrin. Lorsque je la vois, j'en ai le souffle coupé. Elle est aussi simple que dans mon souvenir. Masculine sans être tape-à-l'œil, mais c'est autre chose de la voir, sachant ce qu'elle représente. Ça m'empêche de respirer correctement. Je l'extirpe de la boîte, la pose dans la paume de ma main, puis la retourne. Pas de début. Pas de fin. Tout comme nous. Mon cœur fait un bond quand mon regard tombe sur la délicate promesse gravée à l'intérieur de l'alliance.

*Pour toujours.*

Deux mots tout simples qui veulent dire tant de choses. Il m'a demandé de l'épouser avec ces deux petits mots. La semaine prochaine, je lui donnerai ma réponse définitive. Ma promesse.

Je cligne des yeux pour chasser les larmes qui s'y accumulent. Je range prudemment l'anneau dans sa boîte et j'essuie la preuve de mon soudain afflux d'émotions.

Mais Edward a déjà à la main son mouchoir plié. Je l'attrape avec gratitude.

– Tu vois ? Vendredi prochain, je serai transformée en masse dégoulinante. Je pleure pour un rien.

Ma remarque le fait rire et j'agite mon index devant lui pour le détromper.

– Non, sérieux. Si tu renverses ton verre d'eau, je vais me mettre à chialer.

Ça me fait du bien de me moquer de moi, je suis d'humeur plus légère et, rapidement, je me mets à rire avec lui.

– Change-moi les idées, s'il te plaît.

– Avec plaisir, Votre Majesté.

– Je ne suis pas une *Majesté.* Ce n'est pas comme ça que tu me changeras les idées.

– Comme vous le voudrez, me taquine-t-il.

Je ronchonne en me renfonçant dans ma chaise.

– Alors, où est la bague pour David ?

Edward se tortille sur sa chaise et jette des regards inquiets sur les clients du restaurant. Soit il a la frousse, soit les nouvelles sont mauvaises. Quand je me souviens que c'est lui qui a organisé ce déjeuner, j'ai peur pour lui. Mais bon, il ne pleure pas. Ma question devrait lui permettre d'esquiver la tête haute :

– Tu as changé d'avis ?

Si David a refusé, il pourra toujours me dire qu'il s'est ravisé et je le laisserai tranquille.

– Pas vraiment.

Il prend une grande inspiration et souffle enfin un bon coup lorsqu'une silhouette familière surgit à nos côtés.

– David !

– Salut Chéri, l'accueille Edward.

Sa meilleure moitié s'installe sur la chaise à côté de la sienne et se penche pour l'embrasser rapidement. Avec son style décontracté, David est l'atout supplémentaire de mon futur beau-frère, très féru de mode. Je les observe et je sens une boule grossir dans ma gorge. Je ne les ai jamais vus aussi à l'aise. David s'installe confortablement, son regard brillant se détache de sa peau couleur café. Il y a quelques mois encore, ils ne se seraient pas assis l'un à côté de l'autre.

– Oh, regarde, on la fait encore pleurer, dit Edward.

David se redresse, son beau visage soudain inquiet.

J'attrape son mouchoir, embarrassée de ma réaction, et je chasse sa sollicitude d'un geste de la main.

– C'est juste le stress.

– Ça ne fait pas envie, dit David. Tu vas être comme ça ?

Je déglutis mes larmes et les dévisage.

– Pause ! Montre-moi ta main.

David lève sa main gauche d'un air suffisant, montrant la bague de fiançailles qu'Edward et moi avons choisie pour lui il y a quelques semaines.

– Je n'arrive pas à croire que tu sois resté assis là en face de moi tout ce temps et que tu ne m'aies rien dit.

Je bondis sur mes pieds et les serre dans mes bras.

– C'est de ma faute, dit David. J'avais envie d'être là.

– Tu es la première à qui on l'annonce, ajoute Edward.

– Moi ?

– Ne te remets pas à pleurer ! rit Edward alors que c'est justement ce que je suis en train de faire.

– Je ne peux pas m'en empêcher.

J'étais à leurs côtés lorsque leur relation s'est transformée. Je suis encore là pour voir son évolution.

– Tu es la raison pour laquelle nous sommes là, dit doucement David.

Nos regards se croisent et, à cet instant, je sais qu'Edward ne se marie pas seulement, il fait aussi grandir notre famille.

– Ouais, si ta sœur ne m'avait pas embrassé à cette soirée, blague Edward.

David lui assène une petite tape sur l'épaule avant même que je puisse le faire.

– Sérieux, Clara, Alexander et toi m'avez montré que je n'avais pas à choisir le sang au détriment de l'amour.

Il attrape brusquement la main de David et la porte à ses lèvres avant d'ajouter :

– Merci.

Je tortille le mouchoir, toute à ma joie, et l'agite devant eux.

– Arrêtez de me faire pleurer ! Et raconte-moi comment il a fait sa demande.

David me fait un grand sourire, affichant une rangée de dents d'un blanc éclatant.

– Alors…

***

Une heure plus tard, j'abandonne à regret l'heureux petit couple pour arriver à l'heure à mon rendez-vous avec le coordinateur du mariage. J'ai subrepticement glissé un petit pain dans mon sac à main à la fin du déjeuner, car j'étais trop occupée à discuter pour finir mon assiette. Je le sors lorsque Norris m'ouvre la porte de la voiture, en lui souriant.

– Je croyais que vous veniez de déjeuner.

– La plupart des futures mariées se mettent au régime, moi je mange tout ce qu'il ne faut pas.

Je lui souris sournoisement. C'est encore un signe de tous les changements qu'Alexander m'a fait opérer. À une autre époque de ma vie, je me serais arrêtée de manger juste pour me donner l'impression de contrôler quelque chose. Je n'ai plus ce besoin. C'est même le contraire. J'ai faim en permanence. Mon corps a probablement du mal à garder le rythme avec autant de sexe.

Je me penche pour entrer dans la voiture en jetant un dernier coup d'œil au restaurant, et mon esprit divague en repensant à David et Edward. Mais bien vite, mon humeur légère s'évapore. Ma main arrête net la porte pour l'empêcher de se fermer.

– Mademoiselle Bishop ?

Norris fait un pas de côté lorsque je m'apprête à ressortir de la Rolls-Royce.

– Avez-vous oublié quelque chose ?

Je secoue la tête pour lui répondre. Norris se tourne pour voir ce qui a retenu mon attention et je sens son corps se raidir.

– Je pense que vous devriez remonter en voiture, suggère-t-il avec douceur.

– Je parie que non, Norris.

Je lui jette un coup d'œil pour le mettre au défi de m'arrêter.

Il me laisse passer en soupirant, ce qui me permet de regarder en face la femme qui a attiré mon regard.

Georgia Kincaid.

Impossible de la rater. Elle sirote l'air de rien un verre de vin rouge, cachée derrière une grosse paire de lunettes de soleil. Étrangement, je ne l'avais pas remarquée, alors que j'ai déjeuné juste à côté d'elle.

Tomber sur l'ex de son fiancé une fois : pas de bol.

La croiser une deuxième fois : coïncidence.

Une troisième ?

Georgia Kincaid me suit et je vais découvrir pourquoi.

# CHAPITRE

# DIX

Je me redresse pour traverser le trottoir, prête à affronter l'inévitable. C'est la troisième fois que je rencontre Georgia Kincaid et je ne peux pas croire un seul instant que c'est une coïncidence. Georgia repousse ses lunettes de soleil et me sourit lorsque j'approche.

– Clara, quelle joie de vous voir. C'est une surprise des plus inattendues.

– Vraiment ?

Georgia cligne des yeux. Un instant plus tard, son sourire a disparu et elle me fait signe de m'asseoir à ses côtés. J'hésite, mais quelque chose me dit qu'elle a encore moins envie que moi de se lancer dans un jeu de dupes. Je m'assieds, croise les bras sur ma poitrine et attends.

– Ne vous arrêtez pas en si bon chemin. Vous avez envie de m'accuser de quelque chose et je meurs d'envie de vous l'entendre dire.

– Vous me suivez.

Elle hausse les épaules.

– Beaucoup de gens vous suivent, Clara. Des photographes, des journalistes, *des harceleurs*.

– Est-ce que vous me harcelez ?

Si elle a envie d'être directe, moi aussi.

Georgia rit et lève son verre de vin.

– Non, vous n'êtes que l'appât.

– Alors, dites-moi, qu'ai-je fait pour avoir le plaisir de bénéficier de votre attention ? dis-je d'un ton cassant.

– Je pense que c'est une question pour Alexander.

Mon estomac se retourne, je lutte pour me retenir de la gifler.

– Qu'entendez-vous par là ?

– Pas ce que vous avez visiblement en tête.

Elle boit une gorgée de son verre et le repose sur la table. Puis elle se penche en avant et retire ses lunettes de soleil pour me détailler.

– J'ai été engagée par un ami commun pour vérifier qu'un certain problème soit résolu.

Bizarrement, elle a réussi à tout me dire sans rien m'avouer. À l'évidence, je suis hors jeu, mais ce n'est pas ce qui va m'empêcher de la presser de questions.

– Qui est votre employeur ?

– C'est la mauvaise question, me réprimande-t-elle. Ce que vous voulez savoir, c'est qui a payé pour mes services. Mais je pense que nous connaissons toutes les deux la réponse à cette question.

– Alexander, je réponds dans un souffle avant de rapidement fermer la bouche. Les informations sont une monnaie d'échange. J'en suis certaine.

– Votre fiancé se soucie de votre sécurité et, franchement, il y a de quoi.

Je secoue la tête, essayant de faire le tri dans mes pensées embrouillées.

– Mais en quoi êtes-vous concernée ?

– J'ai certains talents, un peu particuliers.

Elle hausse les épaules, comme si c'était une réponse suffisante.

– Des talents ?

– Disons plutôt que je ne suis pas encombrée d'une certaine décence morale qui gêne la plupart des gens.

À cet instant précis, une partie de mon être me crie *barre-toi immédiatement.* Je n'ai rien à faire avec cette femme qui considère que la moralité est un fléau. Mais je n'arrive pas à me résoudre à partir. Si Alexander ne prend pas la peine de tout me dire, alors je vais devoir trouver les réponses toute seule, de mon côté.

Le puzzle commence à se reconstituer.

– Vous êtes là à cause de Daniel.

C'est une déduction assez simple, mais ses ramifications me donnent le vertige. Peut-être qu'Alexander n'est pas capable d'assurer ma sécurité. Bien sûr, je sais qu'il est prêt à aller très loin pour me protéger. Mais je n'aurais jamais cru que ça pourrait être insuffisant, qu'il puisse en venir à utiliser quelqu'un comme cette femme.

– Ne prenez pas la peine d'être offensée. Quelqu'un doit bien nettoyer la merde, Clara.

– Et c'est votre travail ?

Je pose la question, mais je n'ai pas envie d'entendre sa réponse.

– Eh oui. Restez donc dans votre tour d'ivoire pleine de privilèges et jugez-moi, dit-elle d'une voix monocorde. Mais aussi horrifiée que vous puissiez l'être, quand tout sera terminé, vous serez bien contente que je sois aussi douée pour ça.

Je ravale la grosse boule que je sens dans ma gorge.

– Je suppose que c'est facile de juger lorsqu'on n'a pas besoin de connaître les détails, ronronne-t-elle.

– Qu'allez-vous lui faire ?

– Ne vous inquiétez de rien, rétorque-t-elle d'un ton dédaigneux. Je fais mon travail. Vous remonterez la nef de l'église dans une belle robe, et tout le monde vivra heureux dans le meilleur des mondes.

– Tout le monde restera en vie, hein ? dis-je en riant d'un rire forcé.

– Pour autant que vous le sachiez, répond-elle en caressant le bord de son verre. Maintenant, demandez-moi ce que vous voulez vraiment savoir.

– Je ne suis pas sûre de vous suivre.

La crainte qui s'empare peu à peu de moi me suggère autre chose. Mais vu le choc de ce que je viens d'apprendre, je ne suis pas certaine d'être capable d'en supporter beaucoup plus.

– Vous êtes une femme intelligente, Clara. Ne jouez pas les idiotes, dit-elle, légèrement dégoûtée.

– Quel type de relation entretenez-vous avec Alexander ?

Voilà la question à laquelle je n'ai pas trop envie de connaître la réponse.

– Je n'entretiens aucune relation avec Alexander, m'assure-t-elle. Plus maintenant.

– Nous sommes des femmes fortes. Les mensonges sont indignes de nous.

– Je ne mens pas. Et une fois encore, vous posez la mauvaise question.

Je n'ai pas à chercher bien loin pour la trouver.

– Qui étiez-vous pour lui ?

– Là, on approche.

Un sourire ravi s'affiche sur son magnifique visage.

– Alexander m'a assuré que vous étiez au courant. Mentait-il ?

Je ferme les yeux et prends une grande inspiration avant de répondre.

– Il m'a dit que vous aviez eu une relation. Que vous étiez une ex-petite amie.

– Je sais qu'Alexander n'est pas assez sentimental pour me désigner comme petite amie, même au passé.

Elle arque un sourcil ironique pour m'inciter à réfléchir.

– Je pense que c'est moi qui vous ai appelée comme ça.

– Et il ne vous a pas reprise ? Intéressant.

– Je n'ai pas de temps pour ça.

Tremblante, je me lève et la salue d'un signe de tête. Mon corps se prépare déjà à la confrontation qui, je le sais, ne manquera pas. Mon problème, ce n'est pas Georgia Kincaid. C'est l'homme que je suis sur le point d'épouser.

Elle lève la main.

– Asseyez-vous, je vous prie.

J'y réfléchis quelques instants avant de retourner sur ma chaise. Quel que soit le truc qui bouillonne en moi, il restera en place. Ça, j'en suis sûre.

– J'espérais vous croiser, admet-elle. Je pensais qu'il était temps que nous ayons une conversation entre filles.

– Vous appelez ça comme ça, vous ? Vous ne me faites pas l'effet d'une femme qui s'amuse à jouer à de petits jeux.

– Vous vous méprenez sur mon compte. *J'adore* les jeux. Presqu'autant que j'aime *jouer*.

Elle laisse son dernier mot flotter entre nous.

Ma main se colle brusquement contre ma bouche lorsque je ravale la bile qui y était montée. Je n'ai pas besoin qu'elle m'explique ce qu'elle veut dire.

– C'est vous ? (Difficile de me faire à cette idée.) Je sais.

Elle lèche sa lèvre inférieure, faisant briller son rouge à lèvres, avant de continuer :

– Je n'ai pas l'air d'une soumise. Mais bon, vous non plus, ma chère.

– Parce que je n'en suis pas une.

– Je me rappelle effectivement qu'Alexander m'a dit ne plus pratiquer. Ou du moins, il le prétendait. Mais je ne suis pas stupide. Tout chez Alexander crie la domination. Il est né pour ça. C'est le dominateur le plus naturel que j'aie jamais rencontré.

– C'en est assez.

Mon cri d'exclamation a attiré l'attention de quelques personnes aux tables d'à côté.

Georgia m'assène un regard sévère en mimant le mot *discrétion* avec ses lèvres.

– C'est vous qui me recommandez d'être discrète ?

Si je ne me sentais pas si mal, j'aurais pu en rire.

– J'attache plus de valeur à la discrétion qu'à n'importe quoi d'autre. Vous êtes l'une des rares personnes sur Terre à être au courant de ma relation passée avec votre fiancé, précise-t-elle en croisant les mains. C'est pour cette raison qu'on m'a assigné la tâche de régler votre problème.

– Je ne veux pas que vous vous en chargiez.

– Ne laissez pas vos émotions vous submerger, me recommande-t-elle. Comme je vous le disais, je suis discrète. Je suis même surprise que vous m'ayez remarquée aujourd'hui, mais bon, peut-être pas en fait.

– Pourquoi ?

– Vous cherchez à obtenir des réponses à vos questions sur moi depuis notre rencontre. Vous me cherchiez, Clara. Vous ne le saviez simplement pas.

Elle penche la tête vers quelqu'un derrière moi et, un instant plus tard, le serveur surgit à nos côtés.

– L'addition, s'il vous plaît.

– Je ne voulais pas…

– Vous ne vouliez pas entendre les réponses, finit-elle à ma place. Quoi qu'il en soit, j'agissais en pensant qu'Alexander m'avait dit la vérité. Il sera mécontent de vous savoir au courant. Son besoin de vous protéger est très fort.

– Je sais.

J'en ai eu la preuve très souvent. Mais comment puis-je ignorer tout ça ? Je reste assise, silencieuse, alors que le serveur revient avec la note.

Georgia sort son portefeuille et jette quelques billets.

– Peut-être devriez-vous changer d'avis sur la soumission. C'est une relation basée sur la confiance.

– Je lui fais confiance.

Mais je n'arrive pas à me convaincre de la véracité de mon affirmation.

– Je lui faisais confiance, dit-elle doucement. Il n'a jamais rompu ce pacte. Il a peut-être besoin que vous lui fassiez plus confiance.

Ce qu'elle insinue me fait froid dans le dos et pour une raison que je ne saisis pas tout de suite, je me retrouve à lui poser la question qui occupe mes pensées les plus sombres :

– Vous pensez qu'il peut être satisfait sans ça ?

– Si vous éprouvez le besoin de poser la question, j'ai l'impression que vous connaissez déjà la réponse. (Georgia se lève et attrape son sac à main.) Croyez-moi quand je vous dis que j'espère que vous trouverez la solution. Mon expérience auprès d'Alexander était limitée, mais c'est un homme bien. Lorsque vous serez prête, n'ayez pas peur.

Puis elle me laisse en plan, et mon regard se porte sur les rues animées de Londres. Des dizaines de personnes se promènent, vont au travail, ou se rendent à des réunions. Ils sont en route pour retrouver un amant ou un ami. Je suis entourée par cette foule, mais je ne me suis jamais sentie aussi seule.

# CHAPITRE

# ONZE

En rentrant dans la maison d'un pas incertain, mon genou percute un carton.

– Putain !

J'avais rendez-vous avec l'attachée de presse et je l'ai écoutée, sans conviction, détailler les points de protocole auxquels je vais devoir me plier dans une semaine, lorsque j'épouserai Alexander. Tout le temps du rendez-vous, je me suis demandé si j'avais vraiment besoin d'être là. Une semaine. Dans une semaine, je suis censée faire des vœux dont je ne suis plus si sûre. Non que je n'y croie plus, mais pour la première fois depuis plusieurs mois, je me demande si je peux être l'épouse dont Alexander a besoin.

Les mots de Georgia me reviennent en tête alors que je me frotte le genou. « C'est un homme bien. »

Un homme bien qui engage son ancienne soumise pour commettre un meurtre. J'ai lu entre les lignes et très bien compris pourquoi Georgia a été payée. Mais ce qui m'importe le plus, qui me fait peur – qui me glace le sang plutôt –, c'est son autre secret.

J'ai rencontré sa soumise et il n'a pas été tout à fait honnête avec moi. S'il a gardé leur relation secrète, est-il capable de…

Je secoue la tête pour chasser bien vite cette idée.

Alexander m'est fidèle. J'en suis sûre et certaine. Mais Georgia a vu une facette de sa personnalité qu'il ne m'a dévoilée que brièvement, et à des moments très particuliers. Même dans ses épisodes de domination les plus prononcés, lorsque je lui ai été le plus soumise, nous étions égaux. Entre ses mains, je n'ai jamais connu la peur, elle si. Il a admis devant moi que sa soumise avait un immense désir de douleur et qu'il la lui avait infligée.

Quand ce sera mon tour, comme elle me l'a suggéré, serai-je capable de l'endurer ?

La porte s'ouvre derrière moi et il entre à son tour, un grand sourire aux lèvres de me voir là.

– Dernière nuit à Notting Hill, dit-il. Je me disais que nous pourrions aller nous promener à Portobello et manger un morceau.

– Il va pleuvoir, et nous avons rangé les parapluies dans des cartons, je réponds d'un ton sans appel.

– Je suis sûr qu'il y en a un dans la voiture.

Il tend la main vers moi, mais je recule légèrement.

– Clara ?

Je ferme les yeux et cherche les bons mots, mais en fin de compte, je n'ai que des accusations.

– J'ai croisé Georgia Kincaid aujourd'hui.

– Oh ?

Il garde une expression soigneusement neutre.

– Et quand je dis que j'ai croisé Georgia, je veux dire que je lui ai demandé de m'expliquer pourquoi elle me suit.

Je plante mes mains sur mes hanches, le défiant de feindre l'innocence.

– Norris ne me l'a pas notifié.

– Norris sait quand il doit rester en dehors de nos affaires. Une chose que ta copine ne semble pas comprendre.

– Ce n'est pas ma copine, me corrige Alexander.

Il détache le premier bouton de sa chemise et desserre le nœud de sa cravate. Je me retiens d'attraper le nœud coulant pour l'étrangler, mais difficilement.

– Oui, elle a été bien claire. Elle m'a aussi mise au courant des détails de votre ancienne relation.

– Clara, dit-il en posant une main sur mon bras. Quoi que tu penses…

– Je ne pense pas ! Je sais ! Tu as engagé un tueur à gages. Une tueuse. Merde !

Je retire mon bras d'un geste sec.

Il relâche ses épaules, me montrant qu'il est soulagé. Il pense qu'elle ne m'en a pas dit plus. Et là, je comprends tout : il n'a absolument pas l'intention de me révéler la véritable nature de sa relation passée avec Georgia.

Ma lèvre inférieure commence à trembler.

– Oh. Elle m'a aussi dit que tu l'attachais et que tu la fouettais.

Alexander prend une profonde inspiration.

– Clara…

– Je sais que j'oubliais quelque chose, dis-je en l'ignorant. Nous avons eu une charmante discussion à ce sujet-là. Elle pensait que nous nous étions tout dit de nos passés respectifs.

– Je n'avais pas parlé à Georgia Kincaid depuis des années, avant ces dernières semaines.

– Et là, tu l'engages pour assassiner quelqu'un. Quel genre de relation tordue entretenez-vous tous les deux exactement ?

– J'ai demandé de l'aide. Je n'ai pas demandé la sienne.

– Ouais, qui aurait cru que le joaillier de la couronne était aussi le nettoyeur royal, dis-je en secouant la tête, totalement incrédule. C'est donc ça le fond de ta personnalité ? Jusqu'où es-tu prêt à aller, X ?

– Quand ta sécurité est en jeu, j'irai jusqu'où c'est nécessaire. Personne ne te touchera, je me fous d'avoir à coucher avec le diable pour ça, hurle-t-il, ses yeux bleus embrasés de colère.

À voix basse, mais sur un ton ferme, je lui réponds :

– Annule tout. Appelle Hammond et dis-lui que tu trouveras un autre moyen.

– Je ne peux pas faire ça. (Il avance en me forçant à m'adosser au mur.) Pas tant que la menace n'a pas encore été éliminée.

Je le supplie :

– Annule. Je ne veux pas de sang sur les mains… Ni sur les miennes ni sur les tiennes.

Il se redresse, un tic nerveux agite sa mâchoire, il sort son téléphone de sa poche et compose le numéro.

– Hammond. Rideau. On arrête. (Une pause.) Oui, j'en suis sûr.

Même en l'entendant donner l'ordre, mon cœur bat à toute vitesse.

Éviter une erreur n'efface pas toutes les autres. Ça n'en écarte pas non plus le danger dans lequel j'ai plongé mes amis et ma famille sans le savoir.

– Contente ?

Il glisse son téléphone dans sa poche et je murmure ma réponse :

– Non.

– Clara, j'avais besoin d'informations. Il n'y avait pas d'ordre catégorique.

Ses mots puent les mauvaises excuses.

– Ce n'est pas ce qu'elle a dit.

– Quoi que t'ait dit Georgia, s'il te plaît, crois-moi, je n'agis que dans ton intérêt.

– Comment puis-je te faire confiance, X ?

– Qu'est-ce que t'a dit Georgia ? Quoi d'autre ?

Il parle d'un ton mesuré, mais l'ordre est clair.

Elle m'a dit quelque chose que je n'avais pas envie d'entendre. Elle m'a dit exactement ce que je craignais être la vérité. J'essaie de regarder Alexander en face pour lui répondre, mais j'en suis incapable.

– Désolée, X.

Je le contourne et m'avance pour ouvrir la porte, mais il intercepte mon geste.

– Est-ce vraiment important ? Elle fait partie de mon passé.

– Si tu éprouves le besoin de poser cette question, alors tu connais déjà la réponse.

Les mains d'Alexander retombent le long de son corps, ce qui me permet d'ouvrir la porte.

– Où vas-tu ?

– Je ne sais pas, je lui réponds honnêtement. Mais ne me suis pas, d'accord ?

– Je ne peux pas te permettre de…

– Si. Tu vas le faire.

Je fonce dans le jardin, puis dans la rue et je hèle un taxi avant qu'il puisse appeler Norris. D'un côté j'ai envie de croire qu'il m'a laissée partir, qu'il m'a laissé une chance de réfléchir. Mais de l'autre, je regarde par la vitre du taxi alors que la pluie commence à tomber, espérant le voir derrière moi.

***

La pluie danse sur la Tamise, faisant virevolter les lumières de Londres. Je m'agrippe si fort au garde-fou que la surface rugueuse de la pierre écorche presque la pulpe de mes doigts. Je tourne mon visage vers le ciel de plomb et laisse la pluie torrentielle me doucher. Un frisson me parcourt la nuque, mais je n'arrive pas à choisir dans quelle direction aller. À gauche, l'hôtel Westminster Royal, où je suis naïvement tombée dans le lit d'Alexander, à droite, le London Eye, arrêté momentanément à cause du mauvais temps. Je suis entourée par les fantômes de notre relation. Pour moi, Alexander est le cœur de cette ville et je suis incapable de lui échapper.

– Clara !

Mon nom est porté par le vent, le désespoir qui m'habite le fait flotter en l'air.

Instinctivement, je pivote vers sa voix. Des parapluies gênent ma vue, je ne l'aperçois que par intermittence. Il est de l'autre côté du pont et sa main tient encore fermement le capot de la Rolls-Royce. Impossible de l'entendre par-dessus le vacarme de la pluie et de la circulation.

Alexander plonge au cœur du trafic et évite de justesse un taxi, j'en ai un coup au cœur. Visiblement, son dernier truc, ce sont les décisions stupides. Je suis trop mouillée pour bouger – trop mouillée pour m'en soucier. Le temps qu'il arrive à ma hauteur, sa chemise blanche est trempée et lui colle à la peau, sous son manteau ouvert. Mais elle ne révèle pas simplement ses muscles, ses cicatrices aussi. Il s'arrête à quelques pas de moi et nous restons plantés là, en silence, alors que le ciel nous tombe sur la tête.

– Comment as-tu découvert où j'étais ? Tu as mis un mouchard dans mon téléphone ?

– Non, halète-t-il. Je le savais, c'est tout.

– N'importe quoi.

Dans une ville de huit millions d'habitants, personne ne peut avoir autant de chance.

– Je suis allé là où tout a commencé pour nous, dit-il par-dessus la tempête. Là où je t'ai demandé de m'épouser. Je suis allé là où moi j'aurais eu envie d'aller.

– Je ne sais pas pourquoi je suis là.

Je frissonne. Alexander fait un pas vers moi et je recule.

– Tu es partie à la recherche de notre couple.

– Tu as peut-être raison. Tout ce que j'ai trouvé ces derniers temps, ce ne sont que des questions. Et des secrets.

– Georgia n'a aucune importance. Je ne t'ai rien dit parce que l'homme que j'étais n'existe plus. Il était brisé, Clara. Toi, tu l'as réparé.

Je secoue la tête, des gouttes de pluie tombent de mes cils.

– Non, je l'ai changé.

– Est-ce une mauvaise chose ?

Il fait un autre pas en avant et s'arrête, comme s'il essayait d'approcher un animal effrayé.

– Les gens ne changent pas comme ça. Je ne peux pas te demander d'être quelqu'un que tu n'es pas.

Je repense à l'avertissement de Georgia, quand elle m'a fait comprendre que ce qui suffisait à Alexander maintenant ne le satisferait pas toujours.

– Mais putain, bien sûr que si, les gens changent.

Alexander fait un autre pas, son corps est à quelques centimètres du mien.

Ma peau prend consciente de sa présence à mes côtés, elle cède à l'irrémédiable attraction physique de son corps sur le mien, mais je ne ressens rien. Je sais qu'il est là, mes tétons durcissent, mes entrailles se contractent, mais je suis comme anesthésiée.

– Je ne veux pas que tu changes.

Je bute sur les mots, j'essaie de trouver un moyen de lui expliquer, mais mon cœur se brise.

– Je t'aime, mais je ne peux pas te donner ce dont tu as besoin. Pas complètement. Un jour, tu m'en voudras, X. Et ça va peut-être me tuer maintenant, mais je ne survivrai pas si tu me quittes plus tard.

– Je n'irai nulle part, dit-il d'une voix rendue rauque par tout ce qu'il n'a jamais pu me dire. Je ne veux plus de cette vie, Clara.

– Est-ce qu'elle te satisfaisait ? Est-ce qu'elle te comblait ?

Sa tête tombe en avant, la pluie ruisselle de ses cheveux.

– Oui. À l'époque.

C'est ce que j'avais besoin de savoir. Je m'étouffe dans un sanglot et me force à pivoter. Je serre mes bras sur ma poitrine dans un geste protecteur, mais sans pouvoir retenir les derniers morceaux de mon cœur brisé en mille morceaux. Ses mains se posent brusquement sur mes avant-bras, me faisant pivoter avant de me serrer contre lui. Nos regards se rivent l'un à l'autre, je suis incapable de détourner le mien.

– À l'époque, répète-t-il. Mais je ne pourrais plus jamais faire ça. Ça apaisait la part de vide en moi, mais ça ne me comblait pas. Rien d'autre que toi ne le pourra jamais.

Mes mains trouvent son visage et je l'immobilise, si proche que je peux goûter la douceur de son souffle sur mes lèvres.

– Pourquoi ?

– Parce que tu m'as trouvé, Clara. J'étais perdu et tu m'as donné un foyer. Laisse-moi y rester, murmure-t-il en inclinant son visage vers le mien.

Une de ses mains tient mon visage où son regard bleu cherche à obtenir ma permission.

Il ne l'exige pas. Le bras qui me serre contre lui est lâche. Je pourrais m'enfuir, disparaître sous le couvert de ce ciel noir de tempête.

Mais je sais que peu importe le chemin que j'emprunterai, peu importe la puissance de ma foulée, ou jusqu'où je vais, toutes les routes me ramèneront vers lui. Je lui ai peut-être donné un foyer, mais il est mon refuge. Il me protège.

Je ne peux pas plus le nier que je peux dire que mon cœur souffre. Et si son passé continuait à s'infiltrer dans notre futur ? Ou le mien ? Ça n'a plus d'importance – je l'aime et je lui ai promis que rien de son passé ne pourrait changer ça.

Un éclair déchire le ciel au-dessus de nous, mais nous ne cillons pas. Aussi longtemps que nous resterons là, aussi longtemps que nous resterons unis, rien ne pourra jamais nous séparer, ni les dieux ni les hommes.

Je guide son visage vers le mien et nos lèvres se touchent doucement. La pluie nous tombe dessus, elle nous lave de nos passés et de nos erreurs. Les choix que nous imposera le futur seront les nôtres et les nôtres seulement.

Alexander se penche pour me prendre dans ses bras. Je m'agrippe à lui pour l'empêcher de se briser. Quand nous arrivons au bord du trottoir, il murmure :

– Tu me fais confiance, mon chou ?

Je le regarde droit dans les yeux et je sais que c'est le cas. C'est inexplicable et imprudent, mais même si j'ai des questions, je lui fais confiance. Je hoche la tête.

– Alors, accroche-toi.

Mes bras se nouent avec force autour de son cou quand il traverse les voies. Je suis électrisée par la peur, mais cette pointe disparaît presque instantanément. Il me protège – qu'ai-je à craindre ?

Impossible d'éviter le regard lourd de reproche de Norris lorsqu'il ouvre la porte arrière. Je m'installe sur la banquette arrière et Alexander se glisse derrière lui. Instantanément, il me reprend dans ses bras.

Il dépose une multitude de baisers sur mon front, mes joues et mon nez. Des excuses silencieuses. Je ferme les yeux et accepte son offrande. Je me coule contre lui, j'écoute son cœur battre régulièrement. Le mien est au même rythme.

– Ce sera toujours dangereux d'être avec moi. Il y aura toujours des mesures de sécurité, parce qu'il y aura toujours des menaces. Je ne veux que te protéger. J'aimerais qu'il puisse en être autrement, hésite-t-il à dire.

– Je sais. Mais j'ai besoin que tu restes transparent.

– Je ne peux pas te promettre qu'il n'y aura pas de moments sombres, Clara. (Il enfouit son visage dans mon cou et inspire profondément.) Je ne suis pas parfait, mais tu m'as tout entier. N'en doute jamais.

– Je peux te demander quelque chose ? dis-je timidement.

Il lève mon menton.

– Tout ce que tu veux.

– Emmène-moi boire un café.

C'est une simple requête, mais ma voix se brise de la prononcer. Je sais qu'il y a beaucoup d'implications derrière. Boire un café est quelque chose de normal, et nous ne sommes pas très doués pour ça, mais si nous voulons que ça marche entre nous, nous avons besoin de normalité.

– Tu es trempée et tu as froid.

– Je m'en moque.

Il se penche en avant et tape sur le verre. La vitre de partition qui nous isole de Norris descend.

– Un café ?

C'est plus une question qu'un ordre.

Le sourire de Norris se reflète dans le rétroviseur.

– Je sais exactement où aller, Monsieur.

La voiture change de file avant de se garer devant un petit bistrot. Un panneau lumineux indique « Ouvert 24h/24 ».

– Je dois admettre que c'est une première pour moi, dit Alexander en ouvrant la porte de la voiture.

– Vraiment ?

J'en suis ravie.

– Je n'ai jamais assisté à l'une de tes premières fois.

Il s'arrête un instant, se retourne vers moi et attrape ma main.

– Tu es toutes mes premières fois.

En sortant du véhicule, il glisse sa veste de costume sur mes épaules.

– Elle est mouillée, dit-il sans s'excuser.

– Ça n'a pas d'importance.

Je ne pourrais pas être plus trempée que je ne le suis. Je la referme sous mon cou et respire son odeur à l'intérieur du col.

Il secoue la tête pour en chasser l'eau qui, du coup, tombe sur son front, d'où elle ruisselle sur son visage. Les gouttes se prennent dans les cils qui frangent son regard de braise. Il embrase la pluie. Impossible. Magnifique. Il est à moi.

Il passe son bras sous le mien.

– Puis-je t'offrir un café ?

– Un seul ? lui dis-je avec un sourire taquin.

– Je m'en voudrais de t'empêcher de dormir toute la nuit.

– Tu es sûr de ça ?

D'un doigt, je lui caresse l'intérieur du poignet.

Alexander lève un doigt et interpelle un serveur qui passe à proximité.

– Une cafetière entière, s'il vous plaît.

Le serveur hoche la tête, l'air visiblement désorienté, puis il retourne derrière son comptoir. Il se demande sans doute si son imagination ne lui joue pas des tours.

Alexander et moi nous installons à une table dans une alcôve, nos mains se trouvent par-dessus la table. Ce n'est pas tout à fait la normalité, mais c'est un bon début.

# CHAPITRE DOUZE

Une chose est sûre, plus on a de choses à faire, plus le temps file à toute allure. Apparemment, il faut doubler le ratio pour les femmes qui organisent leur mariage. J'avais eu peur de m'ennuyer en quittant Peters & Clarkwell, mais là, je me rends compte que je n'en ai pas le temps. Encore moins avec, en permanence, ma mère sur le dos pour des décisions de dernière minute et les centaines de règles d'étiquette auxquelles je dois me plier. Du coup, je me demande pourquoi les gens parlent de « journée bénie » quand ils se réfèrent au mariage.

Toute cette frénésie me permet aussi de penser à autre chose qu'à la dispute que j'ai eue avec Alexander le week-end dernier. Nous avons passé ces derniers jours à nous acclimater à nos quartiers à Clarence House et, bizarrement, je me rends compte que, malgré toute l'anxiété que j'ai accumulée, je suis heureuse.

J'esquive le dernier rendez-vous avec le fleuriste et la zone de détection du radar de ma mère. Mon téléphone sonne. Je le repêche au fond de mon sac et découvre avec plaisir que ce n'est pas l'une des personnes que j'ai décidé de bannir de mon cerveau qui essaie de me joindre. C'est ma sœur :

– Tu m'appelles pour papoter ou pour me transmettre un message ?

– Je devrais me faire payer pour ton secrétariat, répond-elle sans me cacher qu'elle en a assez d'être prise pour une intermédiaire entre mes parents et moi. J'ai environ une douzaine de messages que je suis censée te faire passer, il n'y en a strictement aucun d'important.

– L'ont-ils jamais été ?

Je me glisse à l'arrière de la Rolls qui est apparue comme par magie au milieu de la circulation de l'après-midi.

– Elle va me rendre complètement folle. « Dis à ta sœur que sa cousine Elise ne pourra pas venir. Dis à ta sœur qu'Elise vient d'appeler pour dire qu'elle a déplacé ses réunions et qu'elle saute dans un avion. Dis à ta sœur de se souvenir de proposer un cake sans gluten. Dis à ta sœur qu'il est trop tard pour changer de gâteau et qu'elle espère que personne n'est intolérant. » Sérieux, le seul truc que j'ai envie de te dire, c'est que tu ferais mieux de te barrer tant que tu en as encore le temps.

– Je suis désolée.

Mes excuses sont sincères, même si je suis soulagée qu'elle supporte le plus gros de la crise de panique de dernière minute de ma mère. J'ai déjà assez de gens qui paniquent autour de moi comme ça.

– Je n'appelle pas pour te raconter ses divagations, dit-elle d'un ton dédaigneux comme si c'était complètement normal. (Et dans une certaine mesure, vu les penchants de ma mère pour le drame, ça l'est.) Où et quand ? Et qu'est-ce que je dois mettre ? Je ne crois pas avoir eu autant besoin d'une soirée débridée de toute ma vie.

– Pour commencer, on se retrouve chez CoCo pour dîner. Belle a réservé un salon privé et ensuite on ira danser, donc rien de trop habillé.

Je décide de survoler toutes les procédures de sécurité sur lesquelles Alexander a insisté pour la soirée. J'ai l'habitude d'être suivie, mais ça ne veut pas dire que j'aime ça. Je n'ai pas envie d'attirer encore plus l'attention pour cette soirée. Pour une fois, j'ai envie d'être insouciante.

– Je pense toujours qu'on aurait dû partir pour ton enterrement de vie de jeune fille. Je n'arrive pas à croire qu'Alexander s'y soit tellement opposé.

Je vois d'ici Lola bouder quand elle me dit ça. Elle ressemble un peu à notre mère, le poids d'années de déception en moins.

– On se voit à six heures, dis-je en raccrochant pour éviter de m'appesantir sur ses jérémiades.

C'est difficile d'expliquer à une personne qui n'est pas amoureuse pourquoi il nous est aussi difficile d'être séparés. Je l'admets, nous dépendons un peu plus l'un de l'autre que la plupart des gens et, ces derniers temps, nous avons passé plus de temps séparés que nous l'aurions souhaité, car Alexander prend de plus en plus de responsabilités pour la couronne.

Je range mon téléphone dans mon sac à main puis regarde ce qui se passe dans la rue.

Ça me manque de ne plus pouvoir me promener à pied dans Londres. Avec tous ces dignitaires étrangers déjà arrivés pour la célébration de notre union, toutes ces rencontres et ces répétitions prévues ces quelques jours, les consignes de sécurité ont été terriblement renforcées au point de m'en faire suffoquer. En regardant par la fenêtre, j'entrevois mon visage – sur des écrans de télévision dans des magasins, sur des couvertures de magazines dans les kiosques et, ça vire au surréalisme, sur des objets souvenirs vendus à la sauvette dans la rue. Je me recroqueville sur mon siège lorsque je repère un homme plutôt corpulent vêtu d'un t-shirt avec, sur son ventre, un photomontage grossier me représentant en bikini. Heureusement que les vitres du véhicule personnel d'Alexander sont bien teintées.

Ce n'est pas ma vie. Ça ne peut pas.

Et une part de moi ne le veut pas.

Un mélange de crainte et d'allégresse auquel je suis habituée me retourne l'estomac. Dans trois jours, je vais épouser l'homme que j'aime. Je n'ai jamais eu de rêve aussi ambitieux. Ce que j'ai du mal à accepter, c'est que dans trois jours, on va officiellement m'accorder un titre de noblesse – du moins d'après ce que racontent les journaux à scandale – et ensuite, on me remettra les clés de Clarence House, la résidence privée du prince de Galles.

Parce qu'Alexander est le prince de Galles. Comment puis-je digérer un truc pareil ?

J'interpelle le garde du corps à l'avant du véhicule :

– Norris ?

Deux yeux alertes me cherchent dans le rétroviseur.

– Oui, Mademoiselle Bishop ?

Je réprime un soupir ; il continue à insister pour demeurer toujours aussi formel.

– Est-ce qu'il y a des visites guidées dans Clarence House ?

– S'ils peuvent faire payer des droits d'entrée, ils le feront, répond-il en riant.

– Parfait, dis-je en grommelant. Je vais vivre dans un musée.

– Ça pourrait être pire.

Même si je ne peux pas le voir, je sais qu'il sourit en me répondant. Un sourire naît sur mes lèvres quand je le mets au défi de répondre :

– Comment ça ?

– Vous pourriez encore vivre chez vos parents.

Je secoue la tête en feignant l'horreur. Après tout, Norris n'est plus aussi formel. Peut-être que j'ai la mauvaise habitude de juger les gens bien trop rapidement. Le monde n'est pas aussi hystérique à propos de mon mariage que je le suis moi-même. Peut-être que rien de tout ça n'est aussi énorme. J'ai presque réussi à me convaincre que j'ai raison lorsque Norris prend la rue qui mène à mon ancien appartement. Presque réussi à croire que ma vie pourrait ne pas changer aussi drastiquement que je le crains. Ouais, presque. Et là je vois la pile de panneaux, de fleurs et autres souvenirs entassés près de l'entrée de l'immeuble.

Non seulement ma vie entière est sur le point de changer mais mon passé aussi est infecté. Clara Bishop n'existe que dans l'ombre du prince Alexander et même si je m'agrippe à mon identité, j'ai l'impression que des pans entiers de ma personnalité m'échappent. Mon passé, mon présent, tout dans mon existence est ouvert aux quatre vents. Je suis un livre ouvert que tout le monde peut lire, étudier et analyser. Je suis complètement dépassée par tout ça et une seule chose est sûre : j'ai encore plus besoin d'une nuit de liberté complètement débridée que ma sœur.

***

Tante Jane ouvre la porte. Elle me tend un énorme verre de vin que je refuse d'un geste. Entre le trajet jusqu'à mon ancien appartement et le planning de la journée de demain, j'ai déjà l'estomac qui fait des saltos. La dernière chose dont j'ai envie, c'est d'alcool.

– Non merci.

Je marmonne en m'affalant à la table de sa cuisine. Je me sens immédiatement comme à la maison dans cet appartement douillet. Jane a remis à neuf le bâtiment d'avant-guerre en optimisant l'espace qu'elle a ensuite habillé de souvenirs et bibelots rapportés de ses voyages. L'étrange mélange d'élégance et d'excentricité qu'elle a créé est à son image, plein de chaleur.

– J'ai l'impression que je vais vomir. Vous saviez qu'on peut acheter des poupées Clara avec des vêtements miniatures pour l'habiller ?

– Je ne te parlerai pas de tout l'attirail Clara que j'ai vu l'autre jour. Ça te ferait rougir, dit-elle d'un air de conspiratrice en versant le vin qu'elle m'a proposé dans son propre verre.

– Ça m'étonnerait.

– Moi, j'en ai rougi, précise-t-elle.

Ok, j'admets. Ça, c'est une performance. Impossible d'imaginer quelque chose qui puisse la choquer. Elle a été de tous les plans de Belle pour mon enterrement de vie de jeune fille, même quand il s'est agi de boîte de nuit. Il faut l'avouer, entre sa coupe de cheveux courte très moderne qui lui donne un air mutin, sa tunique de crêpe noir et son pantalon de cuir, elle se fondra mieux que moi dans la masse. Belle a le même don pour s'habiller exactement comme il faut, quelle que soit la situation. Peut-être est-ce parce qu'elles partagent les mêmes gènes, mais je me demande si ce n'est pas grâce à leur pédigrée. Leur famille appartient à une très ancienne aristocratie, moi pas. Peut-être que ça les aide à être mieux dans leur peau. Ou peut-être n'ai-je tout simplement jamais réussi à l'être vraiment.

– Dans quel pétrin me suis-je fourrée ? dis-je à voix basse.

Jane s'installe sur la chaise face à la mienne et me prend la main. Son regard gris, d'ordinaire pétillant d'espièglerie, se fait sérieux.

– Est-ce que tu l'aimes ?

Je hoche la tête, une grosse boule se forme dans ma gorge quand je pense à l'intensité de mon amour pour lui.

– Impossible d’imaginer un futur sans lui.

– Alors peu importent sa position et ce que les gens pensent. Les relations amoureuses sont dures à assumer pour tout le monde, même pour les gens qui ne vivent pas en couverture des magazines. Elles demandent beaucoup de travail et d’engagement. Est-ce que tu es prête à te battre pour lui ?

– Oui.

Je me suis déjà battue pour lui et je ne suis pas prête à renoncer à lui pour quoi que ce soit.

– Et lui, est-il prêt à se battre pour toi ?

Malgré les larmes qui menacent de couler aux coins de mes yeux, je souris et hoche la tête. Je ne doute pas un seul instant qu’Alexander aussi se battrait pour moi. Nous avons surmonté tant de difficultés dans notre courte relation. Je sens que de nombreux obstacles sont encore à venir, mais je pourrai tous les affronter s’il est à mes côtés.

– Si vous avez envie de vous battre tous les deux et d’œuvrer à la réussite de votre couple, alors vous resterez soudés quand les temps seront durs. Souviens-toi juste d’une chose : à la fin de la journée, il n’est qu’un homme et tu n’es qu’une femme et vous vous êtes choisis mutuellement. Vous vous êtes engagés l’un envers l’autre et c’est tout ce qui compte. Le reste n’est que fioriture.

Elle me presse la main et je lui rends son geste.

– Allez, maintenant, grimpe d’un étage, ordonne-t-elle en désignant la porte d’un signe de tête. Je ne sors pas avec toi si tu as ça sur le dos.

– Qu'est-ce qui ne va pas dans ma tenue ? je lui demande en mordant délibérément à l'hameçon.

Mon beau manteau bleu marine, s'il est assez élégant et tout à fait approprié pour des rendez-vous professionnels, n'est pas tout à fait adapté à une soirée en boîte.

– Tu n'es pas encore reine d'Angleterre, affirme-t-elle sur un ton sans appel. Ce soir, tu n'es qu'une fille de vingt ans qui se fait une tournée des bars.

Et c'est exactement ce dont j'ai besoin – me fondre dans la masse, me perdre dans la foule et danser à en perdre la raison.

Pour oublier, ne serait-ce que quelques heures, que mon monde est sur le point de basculer.

***

– C'est quoi ça ?

Belle vient de lancer vers moi un sac rose.

– Un petit truc sexy, répond-elle en haussant les épaules d'un air innocent.

Elle se laisse tomber sur son lit et d'un geste vers le sac, poursuit :

– Ouvre-le.

– Je ne m'attendais pas à des cadeaux.

Apparemment, j'ai plein de choses à apprendre sur les enterrements de vie de jeune fille avant d'avoir à organiser celui de Belle dans quelques mois.

– Mais bien sûr que si !

Belle glousse en rejetant ses boucles blondes derrière son épaule. J'ai l'impression qu'elle est à deux doigts d'exploser tant elle est excitée.

Écartant les couches de papier de soie, je dégage ce qui ne peut être décrit que comme une série de lanières retenues ensemble par très peu de tissu. Je soulève l'article qui semble être de la lingerie.

– Oh, mais c'est un slip !

– Une petite culotte, à la rigueur, me corrige Belle en plissant le nez. Ton côté américain revient au galop !

Cet innocent rappel déclenche tous mes systèmes d'alarme. J'inspire profondément et j'essaie de calmer les battements de mon cœur emballé.

– Tu n'as pas l'air bien, commente Belle.

Elle s'assied sur son lit et tapote la couette à côté d'elle.

Je me laisse tomber à ses côtés, je croise les jambes et j'ouvre les vannes du torrent d'anxiété qui s'est accumulé en moi.

– Je suis américaine. Enfin je veux dire, pas légalement, mais soyons honnêtes, j'ai été élevée aux États-Unis. Pour chaque personne qui s'en moque, il y en a dix pour qui ça compte, dont le père d'Alexander. Je ne trouverai jamais ma place.

– Et c'est pour ça qu'Alexander t'aime, me rappelle doucement Belle. Et c'est pour ça que je t'aime et qu'Edward t'aime aussi. Tu es notre Clara. On se moque de savoir où tu es née.

– Ah ouais ?

– Oui. Mais bon, il va falloir que tu arrêtes de parler de slip pour les femmes. Tu me le promets ? demande Belle en levant son petit doigt.

Je lève les yeux au ciel et croise mon petit doigt avec le sien pour le serrer.

– Je crois que tu vas parfaitement t'intégrer.

Belle se lève d'un bond et ouvre en grand les portes de son placard. Elle virevolte puis se tourne pour me détailler, les sourcils froncés. Quelques minutes plus tard, elle extirpe un top à sequins et un legging à taille haute.

– Confortable, mais sexy. Il faut que tu sois à l'aise pour danser jusqu'au bout de la nuit comme une petite folle.

– Ça, c'est vrai.

J'inspecte la tenue un instant. J'ai passé les dernières semaines à affiner ma garde-robe pour avoir l'air plus… royale. Je me lève et retire ma robe, puis j'enfile le haut. Je tire dessus et fronce les sourcils. C'est à peine s'il couvre ma poitrine.

– Il n'est pas question que je le mette, celui-là.

– Je ne me souvenais pas que tes seins étaient beaucoup plus gros que les miens.

Belle disparaît dans son dressing.

– Je crois bien que si.

Je retire son top et détache mon porte-jarretelles, puis je roule mes bas le long de mes jambes et jette un coup d'œil à la pièce de lingerie sexy que Belle m'a donnée. Je me trémousse pour l'enfiler en souriant quand je me rends compte que les lanières se croisent très précisément pour former un laçage des plus séduisants.

Ou des petits X. J'hésite à les réserver pour plus tard, histoire de les porter pour lui, mais si je dois passer une nuit loin d'Alexander, un petit rappel sexy ne me dérange pas du tout. En plus, l'effet est vraiment hyper émoustillant. Juste le genre de truc qu'une fiancée sur le point de se marier l'âme légère pourrait porter pour son enterrement de vie de jeune fille. Et ce soir, j'ai bien l'intention d'être insouciante.

Heureusement, le pantalon me va beaucoup mieux et je peux m'en tirer avec la paire de Louboutin que j'ai aux pieds. Belle refait surface avec une blouse rouge dans les mains. Je l'essaie et me regarde dans le miroir. L'ample tunique aurait pu ne pas être sexy, si elle n'avait été quasiment transparente.

– Parfait pour une dernière amourette, approuve Belle.

J'en reste bouche bée et je lutte pour trouver une réponse appropriée. Apparemment, ma meilleure amie passe un peu trop de temps avec sa tante en mon absence.

– Je rigole, dit Belle en insistant. Ce soir, c'est les copines d'abord, on s'en fout des mecs, pas de kiki entre nous, sauf celui d'Edward.

J'étudie mon reflet dans le miroir, incapable de décider si Alexander adorerait ma tenue ou la détesterait.

– Stop, m'ordonne Belle.

– Quoi ?

– De penser à lui, dit-elle, une main en l'air pour que je ne l'interrompe pas malgré ma confusion. N'essaie pas de me dire que ce n'est pas ce que tu es en train de penser. Tu as ton petit air gourdasse. Cette soirée est à moi. Si Alexander t'emporte sur son cheval blanc pour toujours, j'ai bien le droit à une dernière nuit.

– À condition que j'aie le droit à la mienne avant que Philip ne te fasse le coup, dis-je en souriant.

Belle hausse les épaules et se tourne pour fouiller dans sa trousse à maquillage.

– Allez, maintenant, assieds-toi et laisse-moi finir ton camouflage. Les reporters ne vont pas réussir à te reconnaître.

Lorsqu'elle me passe de l'eye-liner, je lui demande :

– Tout va bien ?

– Mais oui.

Mais sa réponse est trop tendue pour que je la croie.

– Qu'est-ce qui se passe ?

Belle s'arrête, le tube de mascara figé dans sa main, et secoue la tête.

– Quand je te vois avec Alexander, moi… Philip et moi, nous ne sommes pas comme ça.

– Comment comme ça ?

– Déjà, Philip et moi, on ne baise pas comme des lapins en permanence. N'essaie pas de nier ! Je vous ai vus sortir de cette pièce le jour de tes fiançailles. Alexander ne peut pas s'empêcher de te tripoter.

– Et pas Philip…

Je ne finis pas ma phrase, ne sachant pas trop si je peux insister pour la faire parler.

– Pas comme des lapins, avoue-t-elle à regret.

– Vous êtes ensemble depuis plus longtemps.

Mais nous savons toutes les deux que c'est une mauvaise excuse.

– La science devrait étudier le cas d'Alexander. C'est inhumain.

Je rougis en secouant la tête, un peu confuse.

– Comment… ?

– Les murs ne sont pas épais.

Elle penche la tête vers le couloir qui mène à mon ancienne chambre. Son visage se fait sérieux.

– Réponds juste à cette question pour moi : c'est le bon ?

– Oui.

J'ai répondu sans hésitation.

J'aimerais lui demander si Philip est le sien, mais quelque chose dans son visage m'incite à me taire. Elle garde le silence, le temps de finir mon maquillage, mais c'est ce qu'elle ne dit pas qui parle à sa place.

***

Nous sommes trop habillées pour dîner chez CoCo, mais la présence de Tori compense. C'est une boule d'énergie. Elle raconte les derniers ragots du bureau, en montrant les images de sa dernière échographie. Maintenant que nous avons attaqué la partie sauvage de la soirée, le côté conversation au calme dans le charmant petit restaurant me manque. Je n'ai jamais vraiment apprécié les boîtes, mais je tiens de Belle, qui est experte en la matière, que boire et danser sont deux activités obligatoires pour ce type d'événement.

Je triture mon top pratiquement transparent en me maudissant d'avoir accepté de porter un truc qui laisse si peu de place à l'imagination. Mais Belle a raison, je ne ressemble pas à la Clara Bishop qu'on aperçoit en ce moment en couverture de *Time Magazine*. Elle s'est vraiment surpassée cette fois-ci. Elle a raidi mes cheveux bouclés pour en faire un rideau acajou et elle m'a fait, avec tout ce maquillage, un regard charbonneux, sensuel. Dommage qu'Alexander n'ait pas été invité. J'ai du mal à m'imaginer ce qu'il penserait de moi.

Ou ce qu'il me ferait d'ailleurs, quand j'y pense.

En nous garant derrière le Brimstone, je suggère :

– On devrait faire la queue. Personne ne me reconnaîtra.

– Mais ils le reconnaîtront, lui.

Lola fait un signe avec son pouce vers Edward qui hausse les épaules.

– Désolé.

Il n'en a absolument pas l'air. Il a opté pour un costume noir près du corps et un nœud papillon à carreaux, genre écossais. Il a plaqué en arrière ses boucles noires et sans ses lunettes habituelles, il a plus un style rockabilly que royal. En revanche, rien qui ne dissimule son visage si familier. Peu de personnes gagnent autant à la loterie génétique qu'Edward et son frère. Aucun doute sur son identité.

– S'il est reconnu, alors pourquoi s'embêter tout court ?

– Arrête de t'inquiéter et amuse-toi un peu, m'ordonne ma sœur. J'ai échappé aux griffes de notre mère pour la soirée.

Et comme par hasard, son téléphone se met à sonner à cet instant précis. Lola soupire en le sortant de sa pochette. Elle est habillée à la pointe de la mode, comme d'habitude, jusqu'à sa pochette dorée assortie aux créoles qu'elle a mis pour accessoiriser son combi-pantalon noir. Il n'y a que ma sœur pour s'en sortir avec ce look.

– Devine qui c'est ! demande-t-elle, pince-sans-rire, avant de passer son téléphone en mode silencieux et de le faire retomber dans sa pochette.

Passer par la porte arrière semble être une bonne idée, mais si les paparazzis nous attendent, c'est là qu'ils seront en embuscade. À ma grande surprise, Norris ouvre la porte de la limousine. Il m'aide à sortir et je suis encore plus choquée quand je m'aperçois que l'allée est complètement déserte.

– Alexander s'est assuré que votre entrée soit complètement privatisée, explique Norris alors que je regarde autour de moi.

Évidemment. Alexander pense à tout. Nous nous glissons à l'intérieur du club et mon cœur défaille lorsque j'aperçois deux vigiles supplémentaires derrière la porte. C'est sûr, cet endroit est infesté d'agents en civil.

Lorsque Belle entre d'un pas nonchalant dans la boîte, je me rends compte que même sans les mesures de sécurité, il aurait été difficile de passer à côté de notre petit groupe. Impossible d'ignorer les cheveux en bataille de ma meilleure amie ou ses longues jambes qui dépassent de la robe à sequins qui lui arrive ras les fesses.

Belle passe son bras sous le mien et me fait avancer dans le couloir, vers les pulsations hypnotiques du cœur du club. Je suis prise d'une étrange sensation de déjà-vu lorsque nous débouchons sur la piste de danse. Je suis déjà venue ici avec elle. En fait, les deux soirées que j'ai passées dans cette boîte resteront à jamais gravées dans ma mémoire. En fermant les yeux, je peux encore voir les motifs de flammes sur les murs. Je jurerais pouvoir sentir leur chaleur me brûler la peau. J'ouvre les yeux et jette un coup d'œil à la passerelle au-dessus de nous et derrière elle, aux miroirs sans tain qui surplombent le dancefloor. Les petits cheveux sur ma nuque se hérissent. Est-ce qu'il m'observe?

Les circonstances ont complètement changé depuis la dernière fois que je me suis retrouvée seule dans cette pièce avec lui. Cette nuit-là, nous menions une lutte acharnée au cœur de notre relation. Aucun d'entre nous n'avait remporté cet affrontement. Maintenant, c'est une tout autre histoire.

Mais bon, s'il regarde, autant lui offrir un spectacle qui en vaille la peine.

J'attrape Belle par la taille et je me trémousse contre elle. La musique nous emporte et nous dansons, nous nous contorsionnons en rythme jusqu'à ce que de la sueur perle à mon front.

Belle me donne un petit coup de coude et me désigne d'un signe de tête Tante Jane un peu plus loin au centre de la piste de danse, entourée par deux hommes bien plus jeunes qui se frottent à elle. Je ravale un éclat de rire et laisse le rythme de la musique m'emporter. Je le sens dans mes veines, il me subjugue. Il n'y a qu'une seule autre chose qui me permette de tout oublier comme ça. Je repousse toute pensée sur Alexander.

– Allez, m'interpelle Belle en parlant à peine plus fort que la musique.

Nous quittons lentement la piste de danse, laissant Tante Jane à ses proies. Belle me conduit vers les salons privés à l'étage. J'imagine qu'Alexander n'est pas là ce soir, même si son fantôme est partout. Dès que la porte se referme pour nous mettre à l'abri, elle s'effondre sur le canapé. Je lui jette une bouteille d'eau et lui ordonne :

– Tiens, hydrate-toi.

Edward, derrière le bar, prépare des cocktails. Lola est perchée sur un tabouret juste devant. Je les observe pour voir s'il y a une trace de gêne entre eux.

– On a perdu quelqu'un.

– Tante Jane a rencontré une nouvelle âme sœur, confirme Belle. Ou deux.

Edward nous apporte des verres et lève le sien.

– À l'enterrement de la vie de célibataire de Clara – et au proche trépas de la nôtre.

Belle lui tire la langue, mais je lève mon verre et bois une première gorgée, que je recrache immédiatement.

– Trop fort ?
– Tu as mis du décapant pour peinture ?
J'abandonne mon verre sur la table et ajoute :
– Je file aux toilettes.
Belle et Edward échangent un regard complice.
– Je viens avec toi. Attends trente secondes.
Belle se lève, mais je secoue la tête.
– C'est bon, je suis une grande fille, sans compter qu'il y a des agents de sécurité tous les deux mètres ici. Profitez bien de votre cocktail à l'essence de térébenthine.
Je m'empresse de sortir avant qu'ils puissent m'en empêcher. Je pars à la recherche des toilettes au son de la musique du club qui résonne dans les couloirs. Je suis sûre qu'il y en a à l'étage pour les salons VIP. Ma nuque picote, je me fige sur place. Je ne suis pas seule.
Arrête de faire l'idiote.
Je fais brusquement volte-face en plantant mes mains sur mes hanches, m'attendant à voir Belle ou Edward derrière moi :
– Je n'ai vraiment pas besoin d'une escorte…
Mais c'est lui.

# CHAPITRE

# TREIZE

La musique s'atténue et nos regards se rivent l'un à l'autre dans le couloir sombre. La petite flamme qui brûlait en moi depuis que je suis arrivée sur la piste de danse se rallume. Alexander est habillé de façon très banale, sans doute pour éviter d'attirer l'attention. Mais le voir dans un ample t-shirt gris avec un jean qui lui tombe sur ses hanches sculptées de façon très suggestive me fait l'effet inverse. Je suis complètement attirée par lui, incapable de bouger, et j'ai envie de me jeter sur lui. Il avance d'un pas nonchalant, le visage plongé dans le noir à cause du faible éclairage. Son regard est sombre, éclairé de la seule faim du désir. Une faim que je partage.

Lorsqu'il arrive à ma hauteur, il ne me parle pas, mais se contente de me prendre la main et de me conduire au bout du couloir. Nous sommes seuls, protégés par une intimité que seuls les clients les plus importants du night-club peuvent se payer. Alexander s'arrête et pose sa main contre le mur, le visage indéchiffrable.

Un instant plus tard, il m'attire dans un autre salon privé et me plaque contre un mur. Ses mains attrapent mes poignets et me forcent à les relever au-dessus de ma tête. Il se penche vers moi.

– Tu te souviens de notre première fois ici, mon chou ?

Sa légère barbe m'érafle la joue, j'en ai des frissons jusque dans la nuque.

– J'avais envie de te plaquer contre ce mur et que tu me supplies pour avoir ma bite.

Je gémis au souvenir de cette soirée. À l'époque, je pensais qu'il serait impossible de le désirer encore plus. Maintenant, je sais bien mieux ce qui m'attend. Je le désire chaque jour un peu plus, c'est une faim insatiable. Mon corps lutte pour se rapprocher du sien, désespéré de sentir les couches de vêtement et l'espace entre nous.

Alexander maintient mes mains fermement en place. Il plonge un peu plus bas et scelle sa bouche sur l'un de mes seins à travers le fin tissu de mon top et de mon soutien-gorge. Mes tétons durcissent et je sens la chaleur moite de sa langue. Il recule puis effleure mon autre sein.

– Tu en avais envie, se rappelle-t-il, la voix rauque. Tu avais envie de me supplier, n'est-ce pas ?

Il plaque son bassin contre mes hanches, la promesse de son sexe vibre en moi.

– Oui.

Mes yeux s'ouvrent en grand pour le regarder en face, et je poursuis :

– Mais pas autant que j'ai envie de toi aujourd'hui.

– Tu m’as dit non ce soir-là, puis tu es partie. (Les mouvements de son bassin se font encore plus impatients.) À l’époque, je ne savais pas pourquoi je te courais après.

Moi non plus. Alexander aurait pu descendre d’un étage, claquer des doigts, et une douzaine de femmes se seraient jetées à ses pieds. Mais il m’a choisie, moi. À cette idée, une vague de désir réchauffe mes chairs intimes.

– Tu étais un challenge, admet-il d’un ton bourru. Cette belle femme, au corps le plus bandant que j’aie jamais vu et assez intelligente pour me fuir ? C’était tellement sexy.

Je mords mes lèvres lorsque mon corps se rappelle ce qu’il a ressenti cette nuit-là, lorsqu’il m’a révélé tout un pan de ma personnalité que je ne connaissais pas.

– Est-ce que tu serais revenue vers moi ? demande-t-il à voix basse.

– Je reviendrai toujours à toi, je murmure.

Alexander grogne et change de position, m’écrasant contre le mur alors que ses lèvres capturent les miennes. Je me perds dans son baiser. Le passé, le présent et le futur se confondent harmonieusement. Tout a véritablement commencé ici. Et, alors même qu’il me rappelle le passé, je n’arrive à penser qu’à une chose : la vie entière que je vais passer aux côtés de cet homme.

Sa bouche effleure mon oreille :

– Je suis prêt à t’entendre me supplier maintenant.

– S’il te plaît, dis-je dans un souffle, tout en me contorsionnant pour m’approcher de lui.

Alexander baisse une main sans me relâcher. Son regard accroche le mien, il me captive. J’ai tellement besoin de le sentir que je me cambre contre lui. Il attrape l’élastique de mon legging et le fait directement tomber à mes pieds. Puis il effleure mon ventre du bout des doigts, en descendant sous mon nombril, mais il s’arrête au premier croisement de lanières de ma lingerie. Un sourire curieux effleure son visage lorsqu’il passe un doigt sous l’élastique.

– C’est quoi, ça ?

– Regarde.

Je sais déjà quel effet la lingerie a sur lui. Il baisse les yeux et un sourd grognement s’échappe de sa gorge quand il plonge son regard sur les lanières noires qui se croisent pour former une série de petits x laissant très peu de place à l’imagination. En suivant l’intersection de deux d’entre elles, il trace la lettre du bout des doigts.

– Marquée par un X, dis-je.

– Quelle lingerie très sexy pour une sortie entre copines !

J’arque un sourcil pour l’interpeller. Bizarrement, j’éprouve une certaine satisfaction à l’entendre formuler sa jalousie.

– Tu m’as dit d’être toujours prête pour toi, dis-je en ronronnant. Je suis prête.

Il relâche sa prise sur mon autre main et me fait signe de pivoter.

– Retourne-toi, mon chou.

Je lui obéis, entamant une lente rotation, coincée par mon pantalon autour de mes chevilles. J'ai envie qu'il en ait plein la vue, surtout là où le savant laçage dessine un X parfait sur la naissance de mes fesses et se rassemble pour devenir un string.

Il s'approche, me caressant les hanches et le bas du dos.

– Ça me fait penser à des cordes et des foulards. Ça me fait penser à tes poignets s'ils étaient attachés.

Ses doigts descendent encore un peu plus bas et la simple suggestion de me retrouver à sa merci, couplée à cette caresse intime, me coupe le souffle.

– Quand tu rentreras à la maison, je vais t'attacher les poignets et je vais passer la nuit à te faire jouir.

D'une main ferme, il saisit mes fesses, les écarte et s'agenouille derrière moi. Sa langue danse sur mon string trempé.

– Autant j'apprécie ces lanières…

Il fait brusquement tomber mon sous-vêtement par terre.

– Mets tes mains derrière ton dos, ordonne-t-il.

Je suis ses instructions, savourant par avance sa domination. Une main se pose sur mes poignets, les enserrant avec fermeté. Alexander me pousse à avancer jusqu'à ce que mes genoux butent contre l'accoudoir du canapé. Il me pousse par-dessus, puis marque un temps d'arrêt pendant lequel je me tortille pour essayer d'entrer en contact avec lui.

– Patience, murmure-t-il en parcourant d'un doigt la raie de mes fesses. Tu mouillais autant que ça pour moi la dernière fois ?

– Oui, je réponds en gémissant.
– Dis-moi ce que tu veux. Ce dont tu as besoin.
– J'ai besoin que tu me baises.
– Et je suis là pour te donner ce dont tu as besoin.

La main qui caresse mes fesses disparaît pour être remplacée quelques secondes plus tard par la chaude et douce extrémité de son membre. Alexander le frotte contre mon intimité sur toute sa longueur. J'essaie d'écarter les jambes pour faciliter son intrusion, mais mes vêtements autour de mes chevilles m'en empêchent. Je suis ligotée et je meurs d'envie qu'il me libère de la seule manière qui compte.

Il me pénètre en étirant mes chairs de son large gland et fait une petite pause pour me laisser le temps de m'habituer à l'intrusion.

Oui, avec plaisir.

Il garde mes mains fermement prisonnières lorsqu'il se glisse entièrement en moi. Impossible de contenir le cri qui m'échappe lorsque je le sens aussi profondément ancré.

– Bon Dieu, c'est si bon, grogne-t-il en se retirant légèrement. Je fantasme là-dessus depuis que tu t'es pointée ici en slim. Je n'avais envie que d'une chose, faire tomber ton pantalon sur tes chevilles et te baiser à en perdre la raison. Et parce que j'ai attendu aussi longtemps, je dois t'avertir, je ne peux pas y aller doucement.

– Alors vas-y, dis-je dans un murmure.
– J'ai besoin de te baiser fort et tout de suite.

Il s'enfonce d'une seule poussée en tirant sur mes bras pour que je sois incapable de me reposer sur l'accoudoir du canapé. Il accélère la cadence jusqu'à ce que je rebondisse violemment contre lui.

– Je veux t'entendre, mon chou, exige-t-il.

Mes dents relâchent ma lèvre inférieure, ma bouche s'ouvre pour laisser s'échapper les cris que je retenais en moi. Ses assauts suivent la musique qui fait vibrer le sol, m'entraînant dans ce rythme primaire alors que nous nous approchons du précipice. Toute pensée consciente cède devant cette impulsion, il continue à me pilonner sans faillir. J'explose dans une frénésie de cris et de grognements tandis que mon sexe se contracte autour du sien.

Je tombe.

Tombe.

Tombe.

Et je n'ai pas envie que ça s'arrête. Jamais.

Dans cette chute, je sens la chaleur de l'orgasme d'Alexander rejoindre le mien. Il me relâche et je m'écroule, complètement liquéfiée, sur le canapé pendant qu'il se retire pour expulser un dernier jet sur la naissance de mes fesses.

– Je n'ai pas pu m'en empêcher, mon chou.

Il se penche et m'embrasse sur la joue.

– Marquée par un X, ajoute-t-il.

– C'est en train de devenir une mauvaise habitude, dis-je en grommelant.

– Si tu n'aimes pas…

Je mords ma lèvre et détourne mon regard, incapable de m'empêcher de sourire.

– C'est ce que je me disais.

Il caresse légèrement mes lèvres du bout des doigts et soupire avant de me dire :

– Attends ici.

Quelques instants plus tard, je sens une serviette en papier rêche caresser mes fesses. Alexander me nettoie avec soin avant de se pencher pour m'aider à remettre mon pantalon. Lorsque je suis habillée, il me retourne dans ses bras, puis lève mon menton de son pouce, l'air grave.

– Maintenant, peut-on parler de cette tenue ?

– Tu n'aimes pas ?

Je fais semblant de bouder.

– Oh si, j'aime beaucoup, mon chou. Je ne suis juste pas sûr de vouloir que tous les hommes ici en voient autant.

– Dommage, X. Ce soir, c'est mon enterrement de vie de jeune fille. Je suis jeune et insouciante.

– Tant que la jeune fille est dans mon lit demain matin… dit-il sur un ton sec.

– Je serai dans ton lit tous les matins. Pourquoi penses-tu que je fais la fête ?

Sa bouche s'incline sur la mienne, la capturant comme il a déjà capturé mon cœur. C'est un baiser profond – le genre qui, d'habitude, mène à bien d'autres activités – et je dois faire appel à tout ce qui me reste de self-control pour lui échapper.

– Ils vont croire que j'ai été kidnappée.

Alexander me tend la main et je m'en saisis, m'émerveillant de ce petit geste qui me donne la sensation d'être tellement aimée. Il peut me dominer, m'utiliser, repousser mes limites, mais il est toujours là pour me rattraper de l'autre côté lorsque je tombe. Il est ma constante. Il me complète.

Nous retournons dans le couloir et nous arrêtons à quelques pas de l'entrée du salon VIP dans lequel j'ai laissé les autres. Alexander embrasse les jointures de mes doigts une à une.

– Rentre à la maison avec moi ce soir.

– Impossible, X, dis-je en secouant la tête. Belle a prévu de me garder toute la nuit.

Sa bouche esquisse un sourire espiègle.

– Je pourrais t'en persuader.

– Une nuit loin l'un de l'autre, et nous aurons le restant de nos jours ensemble.

– Vous proposez un marché bien coquin, Mademoiselle Bishop.

Il incline la tête.

– Monsieur X, je peux être coquine, vous n'imaginez pas.

Je m'écarte de lui en dansant, puis, après lui avoir soufflé un baiser, je me précipite derrière la porte.

***

– C'était le passage aux toilettes le plus long de l'histoire, s'exclame Belle à mon arrivée.

Malgré la pulsation de la musique qui résonne partout, l'atmosphère s'est considérablement refroidie dans le salon. Bon, il se peut qu'ils se soient endormis en attendant que l'invitée d'honneur revienne. Je ne vais pas poser de question.

– Mate-la, dit Edward en me regardant avant de secouer la tête et de me lancer un regard appuyé.

– Il est temps de changer de lieu.

Belle sort son téléphone et se met à composer un texto.

– Hein ? Quoi ?

Je suis un peu paumée.

– Tu ne penses pas qu'il y a eu comme un imprévu ? demande Belle en avant d'attraper mon bras. Notre planque a été découverte.

– Je ne sais absolument pas de quoi vous parlez.

Je hausse les épaules, mais mes joues rougissent. Lola attrape mon autre bras et elles m'expulsent de la pièce.

– Et Tante Jane ?

Je jette un coup d'œil par-dessus mon épaule, mais le couloir derrière nous est vide.

– Elle s'est appropriée la salle en bas. Tu es coincée avec nous.

Malgré sa frêle stature, elle arrive à avoir l'air menaçant.

– Sérieux ? Tu ne penses pas que tu dramatises un peu ?

– Alexander a violé sa promesse, m'informe Lola.

– Et pas que sa promesse, apparemment, intervient Edward.

Lola me serre le bras alors qu'ils m'escortent vers la porte arrière du club.

– C'est ton enterrement de vie de jeune fille. Pas de kiki entre nous.

Edward s'éclaircit la gorge.

– Désolé, Edward, s'excuse Lola par-dessus son épaule.

– Pas de problème.

– OK.

Ça m'énerve de les entendre plaisanter avec autant de facilité. Visiblement, il n'y a plus aucune gêne entre eux.

Norris est devant la sortie. Il ouvre la porte lorsque nous approchons.

– Je crois qu'on me kidnappe, lui dis-je lorsque mes amis me jettent dans la limousine qui nous attend, ce qui le fait rire de bon cœur. Sécurité rompue.

– Désolé, Clara. Ce soir, tu nous appartiens. Alexander devra attendre demain matin, dit Edward en se glissant sur le siège à mes côtés. Ne t'inquiète pas. C'est pour son bien.

Je lève les mains en signe de défaite.

– C'est bon, je me rends.

Alexander peut bien attendre demain matin. Ça n'en rendra nos retrouvailles que plus sulfureuses.

# CHAPITRE QUATORZE

D'un certain côté, je suis plutôt soulagée de quitter cette boîte, bien que je n'aie pas envie de dire aux autres que je suis fatiguée – tous ces préparatifs de dernière minute m'ont épuisée. Plus ma récente dispute avec Alexander et les longues séances de réconciliation sur l'oreiller juste après. Je replace une mèche de cheveux derrière mon oreille et je regarde par la vitre.

Quand je vois que nous tournons du mauvais côté, je demande :

– On ne retourne pas à l'appartement ?

Belle pince ses lèvres, visiblement, elle n'approuve pas ma question.

– Le reste de la nuit nous appartient.

Elle retourne à son portable. J'essaie de ne pas avoir l'air déçue, peut-être que je pourrais boire en douce un café ou l'une de ces boissons énergétiques ? Mais même en essayant de toutes mes forces de le dissimuler, un bâillement m'échappe.

– Tu te sens bien ? murmure Edward à mon oreille pour que je sois la seule à l'entendre.

– Ce mariage me bouffe toutes mes forces vitales.

Je plaque ma main sur ma bouche lorsque je me rends compte de ce que je viens de dire.

– Ne t'inquiète pas, ce n'est pas avec ça que tu peux me faire peur. (Il s'installe confortablement et passe un bras sur mon épaule.) Je croyais que tu avais l'habitude de veiller et de dormir très peu.

Je lui assène une petite tape sur la poitrine.

– C'est simplement le stress. Et ma mère.

– Dans précisément une semaine, tu seras en voyage de noces, dit-il avant d'ajouter après une petite pause: Même si tu ne veux pas me dire où vous allez.

Je presse mes lèvres l'une contre l'autre et secoue la tête. Alexander a insisté pour que personne ne sache où nous allons. C'est un secret que je me réjouis de garder. Mais Edward a raison. Dans une semaine, je serai mariée et je prendrai le soleil sur une plage privée aux Maldives.

– C'est bon, garde ton secret pour toi, dit-il en plissant les yeux. À moins que ce soit un truc horrible, genre qu'en fait vous restez planqué ici. Je ne pourrais approuver ce plan.

– Et même si c'était le cas?

Je hausse les épaules. Tout ce qui compte à mes yeux, c'est que je puisse avoir Alexander rien que pour moi pendant presque un mois, loin de tous ces drames et de toute cette attention.

– J'ai envie que ce mariage commence comme il faut, en nous concentrant sur notre couple. Peu importe l'endroit où nous le ferons.

Edward grimace avant de rétorquer :

– Mais si, c'est important ! Va donc mettre ton cul tout blanc sur une plage pour baiser sous le soleil pour une fois. Vous auriez bien besoin de faire le plein de vitamine D tous les deux.

Il marque un point. Je souris d'un air faussement effarouché.

– Motus et bouche cousue.

– Rappelle-moi de ne pas t'inviter à mon mariage.

– C'est pas juste ! Tu es invité au mien, mais pour la lune de miel, c'est sur invitation seulement. Mais il vaudrait mieux que tu m'invites. Tu es mon seul frère, alors interdit de se mettre la bague au doigt à la sauvette !

– Père en ferait une maladie de toute façon. J'ai déjà de la chance si j'obtiens son…

La voiture s'arrête brusquement, ce qui interrompt le cours de ses pensées. Belle fait descendre sa vitre et sort la tête pour voir ce qui se passe.

– On dirait un embouteillage.

Mais son regard ne croise pas le mien lorsqu'elle parle.

– Je veux voir.

Je grimpe sur Edward pour regarder moi aussi par la fenêtre, mais Edward m'attrape par la taille et me remet sur mon siège.

– Qu'est-ce qui se passe ?

– Juste quelques paparazzis, répond-elle en haussant les épaules comme si de rien n'était.

– Rentrons tout simplement chez toi.

Lola fronce les sourcils et rétorque :

– Je déteste être celle qui te l'apprend, mais ils sont partout. Ils campent même devant chez les parents.

C'est de la folie pure.

– Mais on va où, en fait ?

Finalement je pose la question, en me massant les tempes car je sens poindre une migraine.

– Au Westminster Royal, admet Belle.

Nan mais, ils ont prévu un circuit-visite de ma relation avec Alexander, ou quoi ? Si nous remontons encore à un autre endroit dans lequel Alexander et moi avons fait l'amour, je vais me mettre à chercher les caméras.

Je tape sur la vitre de partition pour interpeller le chauffeur :

– Il y a un parking privé réservé à la clientèle de l'hôtel en dessous. J'imagine que vous êtes en contact avec Norris Echols ?

Le chauffeur hoche la tête, son regard rivé au mien dans le rétroviseur.

– Il vous fera entrer.

Je retourne m'asseoir quand je me rends compte qu'ils me dévisagent tous les trois comme une bête curieuse.

– Quoi ?

J'essaie d'avoir l'air nonchalant, mais mes joues rougissent.

– Je me souviens de toi quand tu étais encore ma douce et innocente petite Clara, répond Belle en battant des cils avant de soupirer. Maintenant, tu as été remplacée par une bombe sexuelle que rien n'arrête.

– Pas sûr que j'apprécie ta remarque !

Mais malgré cette réponse, je suis incapable d'arrêter de sourire.

– Cette remarque est pourtant très juste, rétorque Edward.

Quelques minutes plus tard, la limousine a réussi à se sortir du bouchon et du piège des paparazzis. Je sursaute un peu devant tous ces flashs, mais ils n'ont pris que des photos de la voiture.

– Ils ne peuvent pas nous voir, me rassure Edward en me tapotant la main.

Je le sais très bien, mais je ne suis toujours pas habituée à toute cette attention. Je ne pense pas pouvoir m'y habituer un jour. C'est le prix à payer pour aimer un homme tel qu'Alexander et même si je sais que je le choisirais encore et toujours, ça ne veut pas dire que j'apprécie l'intérêt du public. Ou le déluge constant de questions et de spéculations sur ma vie privée, ma santé et mon passé.

Je jette un coup d'œil à Edward plongé dans le silence. Je ressemble beaucoup à son fiancé. David et moi sommes tous les deux pris entre notre amour pour ces hommes et toutes les responsabilités qui accompagnent une vie à leurs côtés.

Impulsivement, je me jette sur lui et le serre dans mes bras.

– Qu'est-ce que j'ai fait pour mériter ça ? demande-t-il en riant.

– Rien, j'avais juste envie de te faire un câlin.

La limousine réussit à se garer sans incident dans le parking souterrain et nous nous en extirpons.

Belle et Lola se dirigent vers l'ascenseur le plus éloigné.

Je les interpelle :

– Hé ! Celui-là va directement à la suite présidentielle.

– Tu es une mine d'informations sur les privilèges de cet hôtel, commente Lola lorsque nous arrivons devant l'autre ascenseur. Je dois admettre que je suis un peu impressionnée.

– N'en parle pas à maman !

– Marché conclu !

Les portes s'ouvrent sur le lobby de la réception.

– Pas de paparazzis, soupire Belle soulagée.

Bien sûr que non. Elle ne sait pas à quel point le Westminster Royal respecte la vie privée de sa clientèle. C'est la raison pour laquelle Alexander se servait de cet établissement pour y retrouver ses conquêtes. Je suppose que ce fait aurait dû me mettre mal à l'aise, mais, notre première étreinte s'étant déroulée dans l'ascenseur qui mène précisément à cette suite présidentielle, j'aurais vraiment l'impression d'être une hypocrite.

– Pourquoi avoir choisi cet endroit ?

– D'après toi ? me répond-elle gaiement.

Je commence à me demander si Alexander n'est pas derrière tout ça.

– Nous avons déjà fait le check-in, précise Belle. La suite présidentielle était réservée, mais la suite nuptiale était disponible. Alexander t'y a fait envoyer des vêtements.

Je me réjouis à l'idée de me changer, mais avant même que je puisse exprimer ma joie, elle poursuit :

– Mais d'abord, on va au pub.

Je me force à sourire et les suis de l'autre côté du lobby pour gagner le bar de nuit attenant à l'hôtel.

– Bon Dieu, t'as prévu un plan cul ! s'exclame Edward en entrant dans l'établissement huppé.

Belle s'arrête net sur ses pas lorsqu'elle voit de quoi parle Edward. Philip est installé au bar, impossible de ne pas reconnaître son profil, même avec la faible luminosité. Il fait tourbillonner un verre dans sa main et lève occasionnellement le regard, comme s'il attendait quelqu'un.

– Hé, mais je n'ai rien prévu du tout…

Elle s'interrompt lorsqu'une très belle blonde s'avance et passe un bras autour du cou de Philip. Elle porte une robe rouge moulante assez courte et décolletée pour montrer tous ses atouts.

C'est comme ce moment inévitable avant un accident de voiture. On voit tout ce qui va se passer. Je sais que je devrais tirer Belle à l'écart. Mais je suis figée sur place, incapable de faire quoi que ce soit d'autre que de regarder la vérité nous foncer dessus, tête la première.

Philip se tourne, mais ne nous voit pas. Peut-être parce que son regard est happé par cette autre femme. Tout espoir de voir un geste d'amitié entre eux s'effondre. La blonde penche la tête et l'incline vers les lèvres impatientes de Philip. Je m'extirpe de ma stupeur en poussant un petit cri choqué.

– Cette salope ! explose Belle à côté de moi.

Je n'essaie pas de l'arrêter lorsqu'elle fonce droit sur eux, une lueur de rage meurtrière dans son regard brillant.

Pepper Lockwood l'a bien cherché.

# CHAPITRE
# QUINZE

Impossible de décrire la tête de Philip lorsque Belle le rejoint. Pepper, en revanche, semble moins surprise – et certainement moins inquiète. Ma tension grimpe en flèche quand cette connasse pivote pour se mettre aux côtés de Philip, son bras toujours autour de son cou. Ce petit geste possessif est vraiment typique de Perverse Pepper. Cette fille a un vrai problème, elle n'arrête pas de s'approprier ce qui ne lui appartient pas.

Belle les assassine du regard et ses poings se serrent convulsivement.

– Dis-moi que c'est toi qui as eu la très mauvaise idée de me faire la surprise d'un plan-cul à trois, avant que je te tue à mains nues.

– Annabelle…

Belle l'interrompt d'un petit geste du poignet.

– Ne me parle pas sur ce ton ! Explique-toi. Je me disais bien qu'elle n'était pas très maligne, mais sérieux, Phil, qu'est-ce que tu lui trouves ?

Pepper tapote de ses ongles l'épaule de Philip, un sourire malveillant aux lèvres.

– Depuis combien de temps ? demande Belle en ignorant Pepper.

– Ce n'est pas ce que…

– Ne finis pas cette phrase par « tu penses » ! D'une, je sais très bien ce que je viens de voir et de deux, c'est vraiment trop cliché.

Sa mâchoire se crispe, son regard va et vient entre les deux amants.

– Depuis combien de temps ?

– Phil et moi, on se connaît depuis des années. On jouait ensemble quand on était petits et là… on s'est remis à jouer.

Pepper passe sa langue sur ses dents comme si elle venait de dévorer quelque chose de délicieux. Elle se tourne vers moi et cligne des yeux.

– En fait, nous avons repris contact à ta pendaison de crémaillère.

Jusque-là, j'étais restée en arrière, déchirée entre la colère et le choc, mais ses mots me font sortir de ma torpeur, me libérant de ma stupeur. Apparemment, elle n'a pas pris mon avertissement au sérieux. Si elle pense une seule seconde qu'elle peut m'atteindre à travers mes amis, elle se fourre le doigt dans l'œil. J'ai supporté Pepper assez longtemps comme ça. Sans y penser, je me jette sur elle, les poings serrés.

Malheureusement, Edward est plus rapide que moi. Il passe son bras autour de ma taille et me fait reculer de quelques pas.

– Ce n'est pas ton combat, dit-il avec fermeté.

– Mais merde, putain que si !

Aucun doute, Pepper s'est jetée sur Philip à cause de ma relation avec Belle.

– Non, dit Belle d'une voix sinistrement placide. C'est le mien.

Et là, elle écrase son poing sur le nez de Pepper.

– Et ça, c'est juste le calme avant la tempête, marmonne Edward.

Il secoue la tête et s'interpose entre les deux femmes, attrapant Belle au vol pour la faire reculer. Philip, en véritable connard qu'il est, assiste à la scène, bouche bée.

Il y a quelque chose de poignant dans la façon qu'a le nez de Pepper de lancer des jets de sang sur le costume de Philip. Rien que ça, c'est juste grandiose.

– Espèce de salope ! crie Pepper en se tenant le nez.

– Tu parles en connaissance de cause, rétorque Belle en se débattant dans les bras d'Edward.

– On a baisé dans son lit ! Dans sa voiture !

Le vitriol de Pepper se répand aussi librement que le sang lui coule du nez.

– On a même baisé chez toi, sur le plan de travail dans la cuisine !

Edward repousse Belle vers moi, mais elle se libère et revient se planter devant Philip. Elle retire à grand peine sa bague de fiançailles et la lui met sous le nez.

– Celle-là, je la garde en dédommagement. Je suis contente que vous vous soyez trouvés tous les deux. Une rencontre d'enfer.

Philip se lève si rapidement que son tabouret tombe, il essaie d'attraper la bague. Je regarde autour de nous et je me rends compte qu'un petit attroupement est en train de se former. Je passe mon bras sous celui de Belle et la tire vers la porte. Comme elle résiste, Lola l'attrape de l'autre côté. Entourée de ses amies, Belle se redresse, reprend son sang-froid, les toise et sort calmement. Nous avons presque atteint la porte lorsque le premier agent de sécurité arrive. Le problème, c'est que je ne sais pas de quelle équipe il s'agit.

Edward désigne l'ascenseur.

– Fais-la monter dans la suite et cache-la. Je m'occupe de ça.

– Comment ?

J'ai toujours pensé que Philip était un enfoiré et je le verrais bien porter plainte maintenant. Je sais que Pepper le ferait.

– Norris, dit-il rapidement en levant les mains en l'air. Tu sais, l'effet prince d'Angleterre.

– Merde, tu ne peux pas être mêlé à ça.

Il appuie sur le bouton et sourit d'un air suffisant.

– Ça ne peut que faire du bien à ma réputation. Ça fait trop longtemps qu'Alexander endosse le rôle du bad boy. Il est peut-être temps que ça change.

Je suis sûre que David trouverait quelque chose à redire à ça, mais je suis Belle dans l'ascenseur dès que les portes s'ouvrent.

Belle appuie sur le bouton de notre étage et recule comme si de rien n'était. Lola me regarde par-dessus son épaule, un peu paumée. Juste au moment où je commence à me demander comment Belle fait pour être aussi calme, je vois son menton trembler. Je la prends dans mes bras avant même que la première larme ne tombe.

– Quel espèce de gland ! Connard ! Branleur !

Un flot ininterrompu d'insultes suit, et je lui frotte le dos jusqu'à ce que nous arrivions devant notre suite.

Je ravale un soupir quand je remarque le petit panneau sur la porte. J'avais oublié que nous étions logés dans la suite nuptiale. Je me propose de suggérer à Belle de rentrer à la maison quand elle l'arrache purement et simplement.

Ça aussi, ça marche.

– Quel enfoiré de faux derche ! Comment ai-je pu être aussi stupide ? sanglote-t-elle.

Je la serre contre moi.

– Hé, tu peux être plus british dans tes insultes ?

Cette remarque me vaut un petit sourire. Je poursuis :

– Et tu as franchement un excellent crochet du droit. Fais-moi voir ça.

Elle grimace lorsque je prends sa main avec précaution. Sa peau est à vif.

– J'espère que ça veut dire que tu lui as cassé quelques dents, dis-je en inspectant ses blessures.

– Je lui ai cassé le nez.

Nous sourions toutes les deux.

– Je vais demander de la glace à la réception, propose Lola.

Je lui adresse un regard de reconnaissance. Dès qu'elle sort de la suite, ce qui reste du sang-froid de Belle s'envole et elle fond dans mes bras.

Une boule se forme dans ma gorge et y reste tant qu'elle pleure sur mon épaule. J'essaie de ravaler mes propres larmes, mais c'est impossible. Pas tant que ma meilleure amie souffre autant. Je pleure pour le futur qu'elle vient de perdre et je pleure à cause de la culpabilité que je ressens. Mais surtout, je pleure parce que je ne veux pas qu'elle pleure toute seule.

– Clara, murmure Belle. Je dois te dire un truc.

Je recule un peu et hoche la tête.

– Tu peux tout me dire.

– Non, je ne peux pas. (Elle s'étouffe un peu en secouant la tête.) Tu vas penser que je suis un monstre.

– Tu viens de casser le nez de Pepper Lockwood. Tu es définitivement géniale. Je pense que tu es une vraie méchante.

– J'ai trompé Philip il y a quelques mois, avoue-t-elle à bout de souffle. Je n'ai pas le droit de tant lui en vouloir.

Son aveu me fait déglutir un bon coup.

– C'était peut-être mal, chérie, mais ça ne change rien au fait qu'il t'a trompée.

– Ce n'est pas ça le plus terrible.

Elle se mord la lèvre, les larmes lui remontent aux yeux.

Mon sang se fige dans mes veines, mais je me force à continuer de lui parler.

– Dis-moi.

– J'ai couché avec Jonathan Thompson.

– Oh !

Je suis vraiment surprise, j'essaie d'ignorer la pointe de haine qui m'assaille en entendant ça. Jonathan s'est comporté comme un enfoiré de première avec Belle à l'université, mais c'est ce qu'il a fait à Alexander qui me fait le haïr autant. Non seulement il est responsable de l'accident de voiture qui a tué la petite sœur d'Alexander mais, en plus, il l'a laissé endosser la responsabilité lorsque Pepper Lockwood l'a accusé. Ce qui le hisse tout en haut de ma liste des gens à abattre, au coude à coude avec Perverse Pepper.

– Je n'ai pas pu te le dire après ce que tu as découvert à propos de la sœur d'Alexander.

– Quand ?

– L'été dernier, admet-elle. Je l'ai croisé un soir et une chose en entraînant une autre… Tu étais…

J'étais à la maison, le cœur brisé à cause d'Alexander. Mon estomac se retourne quand je me rappelle cette époque.

– Mais j'étais aussi embarrassée d'avoir couché avec lui après ce qu'il m'a fait quand on était à la fac.

Je soupire et je la reprends dans mes bras.

– On fait toutes des trucs bêtes.

– Mais peut-être que Philip l'a senti et…

– Non.

Je l'arrête dans sa tentative d'explication.

– Philip est un branleur, tu t'en souviens ? Je ne peux pas dire que ce que tu as fait est bien, mais ça ne donne pas non plus de joker à Philip.

Et je me tais avant d'ajouter qu'à en juger par ce qu'on a vu, il y a eu bien plus qu'un coup d'un soir entre Pepper et Philip.

– Comment je vais faire ? me demande-t-elle, le souffle court à force d'essayer de retenir ses larmes. On était censés se marier dans six mois. Tout est organisé. Qu'est-ce que je dois faire ?

Je me souviens du soir où j'ai quitté Alexander. Même maintenant, la douleur liée à ce souvenir m'en fait presque vaciller, mais je passe mes bras autour de ses épaules.

– Ce soir, tu pleures.

Nous trouverons une solution pour tout demain matin, quand le soleil pulvérisera les ténèbres.

# CHAPITRE SEIZE

L'atelier de Katherine Paige est bouclé et complètement sécurisé. Le luxueux magasin de robes de mariée est pratiquement devenu ma deuxième maison ces derniers mois. Mais aujourd'hui, les rideaux sont tirés pour cacher l'intérieur de la boutique aux regards des curieux. Kate me retrouve à la porte arrière, le regard brillant, puis elle me guide à l'intérieur. La plupart des gens ont été surpris quand je l'ai choisie pour créer ma robe. Ce qu'ils ne savent pas, c'est que c'est Edward qui nous a présentées.

À peine plus âgée que moi, Kate aurait pu passer pour le mannequin de son atelier et non pour sa créatrice avec ses cheveux bruns bouclés et sa svelte silhouette. Passionnée par la création de vêtements, elle a développé une clientèle certes restreinte, mais très exclusive.

– Nous avons passé toute la semaine à chasser les paparazzis d'ici, m'explique-t-elle devant mon regard interrogateur.

– Je suis vraiment désolée.

Je dois lui présenter mes excuses. J'ai l'impression que mon mariage est en train de devenir la foire du siècle.

– Ne le soyez pas ! Combien de fois pourrai-je avoir l'opportunité de créer une robe de mariée pour la prochaine reine d'Angleterre ? s'exclame-t-elle, en repoussant une boucle de cheveux derrière son oreille.

La prochaine reine d'Angleterre. Je suis prise d'un vertige, je dois prendre son bras pour retrouver l'équilibre.

– Je n'arrive pas à m'y habituer. Un jour, je serai tellement stressée que je vais vraiment m'évanouir.

– Tant que vous n'abîmez pas votre robe.

Elle me fait un clin d'œil espiègle, ce qui me rappelle pourquoi je me sens aussi à l'aise avec elle.

– Si vous ne vous sentez pas très bien, je suppose que le champagne n'est pas une bonne idée.

Rien à redire à ça.

– Peut-être un peu plus tard.

Le salon d'essayage est presque aussi beau que les robes de Kate, à la fois somptueux et chaleureux. Les murs sont d'une teinte ivoire chaude et une lumière douce habille l'ensemble. Les tables et les cadres de miroir sont dorés à l'or fin, ce qui ajoute une touche de sophistication à l'ensemble.

Mais le calme de l'atmosphère est interrompu par l'arrivée de mon cortège. Ma mère et Lola papillonnent dans le salon, Belle derrière elles.

– Encore deux jours !

Ma mère m'attrape pour me serrer dans ses bras avant de me faire la bise.

Je fais de mon mieux pour ne pas avoir l'air d'être sur le point de vomir.

– Maman compte les minutes depuis le début de la semaine.

Lola m'adresse un regard par-dessus l'épaule de ma mère pour m'implorer de la sauver.

– Ce n'est pas tous les jours qu'une mère marie sa fille.

Elle se saisit d'une flûte de champagne sur le plateau le plus proche et en avale délicatement une petite gorgée.

– Nous sommes prêts pour la dernière répétition demain matin, lui dis-je.

J'opte pour l'approche directe, favorisant l'action plutôt que la conversation mondaine. J'ai besoin de me concentrer si je veux rester saine d'esprit. Je me fais des listes pour ne pas penser aux caméras et à la foule, qui s'accumulent déjà dans les rues entre l'abbaye de Westminster et Buckingham Palace. C'est le seul moyen de m'empêcher de tomber dans un cercle de fantasmes très troublants à propos de tout ce que je pourrais faire qui me ridiculiserait complètement.

– Voici les chaussures.

Kate s'affaire dans le salon avec à la main une paire de simples chaussures à talons de couleur ivoire, recouvertes de soie.

Ma mère grimace. Elle ne prend pas la peine de me montrer qu'elle désapprouve mon choix.

– Est-ce que ces talons sont suffisamment hauts ?

– C'est dans l'espoir d'éviter une chute.

– Ton père ne te laissera pas tomber, dit-elle avant d'incliner la tête pour s'adresser à quelqu'un dans le salon d'à côté. N'est-ce pas, Harold ?

– Papa est là ?

Je suis incapable de dissimuler ma surprise.

– Bien sûr qu'il est là. Il a envie de voir la robe de mariée de sa petite fille.

La voix de ma mère s'étrangle un peu, mais elle détourne le regard avant que je ne puisse voir si elle pleure. Les larmes ne font pas partie du répertoire émotionnel de Madeline Bishop. Il est tellement rare de les apercevoir que chaque apparition pourrait être l'occasion d'une étude.

Je ne suis pas sûre. Cette démonstration affective est-elle due à un sentimentalisme maternel ou essaie-t-elle de s'accrocher aux derniers reliefs de son mariage en lambeaux ?

Le silence se fait lorsque deux des employés du magasin apportent ma robe dans le salon, avec mille précautions, pendant que je me déshabille et que Kate m'aide à enfiler un corset. J'ai vu la robe à différentes étapes de sa fabrication, aux nombreux essayages, jusqu'à en avoir mal aux pieds et la peau percée de toutes parts par des épingles rebelles. Mais je n'étais pas prête à affronter la vague d'émotions qui me balaye lorsque je la vois terminée.

Le décorum impose un certain degré de modestie pour la célébration à l'église, mais étrangement, elle réussit la performance d'être le vêtement le plus sexy que j'ai jamais porté. Même s'il faut quatre personnes pour la soulever et me la passer par la tête.

– J'espère qu'elle ne sera pas trop dure à retirer pour Alexander, murmure Belle.

– Je crois qu'il en sera capable, dis-je à voix basse, me rappelant que ce n'est pas le moment de me mettre à fantasmer sur ses talents.

Mes bras glissent dans les délicates manches de dentelle laissant le bas de la robe et la traîne flotter jusqu'à mes pieds. Tournant pour qu'elles puissent arranger les plis, je prends une grande inspiration. Mes épaules sont élégamment recouvertes d'une fine dentelle, qui couvre également mon décolleté où un corset de soie affine ma taille avant de laisser place à un ample jupon bordé de la même dentelle à l'ourlet.

Des milliers de petits cristaux Swarovski scintillent délicatement dans la lumière. Je pose une main sur mon ventre, réalisant alors que j'ai ma robe de mariée sur le dos. Kate remonte la fermeture Éclair et s'attaque à la série de boutons qui descend de ma nuque à la naissance de mes fesses.

– Oh non, marmonne Kate en soupirant.

Je jette un coup d'œil par-dessus mon épaule.

– Oh non quoi ?

Elle tire sur ma robe pour la refermer et lutte pour remonter la fermeture Éclair.

– Inspirez, me demande-t-elle en s'écartant pour avoir une meilleure prise.

Je rentre mon ventre en le contractant. Un sentiment de soulagement m'étreint lorsque j'entends la fermeture Éclair remonter, mais il se dissipe dès que j'expire.

– C'est normal que ce soit aussi serré ?

Je me tourne pour me voir de profil.

La couturière fronce les sourcils, des épingles coincées entre les dents. Elle les retire et vérifie ses notes.

– Elle a été cousue à partir de vos dernières mensurations.

Elle soupire en tournant autour de moi.

– On va devoir relâcher un peu les coutures.

– Est-ce un problème ? demande ma mère en se rongeant les ongles.

De ma vie, je n'avais jamais vu Madeline Bishop risquer de détériorer sa manucure. Si elle avait le choix entre sauver un bébé phoque ou un ongle, elle n'hésiterait pas une seule seconde.

– Non, ça ne devrait pas poser de problème, dit Kate en me tapotant le bras. Il y a assez de tissu pour relâcher les coutures, ce n'est pas grave. Nous pouvons toujours ajuster votre corset.

Je ravale un grognement. Ledit corset me comprime déjà les côtes, il me fait un mal de chien à chaque mouvement. Il n'est pas question que je le fasse resserrer.

Dès que Kate sort de la pièce, ma mère fond sur moi.

– Cette robe coûte vingt mille livres. Tous les médias de la planète spéculent dessus depuis des mois.

– Maman ! intervient Lola.

Elle l'ignore et se met à arpenter l'espace devant le miroir à trois pans.

– Ils disent qu'il va y avoir des millions de téléspectateurs. Je m'étonne simplement que ce soit précisément maintenant que Clara se laisse aller à grossir.

À peine a-t-elle dit cette phrase qu'elle plaque une main sur sa bouche, un air horrifié prend possession de son élégant visage.

– Clara, je suis…

D'un signe de la main, j'écarte ses excuses et je serre les dents pour empêcher mon menton de trembler.

– Voyons s'il n'y a pas de thé, suggère Lola en prenant notre mère par les épaules pour l'escorter hors du salon d'essayage.

Dès qu'elles sont hors de portée de vue, Belle pousse un gros soupir et s'adosse au miroir.

– Parfois, je me dis qu'elle étudie pour devenir experte en manque de tact.

– C'est naturel chez elle.

Je lui désigne ma robe en me mordant les lèvres.

– J'ai l'air horrible ?

– Clara, tu es magnifique.

Belle se redresse pour faire face au miroir. Son regard gris brille dans le reflet.

– Alexander ne va pas comprendre ce qu'il lui arrive.

Depuis mon petit promontoire, j'attrape l'arrière de ma robe pour donner du gonflant à mon jupon, laissant ma traîne de plus de trois mètres cinquante cascader autour de moi dans une débauche de soie.

– Il me préfère généralement avec moins de tissu sur le dos.

– La nouvelle garde-robe de Clara. Là, tous les médias de la planète devraient être surpris, dit Belle en levant le nez, imitant ma mère à la perfection.

Je triture mes cheveux, tire dessus, puis les laisse retomber.

– Honnêtement, j'aimerais que tout soit terminé. J'ai envie d'être mariée à Alexander. Mais je sauterais volontiers la case célébration nuptiale.

– Toutes les filles rêvent de leur mariage.

– Probablement, dis-je distraitement. Je pourrais peut-être y penser si le mien n'était pas un spectacle. Si j'avais eu mon mot à dire, on se serait contentés d'une petite cérémonie en compagnie de quelques amis proches.

Du coin de l'œil, je vois le sourire de Belle disparaître.

– Est-ce que tu pourrais me dire que je suis vraiment une connasse, s'il te plaît. C'est probablement le dernier endroit sur Terre où tu as envie d'être en ce moment.

– Ça va. Je n'arrête pas d'oublier moi aussi.

Belle se laisse tomber par terre et s'assied en tailleur.

Je dois faire un gros effort, mais j'arrive à manœuvrer ma traîne pour la rejoindre.

– Je dois te prévenir tout de suite, je ne serai pas capable de me relever sans ton aide, j'espère que tu es toujours ma meilleure copine.

– Non, dit brusquement Belle.

– Bon. Euh. D'accord.

Je ne sais pas trop quoi dire.

– Philip n'a pas le droit de gâcher ce moment, dit-elle sans se rendre compte qu'elle vient de me faire avoir une crise cardiaque. C'est ton mariage et je suis heureuse pour toi. Je te le jure. Mais je…

– Tu as mal. J'ai envie de le castrer pour le punir de ce qu'il t'a fait. Mais honnêtement, je ne pense pas être capable de traverser cette épreuve sans toi, surtout si je dois supporter ma mère.

– Lola semble plutôt bien la gérer, remarque Belle. Ce qui me va parfaitement, parce que je veux me concentrer sur toi.

– Tu es sûre ?

Je cligne des yeux pour chasser les larmes qui m'empêchent de voir correctement.

– Ne te mets pas à pleurer, me supplie-t-elle, la voix de plus en plus haut perchée. Si tu pleures, alors je vais aussi pleurer et… oh merde ! C'est trop tard.

– Alexander connaît des gens qui peuvent l'assassiner si tu veux.

La blague est sortie de ma bouche avant que je me rappelle qu'en fait, c'est la vérité.

Belle esquisse un sourire mais secoue la tête.

– Je pense que se retrouver coincé avec Pepper est une assez grande punition. Elle lui piquera tout son argent et alors, il ne sera plus qu'un branleur avec une petite bite.

– Petite ?

Elle gigote son petit doigt avant d'ajouter :

– Tante Jane se demande déjà qui je devrais choisir pour me remettre en selle.

– Puis-je suggérer un candidat à la bite conséquente ?

Ma blague la fait rire et elle soupire en chassant ses larmes.

– Clara Bishop, tu es une femme perdue. Quand je pense que l'année dernière, je te suppliais de baiser quelqu'un de riche et puissant. Et maintenant, tu t'es transformée en redoutable diablesse.

– J'ai pris ton conseil très au sérieux.

– Je t'aime, dit Belle, le visage soudain empreint de sérieux.

– Moi aussi, je t'aime.

Je passe mes bras autour de ses épaules quand, soudain, j'entends un abominable bruit de dentelle déchirée.

– Ils arrangeront tout ça, murmure-t-elle sans me lâcher.

Lorsqu'elle s'écarte finalement, elle sourit d'un air espiègle.

– Allez, viens, on va s'amuser un peu avec la tension de ta mère.

Je lève les mains et elle bondit pour se lever avec grâce. Je me débats dans la soie et le tulle et je lui retombe dessus en riant à gorge déployée.

– Hé, tu vas te marier, dit Belle.

– Je vais me marier.

Je répète ses mots pour m'en imprégner. Dans quelques jours, je ne serai plus Clara Bishop. Je lui appartiendrai complètement.

La tête de mon père passe par l'embrasure de la porte.

– Je peux te voir un instant ?

– Bien sûr.

Belle me presse brièvement la main.

Mon père sourit timidement et ébouriffe ses cheveux devenus rares, alors qu'elle passe devant lui.

– Tu es éblouissante, dit-il doucement.

Je ressens comme une satisfaction de petite fille. Peu importent les erreurs qu'il a commises, il est toujours mon père et je recherche toujours autant son admiration.

– Merci, Papa.

– Non, merci à toi. Je sais que ces derniers mois ont été difficiles pour la famille et je sais que tu as été déçue par ta mère et moi.

– Ma mère ?

– Tu as été dure avec elle. (Mon père se tord les mains.) Mais ta mère faisait de son mieux. Je sais que c'est difficile à comprendre. Je ne suis pas un homme facile à vivre.

– Mais maman non plus ne demande pas juste un peu d'attention.

Je l'admets, mais je ne sais pas trop quel côté je suis en train de choisir dans cet affrontement.

– C'est ça, le truc avec le mariage, Clarinette. Parfois, on commet des erreurs. Ce qui compte, c'est la manière de les réparer.

– Tout ce que je veux savoir, c'est si vous allez vous en sortir.

Je ne peux pas m'en empêcher, j'ai envie que mes parents restent ensemble. Je suis leur fille, après tout. Je ne peux pas imaginer d'autre scénario, pour aucun des deux.

– Ça va peut-être te choquer, mais ta mère est une femme très tolérante.

– Et l'autre femme ?

– J'ai mis fin à cette relation il y a plusieurs mois. Ta mère et moi voyons un conseiller conjugal. (Il ouvre grand les bras.) Je ne pouvais pas supporter de jeter une ombre sur ton grand jour.

– Ça n'arrivera pas.

Nous restons face à face un instant en nous observant.

Mon père s'éclaircit la gorge, mais sa voix est toujours pleine d'émotion lorsqu'il continue :

– J'espère qu'Alexander sait quelle chance il a. Je me suis assuré qu'il sache que je me moque de qui est son père. S'il fait du mal à ma petite chérie…

– Papa !

J'éclate de rire, mais je suis choquée.

– Disons simplement qu'il sait ce qui lui arrivera.

Il me fait un clin d'œil et me prend dans ses bras. Ma tête se pose sur son épaule et pour la première fois depuis très longtemps, tout va bien entre nous.

# CHAPITRE DIX-SEPT

Belle pousse un sifflement quand je lui fais découvrir l'une des cinquante chambres d'amis de notre nouvelle maison. Enfin cinquante, à la louche.

– Notre appartement ferait des complexes s'il voyait pour quoi tu l'as quitté.

Je rigole en grognant. Belle était là pour notre réception de fiançailles, mais ce jour-là, la maison était pleine d'invités. Quand on la découvre le soir, lorsque la majeure partie du personnel a regagné ses appartements privés et qu'elle est vide, c'est tout autre chose. Je tourne sur moi-même en marchant à reculons, désignant l'espace autour de nous.

– Voici le couloir des chevaux, le bien nommé, parce que, comme tu peux le voir, il y a quelqu'un qui a beaucoup aimé les chevaux.

Comme partout dans la maison, ce couloir hésite entre le criard et l'opulent. Les murs sont recouverts d'un papier peint damassé écarlate assorti aux rideaux et aux antiques sofas, mais le clou du spectacle, ce sont tous ces portraits de chevaux qui émaillent le décor.

– J'imagine qu'il va falloir que je me mette à l'équitation, dis-je pensivement.

Belle glousse en regardant tout autour l'extravagance de cet espace.

– Je croyais que tu savais déjà monter.

Si elle savait ! En repensant à ce terrible week-end que j'ai passé avec Alexander à la campagne, l'été dernier, je me souviens simplement des plaisirs qu'on peut retirer de l'exercice.

– Tes joues sont assorties aux rideaux, poursuit Belle pour me taquiner. Dieu merci, Alexander fera de toi une femme honnête dès demain.

– Suis-moi, dis-je en lui désignant d'un geste l'escalier au bout du couloir.

Je la guide dans la montée en lui montrant en chemin où seront installés mes appartements privés, et m'avance pour rejoindre la chambre d'amis que j'ai réservée à l'usage de ma meilleure amie.

– Je serai de l'autre côté du couloir, lui dis-je en lui montrant sa chambre.

– Et vos quartiers, Votre Majesté ? demande Belle en me faisant une révérence.

– Promets-moi de ne jamais recommencer ça.

Je me laisse tomber sur son lit. Je ne suis pas encore prête à passer la nuit toute seule. Je commence à avoir des papillons dans le ventre, de plus en plus à chaque seconde qui passe, faisant monter d'un cran l'excitation angoissée que j'éprouve depuis que je me suis réveillée ce matin.

– Je dors en face, parce que j'ai dit à Alexander qu'il ne peut pas me voir avant demain matin.

– Il arrivera à survivre à cette longue traversée du désert sans te baiser ?

Elle hausse ses deux sourcils et presse le bout de ses doigts les uns contre les autres avant d'ajouter :

– Les esprits curieux voudront savoir.

– C'est la tradition.

– Il y en a tellement, remarque Belle en inspectant la pièce.

Elle passe un doigt sur la table de chevet et commente :

– Ils doivent passer leur vie à faire le ménage. Alors, dis-moi, qu'est-ce que tu penses vraiment de ta petite bicoque ? Comment tu te sens ?

– C'est… quelque chose.

– Très flatteur ! dit-elle sur un ton ironique avant de se laisser tomber sur le lit à mes côtés.

– Ce n'est pas la mienne. Pas encore. Un jour, peut-être.

La maison de Notting Hill me manque déjà. Non seulement parce que nous nous l'étions appropriée, mais parce que c'était notre premier foyer.

– Je ne me sens pas à ma place ici. Dans chaque pièce, il y a un portrait d'un type guindé qui me regarde de haut, et je me perds deux fois par jour.

– Tu vas t'y faire, dit-elle en baissant le ton pour ajouter : Surtout quand tu auras baptisé toutes les pièces.

Je jette un coup d'œil à la porte de sa chambre vers l'immense hall.

– Ça prendra une éternité.

– Pas à votre rythme. Il y a même des paris pour savoir quand vous allez vous faire choper.

Elle sort son téléphone de son sac et allume l'écran.

– J'ai misé sur une semaine, mais Edward parie sur cinq jours.

Je lui prends son portable des mains pour ne découvrir qu'un écran de veille.

– Quelle effrontée tu es, Annabelle Stuart ! lui dis-je en lui rendant.

– Je crois que c'est la chose la plus gentille qu'on m'ait jamais dite.

Elle s'allonge sur le lit et je roule sur le dos, reposant ma tête contre la sienne.

– Tu crois que Philip va venir ? me demande-t-elle calmement.

– On a annulé son invitation. J'ai aussi demandé à Norris de mettre un tireur d'élite avec ordre de tirer à vue sur Pepper.

Belle esquisse un petit sourire triste.

– Si seulement.

– Si seulement.

– Hé, me dit Belle. Tu devrais aller te coucher. J'ai cru entendre que tu avais un truc prévu demain matin.

Je me lève, soupire et lui lance un baiser de la main.

– Très royal, m'assure-t-elle.

Je lui jette un oreiller à la figure.

– Fais de beaux rêves, toi aussi ! m'interpelle-t-elle alors que je traverse le couloir.

La chambre à coucher fait tout pour me rappeler que je vais passer ma dernière nuit en célibataire, toute seule. Les rares objets qui m'appartiennent sont éparpillés sur une commode ancienne, mais la pièce de résistance de cette pièce étrangère est accrochée à l'armoire.

Ma robe de mariée me nargue depuis sa housse de protection. Demain, je vais l'enfiler, je serai escortée à l'abbaye de Westminster, je remonterai la nef et je serai mariée. L'an dernier, lorsque j'étudiais avec ferveur pour passer mes examens, je n'aurais jamais cru ça possible.

– Comment est-ce arrivé ?

Une question pour ma chambre vide.

Que je sois maudite, moi et mes traditions. Cette pièce ne fait que renforcer cette impression d'absence en me rappelant à quel point je suis loin de mes standards. Peut-être parce que je me mets à stresser comme une malade, mais j'ai besoin d'Alexander et d'être rassurée par ses caresses.

On frappe à ma porte. Ce bruit m'extirpe de mes pensées, comme si quelqu'un était venu répondre à mes questions, et je me précipite vers cette personne en gardant mes mains sur la clenche.

– Oui ?

– On m'a dit qu'il y avait une femme ici qui était sur le point de faire une horrible erreur et je suis venu voir si je ne pouvais pas l'en dissuader.

La voix étouffée d'Alexander me parvient de l'autre côté du battant.

– Tu ne peux pas me voir avant demain matin.

Petit rappel de ma décision que nous fassions chambres séparées cette nuit. Je ne voulais pas qu'il me voie avant la cérémonie. L'idée semblait bonne, brillante même, jusqu'à ce que je me retrouve toute seule dans une chambre que je ne connais pas, à parler à ma robe de mariée.

– Ma montre me dit qu'il est vingt-deux heures, mon chou. Ouvre la porte.

Encore deux heures avant le jour de notre mariage. Il devrait avoir tout juste le temps. Ça m'éviterait aussi de passer toute la nuit à regarder le plafond avec insistance.

– Attends.

Je me précipite vers l'armoire, j'y range la housse et ferme la porte.

Lorsque je lui ouvre, Alexander prend toute la place, ses bras en l'air pour se tenir aux montants. L'odeur âcre du bourbon m'agresse le nez et je le dévisage.

– Tu as bu ?

– J'ai bu un verre avec Edward. Enterrement de vie de garçon officieux, dit-il en avançant. Rien de débridé, mon chou.

Je me détends un peu de savoir qu'Edward a eu le bon sens de s'occuper de la dernière soirée de son frère avant son mariage.

– Mon lit king size a besoin de sa reine.

Il s'approche encore et son odeur me rappelle le jour de notre rencontre. J'avais envie de l'embrasser, de savoir quel goût il avait, lui qui dégageait une odeur d'épices aussi nette. Mais un baiser n'a pas suffi. Ça ne suffira jamais.

– J'ai quelque chose pour toi, dis-je avec coquetterie.

– Mon chou, j'ai cru que tu n'allais jamais le proposer.

– Garde ton pantalon, X.

Je me précipite vers la commode avant qu'il ne puisse m'attraper et y ramasse une petite boîte rouge.

– J'ai retrouvé ça quand nous avons déménagé. Je l'ai acheté il y a plusieurs mois et je n'ai jamais trouvé l'occasion de te le donner.

– Je peux l'ouvrir ? demande-t-il en tendant la main.

– C'est stupide, lui dis-je pour le prévenir. J'ai pensé te l'offrir demain, mais je me suis dit que j'aurais du mal à t'avoir pour moi toute seule.

– Oh, on passera du temps en tête à tête, j'y compte bien.

Il sourit d'un air suffisant et lève le couvercle de la boîte. Il en retire un petit sceau et l'étudie. Un sourire monte à ses lèvres lorsqu'il voit ce qu'il pourra graver dans la cire.

Un X.

– Pour que tu puisses cacheter les lettres que tu m'écris, dis-je en murmurant. Il y a aussi de la cire. Je sais que tu as le tien, mais…

– C'est parfait, m'interrompt-il en le laissant retomber dans la petite boîte avant d'en extirper le bâton de cire à cacheter. Tu aimes mes lettres ?

Je hoche la tête en fermant les yeux, repensant furtivement à ses mots salaces, et les petites flammes qui brûlent toujours en moi pour lui se ravivent lorsque je revois toutes les fois où il leur a donné vie.

– Oui, dis-je dans un souffle alors qu'il me tourne autour en tapotant l'épais bâton de cire sur sa main. Écris-m'en une, tout de suite.

Il se presse contre mon dos, nichant ses lèvres dans le creux de mon cou.

– Mon chou,

– Hmmmm…

– Je t'ai imaginée toute la nuit avec de la soie blanche retroussée autour de la taille.

L'une de ses mains se pose au-dessus de mes hanches puis remonte pour se saisir d'un de mes seins. Les doigts d'Alexander attrapent le tissu de ma robe jusqu'à m'en durcir le téton. Mes seins se font lourds et brûlants lorsqu'il les masse pour les faire enfler.

– Demain, je mettrai ta poitrine pulpeuse dans ma bouche, je la posséderai à travers ta robe de mariée et je la sucerai jusqu'à ce que tu jouisses.

Mon bassin ondule pour se plaquer contre le sien et il continue ses propos pleins de scandaleuses promesses.

– Je vais te conduire à l'église et ensuite je trouverai le premier coin sombre pour te vouer un culte.

Je gémis, j'ai besoin qu'il me fasse ses dévotions immédiatement, je crève d'envie de sentir ses mains continuer à éveiller mes sens et à me torturer.

– Rien que de m'imaginer te posséder quand tu seras mon épouse, j'en bande comme un âne. Je ne pense qu'à voir ma femme engloutir ma bite.

Il abandonne mes seins et presse sa main contre la petite bosse entre mes cuisses.

– Tu veux que je te possède ?

– Oui, dis-je en murmurant, ondulant contre sa main.

Il mordille le lobe de mon oreille.

– J'écris une lettre, mon chou, mais si tu insistes...

Il descend la fermeture Éclair dans mon dos et fait tomber ma robe de mes épaules en détachant mon soutien-gorge pour libérer ma poitrine. Puis il la pousse pour la faire passer sur mes hanches jusqu'à ce qu'elle tombe à mes pieds, me laissant seulement vêtue d'un string, de mon porte-jarretelles et de mes bas. De ses doigts, il dessine le contour des lanières avant de les détacher une à une puis de faire tomber ma petite culotte d'un mouvement brusque.

– Grimpe sur le lit et inspire-moi, m'ordonne-t-il en caressant son membre à travers son pantalon.

Je monte doucement sur le lit et j'écarte les genoux pour lui donner un premier aperçu de la surprise que j'avais concoctée pour notre nuit de noces. Belle m'a accompagnée chez l'esthéticienne hier et j'ai affronté une épilation intégrale à la cire. Je ne m'étais jamais complètement épilé le maillot, mais le grognement guttural qui sort de sa gorge me montre qu'il apprécie le geste.

– Ça m'inspire beaucoup.

Il caresse mon sexe en murmurant son approbation. Quelques secondes plus tard, je me tends en entendant le son métallique de la boucle de sa ceinture. Le silence s'installe entre nous.

– Tu n'as rien à craindre. Je ne te frapperai plus jamais comme ça.

– Je sais, dis-je d'une petite voix.

– Tourne-toi et mets-toi sur le dos.

Je lui obéis et je vois son regard s'embraser en retirant sa ceinture avec précaution avant de la poser sur le lit.

– Cet objet ne te fera plus jamais mal.

– Je sais.

Je me répète en espérant pouvoir contrôler ma réaction.

– Je vais te le montrer, dit-il en la ramassant avant d'aller sur un côté du lit. Mets tes mains au-dessus de ta tête.

Je prends une grande inspiration et je lève mes bras en les croisant.

– Dis-moi ton code de sécurité.

– Brimstone.

– Si c'est trop pour toi ou que tu veux que j'arrête, dis-le.

Il glisse la lanière de cuir sous mes poignets et les attache avec précaution. Ma respiration s'accélère à chaque tour de ceinture jusqu'à ce qu'il tire dessus et la boucle.

– J'aime quand tu m'obéis, mon chou. Quand tu me montres que tu me fais confiance, pour ton plaisir.

Alexander retourne au pied du lit et se passe la main dans ses cheveux noirs en me détaillant du regard. Il se penche en avant et m'incite à plier les genoux pour m'ouvrir à lui.

– Écarte les cuisses. Montre-moi à quel point ta chatte mouille pour moi.

Je les ouvre grand jusqu'à en avoir mal aux hanches. Mon clitoris est frémissant, je sens le petit paquet de nerfs si sensible palpiter à l'air libre.

– La douleur et le plaisir, murmure-t-il en se déshabillant.

Je suis captive de son regard, maintenue immobile par bien plus que la ceinture qu'il a utilisée pour m'attacher. De petites vagues de plaisir parcourent ma peau lorsqu'il se penche sur moi en caressant son membre si épais.

– Si je t'écrivais une lettre, je signerais de mon nom.

Son doigt dessine un X sur la peau à l'intérieur de ma cuisse avant de descendre vers les replis de mon intimité et de la pénétrer.

– Puis je la glisserais dans l'enveloppe, continue-t-il en faisant de lents mouvements de va-et-vient. Tu sais ce que je ferais ensuite ?

Je bouge la tête entre mes bras attachés et je me mords pour essayer de contenir l'orgasme qui menace de m'échapper.

– Tu ne peux pas encore jouir. Je n'ai pas fini ma lettre.

Il retire son doigt, laissant mes chairs se contracter sur le vide.

– Regarde-moi, dit Alexander un instant plus tard.

Mais je refuse et secoue la tête.

– Regarde-moi tout de suite ou je retourne dans

ma chambre jusqu'à ce que je sois sûr que tu aies retenu la leçon.

Je me force à ouvrir les yeux pour le regarder en face.

– Très bien.

Il fait de petits mouvements avec ses doigts jusqu'à ce qu'un instant plus tard, il mette le feu à une allumette. Il joue avec la flamme qui consume le petit bout de bois sur toute sa longueur et meurt à la naissance de ses doigts.

– Ma correspondance doit rester privée. C'est très important. Elle m'appartient, tout comme ta magnifique chatte. Dis-moi à qui elle appartient, Clara.

– À toi, dis-je en haletant.

Je me tords les mains contre le cuir de la ceinture. J'ai besoin de me libérer – besoin de l'attirer contre moi.

– Tu devrais rester sage et immobile pour ça, m'avertit-il en mettant le feu à une autre allumette avant de l'approcher du bâton de cire. Sinon, ça pourrait faire des saletés.

Je me mors les lèvres. Mon corps se raidit dans l'attente de la douleur lorsque je vois la flamme lécher la cire. Patiemment, Alexander le laisse planer au-dessus de ma poitrine. Une grosse goutte de paraffine se forme au bout, dégouline de plus en plus bas, jusqu'à ce qu'elle tombe sur mon téton engorgé. La chaleur s'estompe rapidement, mais elle nourrit le lent brasier qui s'élève en moi. Une autre goutte torride tombe sur mon sein gauche et je pousse un cri alors que le plaisir monte encore d'un cran.

– Putain, tu es tellement belle. J'aime te voir te tortiller jusqu'à ce que ça tombe et que tu fondes avec.

Il crée un petit chemin de gouttes brûlantes de mes seins à mon nombril.

– Lève les fesses.

J'arque le dos, trouvant un équilibre précaire lorsque mes talons s'enfoncent dans le matelas.

– C'est ça, siffle-t-il. J'aime quand tu écartes les cuisses avec ces talons d'aguicheuse. Mais tu vas devoir rester complètement immobile pour moi. Tu peux faire ça, mon chou.

Je hoche la tête et un gémissement m'échappe lorsque j'essaie de m'empêcher de tanguer. De la cire coule sur mon sexe. Mes chairs enflées empêchent la brûlure d'atteindre mon clitoris énervé. Je rue contre le liquide ardent, le sentant durcir avant qu'une autre goutte ne tombe dessus.

– Signée, scellée et remise au destinataire, murmure-t-il en soufflant sur le bâton.

Alexander repose la cire sur la table de chevet et s'agenouille entre mes cuisses écartées. Il passe une main sous mes fesses pour aider mes jambes tremblantes, et son membre se niche à l'entrée de mon intimité douloureuse. Je cambre le dos, cherchant ce contact dont j'ai tellement besoin. Il m'a attirée, écartelée, étirée au-delà de toute limite et je ne peux plus attendre. Sa main libre passe autour de ma taille et m'incite à passer ma jambe gauche autour de ses hanches.

– Passe tes jambes. J'ai envie de sentir ces talons se planter dans mon dos pendant que je te baise.

J'encercle sa taille alors qu'il s'enfonce en moi en poussant un grognement sourd.

– Tu as été si gentille, si patiente pendant que je jouais avec toi. Maintenant, je vais te faire du bien.

Il glisse en moi, me pénétrant un peu plus profondément à chacun de ses mouvements tellement précis. Sa main descend sur mon bas-ventre et, de son pouce à la peau rêche, il appuie sur mon clitoris pendant qu'il me pilonne. Je vois des étincelles et je commence à crier tout en le serrant de toutes mes forces avec mes jambes. J'enfonce mes talons sur ses fesses pour faire levier et me rapprocher le plus possible de lui.

– Putain, oui, siffle-t-il en jouissant alors que je suis toujours empalée sur lui, perdue dans mon propre orgasme. Je t'aime, Clara. Putain, je t'aime tellement.

Je desserre les jambes en m'effondrant sur le lit. Un instant plus tard, il libère mes poignets de l'entrave de la ceinture et les masse avec tendresse. Mes bras restent au-dessus de ma tête et j'y enfouis mon visage alors que les derniers tremblements de mon orgasme me saisissent. Je le sens changer de position sur le lit et j'entends de l'eau couler dans la salle de bains. Je sens qu'il revient, mais je ne peux pas bouger. Je ne peux pas regarder cet homme qui m'a poussée jusqu'au point de rupture et qui a tenu bon lorsque je l'ai dépassé.

Alexander me prend dans ses bras et me porte jusqu'à la douche. L'eau chaude me lave et fait fondre toute tension résiduelle dans mes membres.

– Tu peux tenir debout ? me susurre-t-il à l'oreille.

– Je crois.

Je n'en suis pas franchement sûre, mais lorsqu'il pose mes pieds par terre, il laisse ses mains sur mes hanches jusqu'à ce que je reprenne le contrôle de mes jambes. Il retire avec précaution les résidus de cire, puis lave mon corps. Je me penche vers lui en savourant cette exquise sensation d'accomplissement que je ressens lorsqu'il prend soin de moi. Notre mariage sera à cette image : tiré et poussé, donné et pris.

Une demi-heure plus tard, je l'embrasse pour lui dire bonne nuit à la porte de ma chambre, regrettant déjà la chaleur de ses bras. Il tire sur la ceinture de ma robe de chambre.

– On se voit demain matin.

– Je serai la fille en blanc.

Je ferme la porte derrière lui et pose une main sur ma poitrine, mon cœur bat à toute vitesse. Demain matin, nous serons unis de la plus intime des manières. Nous avons toute une vie pour explorer des nuits telles que celle-ci et je suis prête pour chacune d'entre elles.

# CHAPITRE

# DIX-HUIT

Il est temps que j'aille me coucher, sinon, je vais m'endormir au pied de l'autel. Je retire le dessus de lit froissé, mais avant même que j'aie pu ouvrir ma robe de chambre, on frappe à la porte.

Apparemment, X ne prend pas au sérieux ma demande de ne pas le voir après minuit.

– Dois-je appeler Norris pour lui demander de te faire partir ? dis-je en ouvrant la porte.

Je sais qu'il est impossible de dire définitivement non à Alexander.

Mais ce n'est pas lui devant ma porte ; c'est son père. Le roi arque un sourcil interrogateur en détaillant mon apparence, et je me couvre rapidement.

– Vous dormiez ?

C'est une bonne excuse pour expliquer mon apparence, j'imagine. Je lisse mes cheveux ébouriffés et je secoue la tête.

– J'essayais de m'endormir.

Ce n'est pas vraiment un mensonge. J'ai sérieusement pensé à aller me coucher.

– Je ne pensais pas que les femmes arrivaient à fermer l'œil la veille de leurs noces.

– Peut-être pas.

Je me dandine un peu, me demandant pendant encore combien de temps je vais devoir lui faire la conversation. Je ne comprends absolument pas pourquoi il est venu jusqu'à Clarence House pour me parler, à moins que ce ne soit pour me menacer ou me faire la morale. Comme je vais me marier demain matin, je ne suis pas d'humeur à supporter l'un ou l'autre.

– Puis-je m'entretenir avec vous d'un sujet d'une importance particulière ?

J'hésite. Il est onze heures passées, mais je ne vais jamais pouvoir dormir. J'avance dans le couloir et ferme la porte de ma chambre derrière moi. Il n'est pas question que je m'enferme dans une pièce avec lui.

Je le suis lorsqu'il me conduit dans un petit salon qui dégage une atmosphère très masculine, tant par ses couleurs que par le décor. Des fauteuils club en cuir flanquent une cheminée éteinte et des étagères pleines de livres émaillent les murs du sol au plafond. Le regard mort d'un animal empaillé m'accueille à l'entrée. Encore une pièce que je ne connaissais pas, mais à voir la collection de trophées de chasse parsemés dans la pièce, je ne suis pas sûre de vouloir y revenir.

Albert s'arrête à côté d'une petite desserte et retire le bouchon d'une carafe. Il se sert un bourbon, mais je reste en retrait, choisissant de rester près de la porte. Qu'est-ce que je fais là ? Plus vite je me débarrasserai de cette corvée, mieux ce sera.

– Alexander n'a pas été tout à fait honnête avec vous, Clara.

Le roi fait tourbillonner son bourbon dans son verre et je regarde le liquide tournoyer d'un air pensif, le voyant se répandre sur les parois du verre.

– Et moi non plus.

– Quelle surprise, dis-je d'un ton froid.

Comment se fait-il que dans une maison qui abrite des centaines de personnes pour le service, personne ne puisse me sauver de cette conversation ? Je croise mes bras sur ma poitrine et le regarde de haut. S'il pense qu'il peut faire changer d'avis sur ma décision d'épouser Alexander en colportant d'infâmes racontars sur son passé, il se fourre le doigt dans l'œil.

– Demain vous épouserez mon fils, mais votre union ne sera pas légale.

Ma bravade s'arrête là, je fais un pas en arrière. D'instinct, mes mains trouvent une étagère à laquelle m'agripper pour trouver de la force mais aussi pour me maîtriser car chaque fibre de mon corps n'a qu'une seule envie : le gifler.

– Je suis certaine que les centaines d'invités qui prévoient d'assister à ce mariage seraient surpris d'entendre ça.

– Je n'ai nullement l'intention de rendre cette information publique, m'assure-t-il. Mais vous deviez être au courant. En tant qu'héritier, Alexander a besoin de ma permission pour se marier.

Ma permission écrite et, vous le savez, il a été assez clair. Il n'a aucune intention de me la demander.

– Alexander m'a dit…

– Il vous a dit ce qu'il avait envie que vous pensiez. Il ne vous a pas dit la vérité. J'ai bien peur qu'il tienne ce trait de caractère de son père.

Son sourire est pincé, ce qui accentue les rides de son visage. Il a l'air fatigué, usé par les années qu'il a passées à tenir son pays et ses fils d'une main de fer.

– Si vous vous mariez demain, vous pourrez continuer à vivre avec mon fils. Peut-être même porter son enfant. Mais en tout état de cause, ces noces ne seront que du vent. En ce qui concerne le palais, vous n'aurez aucun droit sur les privilèges de sécurité et de protection que la monarchie pourrait vous offrir. Ni vous ni vos enfants qui seront illégitimes d'ailleurs. Vous serez sa maîtresse.

– Pourquoi me dites-vous ça maintenant ?

Il n'a aucune raison de le faire. Il aurait pu m'en informer il y a plusieurs mois s'il avait voulu mettre un terme à notre mariage. Il est peut-être encore plus cruel que je ne le croyais. Rien n'est plus abject que d'attendre les dernières heures avant la cérémonie pour me faire part de cette information.

– Parce qu'à l'inverse de mon fils, je pense que vous méritez de connaître la vérité.

– Il y a plus que ça. Vous espérez que j'annule le mariage.

Si je m'enfuyais tout de suite, ça épargnerait à la monarchie et à Alexander l'embarras d'avoir à admettre que ce mariage n'est pas légitime.

– Je sais que vous me prenez pour le méchant de l'histoire.

Il s'arrête là, comme pour me donner une chance de le contredire là-dessus.

Mais je m'abstiens. Je pense qu'il est bien plus qu'un méchant. Ça fait quelques temps d'ailleurs et il n'a jamais rien fait qui puisse me convaincre du contraire. Il pourrait dire qu'il a mes intérêts à cœur, mais ce serait un mensonge.

– Vous venez de me dire que je serai la putain de votre fils, alors vous avez raison, je n'ai pas une haute opinion de votre personne.

– Un vocabulaire plutôt cru, mais je suppose que vous préférez cette dénomination à celle de maîtresse.

Il boit une grande gorgée de bourbon, sa pomme d'Adam bouge brusquement lorsqu'il déglutit. Il s'essuie la bouche du revers de la main et me regarde en plissant les yeux.

– Il était promis à Priscilla. Je pense que vous l'avez rencontrée.

– J'ai eu ce plaisir.

Je ne prends pas la peine de dissimuler mon dégoût. Elle s'est comportée comme le reste de la « meute royale », comme une gamine privilégiée et égoïste au dernier degré.

– Il me semble qu'elle a blagué sur mon poids. Quelle élégance ! Quelle perte pour vous qu'Alexander se soit opposé à votre volonté ! Je pensais que vous souhaitiez qu'il épouse Pepper.

– À une certaine époque, Alexander n'en aurait rien eu à faire, savez-vous ? Il aurait épousé la première venue de mon choix pour éviter d'avoir à me parler. Ce désenchantement m'aurait bien aidé lorsque nous avons eu cette situation avec Pepper.

Il sourit d'un air suffisant et change de position dans son fauteuil jusqu'à finir par poser ses bras sur ses genoux.

– J'ai entendu dire que vous lui aviez rendu visite.

– Je suis certaine qu'elle vous raconte tout par le menu.

– Ce n'est plus le cas, dit-il avec force. Pepper n'est plus une amie de la famille.

– Qu'allons-nous faire lors des prochaines soirées ?

C'est peut-être la première bonne nouvelle de la journée, mais ça n'apaise en rien la grosse boule qui monte dans ma gorge.

Albert me fait signe de m'asseoir. Je resserre les pans de ma robe de chambre avec soin et je m'installe dans le fauteuil club en me tournant pour être certaine que mes cuisses restent bien couvertes. Le roi a prouvé à plus d'une occasion qu'il était dérangé, non seulement en ayant une liaison avec une fille en âge d'être son enfant, mais aussi en disant clairement qu'il aurait voulu que son fils meure à la guerre en Afghanistan. Je n'ai jamais vraiment su à quoi m'attendre avec lui, même si je le côtoie maintenant depuis plusieurs mois.

– Je vous mets mal à l'aise, remarque-t-il en me voyant me tortiller sous son regard tyrannique.

Je le regarde nerveusement. C'est comme s'il savait exactement ce que je pensais. Encore une autre caractéristique qui me stresse.

– C'est le cas avec beaucoup de monde, poursuit-il en souriant d'un air carnassier. La plupart des gens ne voient rien au-delà de l'image du roi. Et les autres ont une mauvaise impression lorsqu'ils me rencontrent pour la première fois.

– Quelle impression étais-je censée avoir ? Ou sommes-nous en train de réécrire l'histoire ? Vous avez été détestable lors de notre première rencontre, à la seconde également. En fait, pratiquement à chaque fois. Vous avez été supportable à Noël, ce qui a été une grande surprise.

– Balmoral est ce qui ressemble le plus à une maison de famille normale pour nous, alors j'ai tendance à être sentimental lorsque j'y séjourne, dit-il en parlant du château écossais dans lequel la famille royale se retrouve pour Noël. En général, je considère le sentimentalisme comme une faiblesse.

– J'ai eu cette impression quand vous avez dit que vous regrettiez que votre fils ne soit pas mort au front.

Je ne sais pas à quoi il joue, mais je ne veux pas en faire partie. Même si ça veut dire qu'il n'y aura pas de mariage demain matin. Seul un esprit dérangé pourrait vouloir s'acoquiner avec le roi Albert et je suis bien contente de n'être coquine qu'avec son fils.

– Le manque de respect d'Alexander m'irrite profondément, explique-t-il. Et à plus d'une occasion, nous avons tous les deux dit des choses que nous avons ensuite amèrement regrettées.

– Vous l'avez envoyé au front, dis-je avec force.

– Je l'y ai expédié pour qu'il devienne un homme ! rugit Albert en renversant son verre sur le tapis d'Orient. Avant qu'il ne se perde dans la culpabilité et la douleur. Il voulait être traité comme un homme, alors il a recherché la compagnie de pervers dépravés – et de personnes dangereuses. Il n'avait aucune idée du guêpier dans lequel il avait mis les pieds. Je lui ai donné ce dont il avait réellement besoin en l'envoyant à la guerre. Je l'ai forcé à grandir !

Je suis enragée. Alexander avait besoin de l'amour de son père tout autant que de sa punition. C'est un fait qui échappe totalement à Albert. Je me lève et fais une révérence.

– J'ai bien peur qu'il faille que je vous quitte. Merci d'avoir été honnête avec moi. Je suis certaine qu'Alexander ne cherchait qu'à me protéger de plus grandes insultes en taisant votre refus de consentir à notre mariage. Quoi qu'il en soit, demain sera le jour le plus important de ma vie – que vous l'approuviez ou non. Demain, ce sera une journée pour Alexander et moi. Pas les centaines d'invités, ou le dîner de gala, encore moins le baiser sur le balcon. Demain, je m'engagerai à vie dans notre union. Je deviendrai la femme d'Alexander sur tous les plans qui comptent, et je vous emmerde.

Je tourne les talons et me prépare à sortir.

– Vous me faites penser à elle, m'interpelle-t-il.

Je me fige sur place et me retourne pour lui faire face en maudissant silencieusement ma curiosité.

– Qui ?

– Elisabeta, admet-il.

Il repose son verre vide sur une table. Il se lève, vacille un peu et s'approche de moi.

– Je suis peut-être une citoyenne britannique. Vous êtes peut-être le roi, mais à mes yeux, vous n'êtes qu'un homme – et je ne vous obéis pas, contrairement à votre femme.

À ma grande surprise, il se met à rire sous cape.

– Ma femme était obéissante en public, mais elle avait un sacré tempérament. Comme toutes les Grecques.

Son regard se fait lointain au souvenir de sa femme. Albert s'approche encore et l'odeur âcre du bourbon m'assaille. Son regard a l'air épuisé lorsqu'il se redresse pour me toiser.

– Elle remettait chacune de mes décisions en question. Elisabeta était mon égale. Lorsque je vous vois en présence d'Alexander, je sais qu'il a rencontré la sienne.

J'inspire un grand coup, véritablement choquée de l'entendre dire ça.

– Alors, pourquoi vous opposer à notre mariage ? Vous haïssez tant votre fils ?

Je lui pose la question d'une voix douce, luttant pour comprendre les virages insensés que n'arrête pas de prendre notre conversation.

– Haïr ? Vous pensez que je hais mon fils ?

– Je n'en suis pas sûre, mais il le croit, lui.

– Un jour, plaise à Dieu, Alexander prendra ma place sur ce trône et peut-être alors comprendra-t-il. La distance émotionnelle seule permet d'exercer la fonction monarchique.

– Mais pas la fonction de père.

Ma réprimande est douce, mais ferme. Choisir de ne plus lui céder implique de lui mettre le nez dans le caca. Parce que nous n'en sommes plus à réécrire l'histoire. Nous sommes honnêtes.

Mais bon, je joue gros, ne serait-ce qu'en poursuivant cette conversation. Depuis des mois, j'évite tout contact avec le roi pour me protéger de son opinion assez tranchée sur mon manque de pédigrée. Mais je l'évite aussi pour échapper à ce type de situation. Alexander ne veut pas avoir de relation avec son père. Il a été bien clair.

– N'essayons pas de prétendre que vous avez à cœur de défendre les intérêts de votre fils.

– C'est ma femme qui m'aidait à devenir un père. Lorsque je l'ai perdue, j'ai également perdu cette capacité. Peut-être pensez-vous que c'est une piètre excuse.

Il hausse les épaules et en perd pratiquement l'équilibre. Ma main se lève immédiatement pour le retenir.

– Peut-être que c'est le cas. Peut-être devriez-vous passer à autre chose.

Ou peut-être est-ce le bourbon.

– Vous lui ressemblez tant.

Ses mots sont confus, il bafouille un peu en se répétant.

– C'est pour ça que je refuse sa requête. C'est pour ça que j'ai essayé de vous séparer.

– Ce n'est pas une raison.

Des larmes envahissent mes yeux, que je chasse en clignant. Jamais je ne le laisserai me voir pleurer.

– Il n'y a pas que votre tempérament, Clara, explique-t-il en secouant la tête avec tristesse. Vous êtes belle, comme elle, mais tout aussi fragile.

Il attrape mon poignet comme un serpent et le serre.

– Je pourrais briser votre bras. Vous êtes tellement friable.

– Stop.

J'essaie de me libérer, mais il me serre plus fort.

– Vous êtes trop précieuse pour ce monde. Alexander le sait.

Albert tire un grand coup sur mon bras, ce qui me fait trébucher et tomber sur lui.

– Il sait qu'il vous perdra, tout comme je le sais – et c'est ce qui finira par le détruire. C'est ce qui a détruit cette partie sensible en moi.

Son souffle est chaud et je ferme les yeux en détournant mon visage. Il est ailleurs, perdu dans le labyrinthe de ses souvenirs, et je ne sais pas à quoi m'attendre. Le fait qu'il voie Elisabeta en moi n'est pas rassurant. Entre son esprit embrumé par les vapeurs d'alcool et son large torse, je ne pourrais pas le battre si j'essayais. Et aussi soudainement qu'il m'a attirée contre lui, il me relâche. Je m'écarte à toute vitesse, ne m'arrêtant qu'à la porte.

– Il ne me perdra jamais.

Je lui fais cette promesse. Pourquoi ai-je le besoin de le rassurer ? Aucune idée. Sauf que peut-être, moi aussi j'ai besoin de me rassurer.

– J'espère que c'est la vérité. Sincèrement. Je ne veux que protéger le peu de famille qui me reste.

– Ils n'ont plus besoin de votre protection.

Pourquoi ne peut-il pas le comprendre ? Comment a-t-il fait pour se perdre à ce point ?

– Ils ont besoin que vous vous souciiez de leur bonheur.

Le silence s'installe entre nous. Je n'ai plus rien à dire et il ne peut pas dire non plus que j'ai tort. Nous le sentons tous les deux, tout comme nous sentons que quelque chose a changé entre nous. Je n'aimerai jamais Albert comme un père, mais pour la première fois, j'ai l'impression de le comprendre un peu.

– Bonne nuit.

Cette fois-ci, je ne suis pas le protocole pour faire mes adieux. Nous nous sommes parlé comme des égaux. Il ne semble pas nécessaire de marquer nos différences à présent.

Il n'ajoute rien.

De retour dans ma chambre provisoire, je ferme la porte à clé et reste immobile au beau milieu de ce silence oppressant. Enfin, j'ouvre la porte de l'armoire et fixe l'unique chose à l'intérieur. Les mains tremblantes, j'ouvre la housse de protection et j'en sors ma robe de mariée. Je parcours du bout des doigts les motifs de la dentelle sur le bustier de soie. J'ai expédié Alexander dans un autre lit cette nuit pour éviter de me porter malchance. C'est quand même arrivé. Il y aura un mariage demain, mais il ne faudra pas beaucoup de temps à la presse pour découvrir que c'était une imposture. Il y aura un scandale que j'aurais pu éviter si j'avais choisi de respecter le roi plutôt que de l'affronter.

Mais ça n'a toujours aucune importance. Je le pensais quand j'ai dit à son père que j'épouserai Alexander sur tous les plans importants. Je lui donnerai mon corps, mon cœur et mon âme. Et aucun acte royal ne pourra m'en empêcher.

# CHAPITRE
# XIX

Debout, face au miroir, je tire sur ma chemise pour refermer un bouton de manchette. Edward me passe ma veste alors que je termine d'attacher le second, et je l'enfile en fermant rapidement les sept boutons dorés. J'ajuste ma chemise sous l'uniforme complet et fais un pas en arrière.

– Alors ? dis-je en écartant les bras.

– Quelle élégance ! Clara sera incapable de détacher son regard de toi.

– Je préfère qu'elle soit incapable de retirer ses mains.

Puis je m'assieds sur le petit banc au pied de mon lit et lace les bottes réglementaires en cuir.

Je n'ai pas porté l'uniforme de la Royal Air Force depuis bien longtemps. Encore moins celui d'apparat. Il a été taillé à Savile Row, spécialement pour mon mariage, dans le meilleur des tissus vénitiens, et il a été brodé de fils d'or. C'est étrange de le porter. Il symbolise à la fois mon passé et mon avenir : l'ancien et le neuf se mêlant, mais sans m'apporter de réconfort. J'écarte cette idée en attrapant ma casquette. L'espace d'un instant, j'imagine Clara la porter – sans rien d'autre. Cette idée fait bondir ma bite, ce qui n'est pas une bonne idée, vu la demande de Clara de ne pas la voir avant la cérémonie.

Au moins, je sais que je vais passer ma nuit de noces avec elle.

La porte de ma chambre s'ouvre et mon père entre sans en y être invité. Il porte déjà son propre uniforme.

– Garde irlandaise ? demande-t-il à Edward après l'avoir observé un instant.

Edward tire sur l'ourlet de sa veste écarlate, un sourire timide aux lèvres.

– C'est mon grade le plus élevé.

– C'est ton seul grade, le corrige notre père.

– Tous les hommes ne s'engagent pas dans l'armée pour aller au front, lui dis-je à voix basse, attirant son attention sur moi.

Mon frère a enduré ses attaques pendant toutes les années où j'étais en Afghanistan, il est temps que je supporte mon lot de maltraitance de sa part, d'autant plus que c'est de ma faute s'il est de mauvaise humeur.

– Apprécies-tu la maison ?

Je plisse les yeux pour essayer de voir où il veut en venir. Avec mon père, il y a un piège à chaque détour de la conversation. La seule façon d'y échapper est de rester immobile.

Là, ce n'est pas possible.

– Nous nous installons. Clara est un peu débordée, bien entendu.

Il vaut mieux m'en tenir à une simple explication ; mais je fais exprès de ne pas le remercier. J'ai hérité du droit d'habiter à Clarence House en naissant, il n'est pas nécessaire de le flatter avec de la fausse gratitude.

Ses lèvres dessinent une moue lorsqu'il pose une main sur la garde de son épée d'apparat.

– Pas étonnant.

– Il lui faudra un peu de temps, mais elle s'habituera.

– Ce qui me fait venir aux raisons de ma visite. (Il se tourne vers Edward et lui sourit faiblement.) Peux-tu nous laisser un instant ?

Edward me jette un coup d'œil, se demandant sans doute si l'un de nous deux sera encore vivant lorsqu'il reviendra. Il fait un petit signe de tête et sort de la pièce en tirant la porte derrière lui.

– Ce n'est pas nécessaire.

J'avertis mon père. Il est venu pour me faire chanter avec ses menaces sans fondement sur la légitimité de mon mariage. Ces dernières semaines, il a été de plus en plus réticent à aborder mes craintes toujours plus pressantes sur la sécurité de Clara. Il semblerait qu'il ait choisi le jour de mon mariage pour me rappeler que la cérémonie d'aujourd'hui n'est qu'une imposture.

– Comme tu le sais, sans mon approbation, ce mariage restera invalide aux yeux de la nation. Tout enfant que portera Clara sera déclaré illégitime et n'aura aucun droit sur la Couronne.

Je serre les dents, une boule de colère me chauffe les sangs. Je m'attendais à ce qu'il résiste à mon mariage, mais ça n'en calme pas ma fureur pour autant.

– Je n'ai pas prévu d'avoir d'enfant, alors ça ne devrait pas poser de problème.

Une expression de choc traverse son visage. C'est la première fois qu'il a l'air véritablement surpris, d'aussi loin que je m'en souvienne.

– Vous voyez, j'ai bien retenu la leçon. Les enfants sont une responsabilité, une croix à porter pour le bien de la monarchie. Quel que soit ce problème de légitimité, je ne vois pas la nécessité d'avilir le sang de notre dynastie avec mes perversions, comme vous les appelez.

– J'imagine que ta fiancée connaît ta décision.

Je hoche la tête. Nous en avons déjà parlé. Il viendra certainement un temps où elle la remettra en question, mais je suis certain qu'à ce moment-là, elle comprendra toutes les responsabilités qu'implique de devoir porter la couronne.

– Je suppose que la question de la légitimité n'a plus aucune importance pour toi, alors.

Il frotte ses mains l'une contre l'autre, le torse bombé dans une grande inspiration.

– Strictement aucune.

Ma réponse est ferme, calculée, il s'attendait à me déstabiliser. Mais je ne peux pas être sûr de sa motivation réelle.

– Tu as été très catégorique lorsque tu m'as annoncé ta décision d'épouser Mademoiselle

Bishop, dit-il d'un ton songeur, mais malgré mon refus, tu n'as pas voulu opter pour la seule solution qui t'aurait assuré de légaliser votre union.

– Vous avez été tout aussi catégorique, je n'ai pas d'autre option, dis-je les dents serrées.

– Tu pourrais renoncer au trône.

Ses mots flottent entre nous. Ils ne sont ni une suggestion ni un ordre. C'est un simple fait.

J'ai effectivement cette option, mais c'est une option que je n'ai pas envie d'exploiter. Pas tant que la vie de Clara est en danger.

– Je m'y attendais pourtant, poursuit-il. Tu t'es assuré assez souvent de faire connaître ton mépris pour ton droit de naissance, rejetant en permanence la tradition et le décorum pour laisser cours à tes penchants les plus populaires.

Il y a comme une note de dégoût dans sa voix, mais il chasse cette idée déplaisante d'un geste dédaigneux.

– Vous êtes conscient de la situation de Clara, dis-je. Vous avez refusé votre aide.

Quelles que soient ses intentions pour éviter de protéger Clara comme membre de la famille royale, il ne peut pas m'empêcher de m'en occuper personnellement. Malheureusement, rester sous sa domination pour avoir accès à la fortune familiale est le seul moyen de la protéger.

Nous nous dévisageons un instant. Deux hommes en uniforme, peu disposés à accepter le moindre compromis. Mon père rompt le contact visuel en premier, traversant la chambre pour attraper une photo encadrée nous représentant, Clara et moi.

– Je pensais à ta mère hier soir.

Son visage dur s'adoucit lorsqu'il parle d'elle. Son dévouement sans faille a prouvé à maintes reprises qu'il avait un cœur.

– J'imagine qu'elle aurait aimé Clara.

Je le challenge. Ma mère a été une épouse obéissante, mais en grandissant, je me suis rendu compte qu'elle réservait sa véritable loyauté à ses enfants.

– Savais-tu que les médecins l'avaient informée que si elle menait sa grossesse à terme lorsqu'elle était enceinte d'Edward, elle mettait sa santé en jeu ?

Je me fige sur place, incapable de bouger. Il parle rarement de ma mère, sauf pour la décrire comme une sainte. Elle est morte alors que j'avais six ans, j'étais bien trop jeune pour véritablement la connaître. Mon père nous a donné des aperçus de sa personnalité grâce à quelques commentaires désinvoltes, mais ce n'étaient que des ébauches. Il n'a jamais complété le portrait.

– C'était une grossesse à risque dès le début, mais lorsque le premier médecin a suggéré un avortement thérapeutique, elle l'a renvoyé. (À ce souvenir, un sourire naît sur ses lèvres.) Ta mère prenait ses responsabilités de reine très à cœur. Elle faisait attention et restait toujours à mes côtés sans jamais susciter la moindre controverse. Mais personne ne pouvait lui dire quoi faire. Pas son médecin. Certainement pas moi. C'est peut-être pour ça que j'ai tant de mal à regarder ton frère en face. Les gens pensent que c'est parce que je n'approuve pas son mode de vie, mais en réalité, c'est parce que je souffre de savoir qu'elle l'a préféré à moi.

– Elle était sa mère, dis-je froidement, les poings serrés. Mais vous êtes son père – c'est une responsabilité que vous n'avez jamais semblé comprendre.

– Je ne me félicite pas, je sais qu'elle n'approuverait pas mes méthodes d'éducation.

Il repose la photo sur la table de chevet et me regarde d'un air distant.

– Effectivement.

– Quel avis très tranché de la part d'un homme qui n'attache aucune importance aux enfants !

C'est un piège, il tente de m'appâter en me faisant miroiter quelque chose d'irrésistible – mais je ne peux pas m'empêcher de mordre à l'hameçon.

– C'est de servitude dont il est question.

– La Couronne perdurera avec ou sans toi, Alexander. J'imagine que ton frère n'aura pas d'héritier non plus. (Il hausse les épaules devant mon air méfiant.) Je suis tenu au courant de l'évolution de sa relation avec David, même si lui choisit de ne pas en faire étalage.

– J'imagine qu'il assume que vous ne l'approuverez pas.

– Ce n'est pas la peine. Sa progéniture ne pourra jamais prétendre au trône.

– Donc votre dynastie mourra, je lui fais remarquer avec une satisfaction certaine, ne serait-ce que de le dire à voix haute.

– Je t'ai dit qu'hier je pensais à ta mère, mais j'ai omis de te dire que c'est hier soir que j'ai réfléchi à ce qu'elle aurait pensé de cette journée.

Le fait qu'il se projette dans le ressenti d'un autre être humain est nouveau. C'est assez pratique que la personne en question soit morte.

– Je pense qu'elle aurait apprécié Clara, dit-il lentement. En fait, je pense qu'elle aurait aimé être là aujourd'hui.

– Si seulement vous partagiez cet état d'esprit.

Je commence à être fatigué de son petit jeu des souvenirs. Aucun d'entre nous deux ne cédera, ce n'est pas dans notre sang.

– J'ai passé beaucoup de temps à y réfléchir et j'en ai tiré une conclusion. Tu as choisi ton épouse, c'est ta décision. Puisse le Tout-Puissant avoir pitié de son âme. Moi seul peux choisir la direction que prendra la monarchie demain. (Il s'éclaircit la gorge et tire sur le col de son uniforme.) Aucun homme ne devrait vouloir de cette responsabilité. Tu as cru pendant des années, à tort, que j'appréciais mon rôle de monarque.

– À tort ?

– Du sang a été versé à travers les âges par des hommes cruels qui voulaient ce trône. Les meilleurs d'entre nous l'ont accepté à contrecœur. C'est pour cette raison que tu me succèderas après ma mort.

– Et si je n'en ai pas envie ?

– Tu le feras, dit-il avec certitude. Les hommes bien ne se défilent pas devant leur devoir.

– Non, effectivement.

Je ne me fais pas assez confiance pour en dire plus. Nous avons avancé nos pions, mais aucun d'entre nous ne peut mettre l'autre en échec. Nous sommes à égalité.

– J'ai pensé à en parler à ta fiancée, mais je ne veux pas gâcher sa journée en me présentant devant sa porte.

Il tire une enveloppe de sa poche et me la remet.

– C'est très attentionné, étonnamment.

Je marmonne en brisant le sceau du cachet de cire sur l'enveloppe. J'en extrais les feuillets et je les parcours rapidement avant de lever les yeux vers lui.

– Si tu penses à refuser, sache que j'ai déjà accompli les formalités nécessaires. Le mandat est officiel.

J'agrippe les documents avec force, je sais qu'ils changent tout. L'un d'eux accorde à Clara le titre de duchesse. L'autre est le décret qui approuve notre mariage.

– Pourquoi ?

– Parce qu'elle l'aurait voulu…

Il ne termine pas sa phrase, ne donnant aucune motivation le concernant.

Je m'en moque complètement. Deux petits morceaux de papier. C'est tout ce qu'il faut pour lui accorder le plus haut degré de sécurité disponible.

Je déglutis fortement, la mâchoire crispée, et le remercie d'un hochement de tête.

– Je suis certain que tu as des choses à faire avant la cérémonie.

Et sur cette simple phrase, il prend congé.

Je me précipite dans le couloir et j'arrive devant sa porte, les papiers à la main, avant de me rendre compte que Clara ne sait pas que nous étions sur le point de nous marier illégalement. Je m'arrête et j'entends un éclat de rire en provenance de sa chambre. Je l'imagine un instant, à bout de souffle. Les joues rosies par l'excitation. Elle s'est battue pour cette journée – pour moi.

Et là, quelque part, nous avons tous les deux gagné. Je quitte sa porte et retourne dans ma chambre pour y récupérer mes gants et ma casquette. Dans quelques heures, nous serons mari et femme. Le reste peut attendre.

Son bonheur est tout ce qui compte, je sais que ça pourrait le mettre en danger. Plus tard, je lui dirai qu'elle est devenue duchesse. Plus tard, je la coucherai dans notre lit marital et je lui ferai l'amour, elle sera mon épouse. Mais là, je déboutonne ma veste et je glisse les papiers dans la poche intérieure, sur mon cœur.

C'est un lieu qu'elle occupe déjà.

# CHAPITRE VINGT

*Il arrive avec le gros de la foule, s'installe pour camper et attend.*

*Il attend jusqu'à ce que l'excitation devienne fiévreuse sur la route de l'abbaye de Westminster.*

*Il y a tant de monde – la foule des grands jours. Ils ont fondu sur Londres, comme des vautours, en espérant voler un petit aperçu d'une vie qu'ils ne pourront jamais avoir. Il éprouve du dégoût d'avoir à marcher à leurs côtés, mais le plan doit être précisément suivi.*

*Le plan.*

*Il n'aurait jamais pu faire mieux lui-même, mais maintenant, il est seul en scène.*

*La police écrème les rues, inspecte les lampadaires et les égouts. Les agents sillonnent la foule, confisquent les bouteilles et autres feux d'artifice. Des tâches purement formelles, la routine pour s'assurer que ce putain de jour béni de merde ne soit pas perturbé. Mais le programme de sécurité qu'on lui a donné lui a permis d'avoir un coup d'avance.*

*À l'aube, les policiers changeront d'équipe, ils s'arrêteront pour discuter avec leurs collègues, tout comme le font les gens derrière les barrières. Leur attention sera compromise par l'esprit festif qui a envahi les rues.*

*Il navigue parmi la foule avec facilité. C'est facile de laisser passer un homme, et ces cons sont tellement polis. Il suit le périmètre de sécurité en restant assez loin de la barrière pour ne pas attirer l'attention sur ses mouvements, jusqu'à ce qu'il le voie enfin : un cheval attaché à proximité.*

*Son cavalier est hors de portée de vue. Lorsqu'il s'approche, une petite fille lève les yeux vers lui, en caressant le bout de museau que l'animal a réussi à introduire entre les barres. Sa mère est à côté d'elle, trop occupée à cancaner avec une amie.*

*– Elle est belle, non ? demande-t-elle.*

*Il sourit et pose son index sur ses lèvres.*

*– Tu peux garder un secret ?*

*L'enfant écarquille les yeux et hoche la tête.*

*Il passe doucement la main à travers les barreaux, attrape les rênes et libère l'animal.*

*– Elle devrait avoir le droit de se promener.*

*La petite fille hoche la tête et regarde à nouveau la jument.*

*Il fait quelques pas de côté, pour sortir du champ de vision de la petite fille, et sort un lance-pierres de sa poche. L'ironie du geste le fait sourire. De tout ce qui suivra – tout aura commencé avec un jouet d'enfant. Il arme, puis tire un petit caillou qui fonce directement sur l'arrière-train du cheval.*

*L'animal rue, ses sabots retombent sur le pavé avec grand fracas, avant de partir à toute vitesse, attirant l'attention de la foule – et des policiers.*

*Il voit la petite fille tirer sur le manteau de sa mère, mais elle écarte la main de l'enfant d'un geste brusque, absorbée par l'excitation inattendue. Les policiers se dispersent, certains bougent pour éviter l'animal en pleine charge, d'autres tentent de l'arrêter.*

*Il se fond dans la masse et progresse rapidement pour atteindre une série de magasins proches de l'endroit où s'est enfui le cheval. Il bifurque brusquement dans une petite allée et attend, totalement immobile, comme on l'a entraîné à le faire, jusqu'à ce qu'un agent de police passe près de lui en courant.*

*Seul.*

*Une proie facile.*

*Le policier n'a pas le temps de le voir. Il n'a pas entendu le caillou filer dans l'air. Le temps qu'il se fracasse dans son cou, il est trop tard. Maintenant qu'il est sonné, l'inconnu passe à l'acte.*

*Sa nuque cède en une torsion. Son corps s'affaisse, devenu flasque. C'est tellement plus simple de tuer un homme qu'il ne l'aurait cru. Tirer le corps dans l'allée est bien plus difficile, mais pas impossible.*

*Quelques minutes plus tard, il revient dans la rue, abandonnant le corps dévêtu et le lance-pierres dans une poubelle. Le jouet a été bien utile, mais ce n'est que pour les enfants – rien comparé au métal lourd et froid coincé à sa ceinture.*

*Du plat de la main, il lisse l'uniforme volé et retourne vers la cathédrale pour accomplir une tâche d'homme.*

# CHAPITRE XXI

Huit minutes qui n'ont jamais été aussi longues. Mon bras me fait mal à force de saluer la foule depuis la Bentley qui remonte lentement la route vers l'abbaye de Westminster avec le cortège officiel.

À mes côtés, mon frère est à son aise, un sourire plein de charisme illumine son visage lorsqu'il bouge la main.

– Tu es vraiment meilleur représentant de la royauté que moi, lui dis-je lorsque la voiture tourne vers Whitehall.

Il me jette un coup d'œil et secoue la tête.

– On en reparlera quand toute l'Angleterre sera scandalisée par l'annonce de mes fiançailles.

– Tes fiançailles ?

Je répète ses mots en me tournant vers lui pour le dévisager.

– Tu avais l'intention de m'en parler ?

– Tu avais assez à faire, c'est pour ça que j'ai fait jurer à Clara de ne pas te le dire avant le mariage.

Une autre bombe.

– Clara est au courant ?

– Bien sûr, elle m'a aidé à choisir la bague.

– Je n'arrive pas à croire que vous m'ayez caché ça tous les deux.

Mais il m'est impossible d'éprouver la moindre colère. Pas quand mon frère a une chance de vivre le même bonheur de moi.

– À l'évidence, je ne pouvais pas te le cacher, me fait-il remarquer. C'est pour ça que je te vole la vedette.

– Tu ne fais que rendre cette journée encore plus parfaite, dis-je en lui tapant dans le dos alors que la voiture s'arrête devant la cathédrale gothique, même si c'est bizarre de penser que mon petit frère va se marier.

– Dit le séducteur invétéré, rétorque Edward alors que la portière s'ouvre.

Un officier nous salue lorsque nous arrivons devant le tapis rouge qui mène à l'abbaye. Juste après les portes, Edward et moi nous retournons pour faire un signe de main à la foule. C'était prévu. Une belle opportunité de cliché pour la presse. Mais je ressens comme une étrange fierté en regardant la foule. Toute ma vie, j'ai éprouvé une certaine rancune envers la presse pour la mainmise qu'elle a sur ma vie personnelle. Je m'attendais à ressentir la même chose aujourd'hui. En fait, en voyant tous ces gens agiter le drapeau de l'Union Jack en exprimant leur joie, je me sens reconnaissant. Ils accueillent Clara à bras ouverts. Pas besoin de se leurrer, je sais très bien qu'ils sont là pour la voir elle, pas moi.

Elle est tout autant leur princesse qu'elle est la mienne maintenant.

Edward se penche vers moi.

– Alors, on pose pour les photographes ? La donne a changé. À moins que tu ne leur fasses un bras d'honneur, bien entendu.

– C'est à toi que je vais en faire un si tu ne fais pas gaffe.

Il soupire et avance d'un pas allègre.

– Rentre à l'intérieur avant de renverser la monarchie. Clara a bien le droit à une journée sans drame.

Les invités sont déjà installés, mais nous nous arrêtons pour saluer deux visages bien connus en chemin.

– Repos, m'ordonne Brexton en riant.

Je l'ignore et regarde mon ancien officier en chef, le commandant d'escadron Kelly.

– Mon commandant.

– Votre Majesté, répond-il en s'inclinant.

Je tends la main pour attraper avec fermeté son avant-bras et lui serrer la main.

– Maintenant que les formalités sont passées, dites-moi, comment allez-vous ?

Kelly penche sa tête grisonnante vers Brexton et grimace, faisant saillir ses rides profondes.

– J'ai dû le baby-sitter toute la matinée. Qu'est-ce que vous croyez ?

– Pour ma défense, l'interrompt Brexton, j'ai un pari en cours avec les gars pour savoir combien de chapeaux on va pouvoir récupérer.

– Des chapeaux ? s'étonne Edward qui me regarde pour trouver des réponses, mais je ne peux que hausser les épaules.

– Il y a pas mal de charmantes dames qui portent des chapeaux ici aujourd'hui. C'est beaucoup plus facile pour les pister et savoir lesquelles attirer dans les coins sombres à la réception, explique Brexton avant de s'arrêter pour me faire un clin d'œil. Il y a des points bonus pour les plumes et les couleurs qui sortent de l'ordinaire, bien sûr.

– C'est bon de savoir que certaines choses ne changent jamais.

Je secoue la tête, incapable de m'empêcher d'éclater de rire.

– On fait ça pour toi, mon garçon. C'est la fin d'une époque.

Je hoche la tête solennellement, même si je me demande s'ils savent que je suis très heureux de laisser mon ancienne vie derrière moi. Nous prenons congé, puis continuons à remonter la nef, nous arrêtant de temps en temps pour échanger quelques plaisanteries polies. Lorsque nous arrivons dans la salle capitulaire et que nous sommes enfin seuls, je me tourne vers Edward.

– Je te suggère le mariage à la sauvette.

– Comme si Père allait donner son accord pour mon mariage !

Il lève les yeux au ciel, mais j'entends la blessure dans sa voix. Je reconnais la douleur du rejet.

Les papiers dans ma poche qui officialisent mon acte de mariage se font pesants, ils me rappellent que tout est possible. Hier encore, j'aurais pensé comme lui.

– On va devoir le travailler au corps. Mais vois le côté positif.

– Qui est ?

Lorsque Clara et moi reviendrons de notre lune de miel, je plaiderai sa cause auprès de mon père, choisissant de croire que je peux faire basculer son désintérêt pour son fils cadet.

– Au moins, David est britannique.

Je fais un grand sourire à mon petit frère en le poussant légèrement du coude. Le poids que je portais sur mes épaules ces derniers mois a disparu. Tout se met enfin en place et je veux qu'Edward se sente aussi léger que moi.

– C'est vrai qu'il a ça pour lui.

Il marque un temps d'arrêt et m'observe avec attention.

– Quoi.

– J'admets, je ne m'attendais pas à te voir aussi heureux.

J'incline la tête.

– Moi non plus.

Les trompettes annonçant l'arrivée de mon père en fanfare résonnent dans la salle.

– L'invité d'honneur, marmonne Edward. Il va presque être l'heure.

– Un instant.

J'essaie de gagner du temps en me demandant où est mon conseiller sécurité personnel.

Norris entre. Mon cœur bat à toute vitesse,

mais il revient à la normale quand je le vois sourire.

– L'uniforme vous va toujours aussi bien, dit-il en approchant de nous.

Malgré ses longues années de service auprès du roi, Norris porte un simple costume de prêt-à-porter. C'est un geste calculé. Je l'ai fait placer parmi la famille de Clara. Aux yeux de la plupart des gens, il aura l'air d'un invité comme un autre, mais ça me rassure de savoir qu'il sera de son côté.

– La garde n'a pas remonté d'incident.

La police et la garde ont balayé les rues de Londres sans interruption, allant jusqu'à démonter les lampadaires et vérifier les égouts pour détecter d'éventuelles bombes. Mais je suis curieux d'en savoir plus sur les invités et la foule amassée le long de la route.

– Des individus suspects dans le public ?

Il n'y a qu'un individu qui m'intéresse. Je n'ai pas besoin de le dire à Norris. Daniel s'est évaporé dans la nature après avoir réussi à déjouer la sécurité lors de notre fête de fiançailles.

– Quelques excentriques et il y a eu un incident avec un cheval.

Je hausse un sourcil alors qu'Edward répète :

– Un incident avec un cheval ?

– L'animal a été effrayé par quelque chose et s'est enfui du côté de Whitehall. Il a réussi à aller jusqu'à Parliament Square avant qu'un type ne réussisse à l'attraper.

Il claque sa main contre l'épaulette de mon uniforme et poursuit :

– Tout ira bien si le pire que nous ayons à affronter est un cheval affolé.

Nous rions tous les trois. La main de Norris reste plantée sur mon épaule. Les sons des trompettes de mon père prennent fin et je ne peux pas m'empêcher de penser que mon vrai père est ici à mes côtés, sous le plafond voûté de cette salle. Albert m'a peut-être autorisé à épouser Clara, mais Norris la protège. Il m'a guidé alors que je n'arrêtais pas de tout faire foirer quand j'essayais de la séduire. Je ne suis là que grâce à lui aujourd'hui.

– Merci.

Ce merci est chargé d'émotion. Je n'ai jamais su comment lui exprimer ma gratitude.

– Ce n'est pas mon devoir, mais mon privilège.

Je le serre chaleureusement dans mes bras. Il recule et pose la main sur son oreillette quasiment invisible.

– Clara est arrivée à l'entrée Ouest. C'est l'heure.

J'inspire profondément et redresse les épaules.

– Dernière chance pour fuir, me murmure Edward en se dirigeant vers le cloître.

– Pas question !

Nous débarquons dans l'église. Je remarque à peine les invités. Je hoche la tête quand ils sourient et me souhaitent tout le bonheur du monde lorsque je passe devant eux. Il y a plus de trois mille personnes dans l'assistance et le seul auquel j'arrive à penser est celui en haut des marches. Je croise le regard de mon père en approchant de l'autel. À ses côtés, ma grand-mère est absorbée dans la lecture du livret.

En montant l'escalier, je compte chacune des marches. Ce sont les dernières que j'aurai à gravir avant que Clara ne soit officiellement mienne pour l'éternité. Edward est à mes côtés, nous tournons le dos lorsque l'assemblée entonne l'hymne qui marque le début de la marche nuptiale à l'entrée de Clara. Tous mes instincts me dictent de me retourner. J'ai envie de la regarder approcher, pour la voir me choisir comme je l'ai choisie elle, mais je respecte le protocole. À mes côtés, Edward jette un coup d'œil par-dessus son épaule, un immense sourire aux lèvres.

– Elle est en chemin, me dit-il.

Je le regarde et son visage me dit tout ce que j'ai besoin de savoir.

Un immense sentiment de paix me saisit. Le moment est passé et il n'y a aucun doute. Aucune inquiétude. À ce moment, ma vie est parfaitement logique. Chaque moment m'a rapproché de celui-ci jusqu'à ce que j'entende le froissement de la soie et des bruits de pas sur les marches de l'escalier.

Et elle est là, à mes côtés. Elle s'arrête, permettant à son père de lever le voile devant son visage. Elle met sa main délicate dans la mienne et je me repais de son image. Une boule inattendue se forme dans ma gorge. Elle est là. Elle est à moi.

– Tu es parfaite.

Lorsqu'elle m'entend murmurer, ses joues rosissent légèrement sur son teint de porcelaine.

Un jour viendra où je ne serai plus capable de me souvenir de sa robe ou de savoir si elle a choisi de porter des perles ou des diamants. Mais je me rappellerai le rose sur ses joues. Des roses écarlates avec lesquelles elle a composé son bouquet. Et de cette sensation. Oh bon Dieu, je me souviendrai aussi d'avoir été étonné.

Le doyen de Westminster s'approche. Il dit quelque chose, mais je ne l'entends pas. Ses mots n'ont aucune importance. Seuls les miens comptent.

– Oui, je le veux.

Nos regards restent plongés l'un dans l'autre lorsqu'il répète sa question et qu'à son tour, elle dit doucement :

– Oui, je le veux.

Il prononce les vœux en me laissant le temps de les répéter après lui, mais lorsque j'ouvre la bouche, un murmure s'élève. Ma main serre celle de Clara et je jette un coup d'œil sur les invités.

Impossible !

C'est la seule idée qui me traverse l'esprit avant qu'il ne lève un pistolet et appuie une première fois sur la détente. J'entends la foule saisie de panique et mon père qui s'avance dans la nef pour affronter le policier devenu fou.

Son nom est sur mes lèvres, mais je n'arrive pas à l'interpeller, même lorsque je me hâte de bouger mon bras pour faire passer Clara derrière moi.

– Stop !

L'ordre de mon père résonne par-dessus la clameur du public.

– Elle est à moi ! crie Daniel. Elle ne sera jamais ta pute !

Il fait de grands gestes avec son arme en faisant tomber plusieurs invités.

Je plonge vers lui et une douleur infinie me traverse. Mes genoux cèdent, mais je les bloque lorsque le coup suivant retentit.

– Clara.

C'est le dernier ordre que j'arrive à donner avant de tomber. Aucun autre mot n'est nécessaire.

Deux autres coups retentissent, suivis d'un dernier son menaçant. Je m'effondre sur le sol de la cathédrale, mon regard cloué à l'immense plafond voûté. Et c'est là que je la vois. J'ai envie de la rassurer, d'effacer la peur qui souille son beau visage. Elle passe son bras sous moi et me berce. La chaleur de son corps dissout la panique de la foule alors même qu'une sensation glacée parcourt mon sang.

– Alexander !

J'entends sa supplique et j'observe, horrifié, une tache pourpre se répandre sur la soie blanche. Mes mains tremblent, mais j'essaie de les tendre vers elle, j'ai besoin qu'elle soit proche de moi, besoin de savoir qu'elle est en sécurité. Sa main se niche dans la mienne. Elle ne me lâche pas jusqu'à ce qu'ils la tirent en arrière. Sans le baume de sa caresse, je tombe dans les ténèbres nocturnes d'un matin de mariage.

# CHAPITRE VINGT-DEUX

Barricadée dans une salle d'attente, j'arpente la pièce en tous sens, ma traîne jetée à la va-vite sur mon bras. J'essaie d'ignorer les taches d'un rouge brunâtre qui maculent ma robe de mariée. Personne ne me dit rien. Personne n'a le droit d'entrer dans la pièce. Je suis sûre que si j'arrête de tourner en rond, je vais devenir folle. Je n'arrive pas à comprendre ce qui s'est passé ces dernières heures. Si je m'autorise à m'arrêter et à réfléchir, ne serait-ce qu'au moindre détail, je vais me déchirer en deux. Daniel ne m'a pas blessée, mais je saigne intérieurement, mon esprit me tue à petit feu, pendant qu'Alexander perd tout son sang sur une table d'opération, quelque part au bout du couloir.

À cette idée, mon estomac se soulève et je dois me rattraper en me tenant au mur.

Réveille-toi.

Mon murmure résonne dans la salle vide. C'est un cauchemar. Rien de tout ça n'est réel.

Pourtant, dans la cathédrale, j'ai senti la chaleur de son sang sur mes mains. J'ai senti sa main échapper à la mienne lorsque les ambulanciers l'ont soulevé sur la civière. J'ai entendu la longue plainte des sirènes.

Si c'est un rêve, il est né de mes peurs les plus sombres, celles que je garde tapies au fond de mon subconscient.

La porte s'ouvre et Belle passe une tête. Je m'effondre quand je la vois vêtue d'un jean et d'un t-shirt, et plus de sa robe de demoiselle d'honneur. Son regard désarmé me dit que tout est réel. Alexander est en train de mourir quelque part dans cet hôpital et moi, je meurs sans lui. Toute l'énergie de la folie me quitte et je me laisse tomber par terre dans un amas de soie et de tulle froissés. J'ai envie de pleurer et de crier. J'ai envie de déchirer l'étoffe précieuse et la dentelle qui me rappellent tout ce que j'ai perdu aujourd'hui.

Tout ce que j'ai encore à perdre.

Belle se met à genoux, abandonnant son sac pour passer ses bras autour de mes épaules. Je ne lui résiste pas et elle me serre plus fort. Mais sa présence ne me guérit pas. Elle ne fait pas disparaître les coups de poignard que je sens plonger encore et encore dans mon cœur. Elle ne comble pas le trou béant dans mes entrailles. Elle ouvre la voie à la douleur. Les larmes, bloquées dans ma gorge, s'échappent librement en violents sanglots. Nous n'échangeons pas un mot pendant de longues minutes. Je la laisse me tenir jusqu'à ce que les larmes qui me déchirent s'apaisent, pour devenir une respiration hachée ponctuée de soupirs.

– Je t'ai apporté des vêtements, murmure-t-elle en caressant mes cheveux.

– J'ai l'impression d'être prisonnière. Personne ne me dit quoi que ce soit. Personne ne veut me laisser le voir. Je deviens folle.

Je radote, mais il y a une ébauche de réconfort de ne plus avoir à me parler toute seule.

– Où sont les autres ? Où est ma famille ?

– Ils sont en train d'être interrogés.

Elle parle calmement, comme si elle avait anticipé ma réaction. Sa main trouve la mienne et l'attrape fermement.

– Edward est en réunion de crise. Il a réussi à m'envoyer un SMS, mais rien d'autre.

– On interroge ma famille ?

Je suis abasourdie.

– Tout le monde est interrogé.

– C'est ridicule ! C'était Daniel. Tout le monde l'a vu.

Je m'éloigne d'elle.

– Daniel est mort. C'est tout ce que je sais.

Une sorte de soulagement monte en moi, s'élève un bref instant, avant de totalement s'effondrer. Il est mort. Je croyais ne pas vouloir en arriver là. Mais maintenant qu'il a essayé de prendre la vie d'Alexander, mon esprit ne peut plus lui accorder de pardon. Je ne peux qu'espérer qu'il pourrisse en enfer.

– Clara.

La voix de Belle est encore plus basse. Je me secoue pour sortir du labyrinthe de mes pensées et la regarder. Son visage me crie des mauvaises nouvelles, il me dit l'impossible, ce qu'elle est incapable de dire.

Tout devient noir et ma vision se trouble. Je presse une main contre mon front, pour essayer de combattre le vertige qui me gagne.

– Non !

Je crie pour l'empêcher de parler lorsqu'elle ouvre la bouche.

– Non ! Je ne… Je ne peux pas…

Belle attrape ma main.

– Clara, tu dois entendre…

– Non !

Le cri sort du plus profond de mes entrailles, il libère les peurs que j'ai soigneusement rangées depuis mon arrivée à l'hôpital Saint Thomas. Je me débats pour échapper à Belle, j'essaie de me lever, mais le sang bat trop fort dans mes tempes, de plus en plus fort même, et je finis par succomber aux ténèbres.

***

Mon bras me lance. Le bourdonnement des néons est insoutenable. Je cligne des yeux, mais je ne reconnais pas les murs autour de moi. Je tends la main vers des tubes de plastique en essayant de comprendre où je suis. Des souvenirs indésirables font irruption par flashs dans ma tête. C'est flou. Irrégulier. Une infirmière entre dans mon champ de vision et je sens de la bile remonter dans ma gorge. Elle se précipite vers moi lorsque je couvre ma bouche de ma main, mettant devant moi un haricot en plastique avec l'aisance de nombreuses années d'expérience. Elle le maintient alors que je convulse et vide le contenu de mon estomac du peu de nourriture que j'ai réussi à ingérer un peu plus tôt ce matin.

Ce matin. J'ai l'impression que c'était il y a une éternité. À bien des égards, c'est le cas.

Elle reste à mes côtés jusqu'à ce que je lui fasse signe que j'ai terminé. Je retombe sur le lit d'hôpital en prononçant un seul mot :

– Eau.

– Doucement, me recommande-t-elle en m'aidant à boire. Donnez un peu de temps à votre estomac pour se calmer.

– C'est juste que…

J'ai du mal à trouver les bons mots pour lui expliquer que je ne suis pas malade. Pas vraiment.

– J'avais oublié et, quand je me suis réveillée, tout est revenu d'un coup.

– C'est courant avec les traumatismes.

Elle me tapote le bras d'une main en ajustant les moniteurs de l'autre avant de poursuivre :

– Bien sûr, c'est peut-être aussi le…

Elle ne termine pas sa phrase, mais me fait un regard appuyé en me passant un brassard pour prendre ma tension. Une ébauche de sourire se dessine sur ses lèvres. Tout sentiment de bienveillance envers elle se volatilise. Ma vie entière vient d'être détruite. Tout ce que j'avais prévu pour mon avenir s'est envolé en une minute de violence. Un autre souvenir me revient en mémoire : le visage de Belle juste avant que je m'évanouisse. J'essaie d'attraper le haricot, mon corps rejette l'eau que j'ai bue. Mais une fois expulsée, je continue à avoir des haut-le-cœur, comme des convulsions qui détruisent mon corps. Maintenant, je vais être forcée d'entendre ce qu'elle a essayé de me dire.

– Là, tout va bien se passer. Le médecin va arriver d'un instant à l'autre pour répondre à vos questions, dit l'infirmière d'une voix douce, encore un peu plus détestable.

Je n'ai aucune question. Elle a tort, rien ne va bien se passer. Plus maintenant. Je n'ai plus rien. Rien à demander. Rien à savoir. Rien qui ne me donne envie de vivre.

Je me rallonge et fixe le plafond blanc. Est-ce qu'ils peignent les chambres d'hôpital avec des couleurs aseptisées pour que les patients aient un sujet de moins sur lequel s'appesantir ? Des murs blancs et des instruments argentés parfaitement lisses – une palette vide. Ça me semble un mauvais choix. On a déjà effacé toutes les couleurs de mon univers. Tout ce qui lui donnait un sens. Rester ici ne fait que me le rappeler.

Un bruit de pas m'informe que quelqu'un vient d'entrer dans la pièce. Le médecin. Ou quelqu'un d'autre. Je m'en moque.

– Mademoiselle Bishop, me salue une voix grave distraitement.

Entendre mon nom me coupe le souffle. Je ne suis plus censée être Mademoiselle Bishop. Tout devait changer, mais en fait tout est pareil.

Comme je ne réponds pas, il continue :

– Je souhaite vous assurer que le respect de votre vie privée est de la plus grande importance pour nous. L'intégralité du personnel a été sensibilisé à la question.

– Je peux le voir ?

Je parle d'une si petite voix que je ne la reconnais pas. Vais-je être capable de supporter de voir le corps d'Alexander ? Involontairement, mes yeux se ferment et je regrette d'avoir refusé qu'il me voie le matin de notre mariage.

Maintenant, je ne sentirai plus jamais ses mains sur mon corps, je ne sentirai plus jamais la chaleur de sa peau sur la mienne. Il a donné sa vie pour me sauver, mais sans lui, je n'ai aucune envie de vivre.

– L'infirmière Taylor va retirer votre perfusion dans un instant.

– Pourquoi suis-je perfusée d'ailleurs ?

Je suis en vie. Mon cœur continue de battre – même si je le regrette.

– Au vu des événements que vous avez vécus et votre condition…

– Ma condition n'est pas un problème. Je ne sais pas à qui vous avez parlé, mais mes troubles alimentaires sont sous contrôle. Cette perfusion n'est pas nécessaire.

Le visage du docteur Andrews prend un air inquiet et il regarde rapidement l'infirmière. Il attrape mon dossier, le parcourt rapidement sans dire quoi que ce soit d'autre. Je panique de plus en plus. J'ai besoin de voir Alexander. J'ai besoin d'avoir un dernier moment avec lui.

– S'il vous plaît, dis-je en murmurant. Laissez-moi simplement voir son corps. Pitié, laissez-moi lui dire adieu.

Alors qu'il était en train de tourner une page, le docteur s'immobilise.

– Je suis désolé, ce ne sera pas possible. Le corps a été récupéré par la Garde Royale il y a plusieurs heures.

Je n'ai plus assez d'énergie pour crier. Plus assez pour pleurer. Un frisson vide parcourt mes veines et m'anesthésie complètement. C'était un risque ultime de me laisser aimer un homme tel qu'Alexander. Il brillait trop, volait trop haut, courait trop vite pour ce monde.

Forcément, j'allais le perdre.

Mais je n'aurais jamais cru le perdre comme ça. Et ça fait mal. Ça fait encore plus mal que toutes les douleurs que j'ai jamais connues. L'agonie s'insinue partout pour s'installer dans mes os. Mon sang est un brasier glacé dans mes veines, un souvenir cuisant qui me rappelle que je suis là et pas lui.

Mais le deuil est le prix de l'amour et si j'avais à choisir aujourd'hui encore, je choisirais de le payer à nouveau.

– Bien entendu, vous pouvez voir Alexander, poursuit le docteur Andrews. Il n'est pas encore réveillé de son opération, mais elle s'est très bien passée. Il est stable. Pas encore tout à fait tiré d'affaire, mais les pronostics sont assez bons.

J'en reste bouche bée et de nouvelles larmes montent à mes yeux. Une sensation de chaleur m'enveloppe. La vie coule de nouveau dans mes veines.

– A… a… attendez. Alexander est en vie ?

– Oui.

Le docteur Andrews a l'air aussi perplexe que moi.

– J'en déduis qu'on ne vous l'a pas dit.

– Vous avez dit que le corps avait été récupéré.

Mes doigts tremblent lorsque je le désigne.

Le médecin s'assied au bord de mon lit et prend une grande inspiration.

– Tout le monde ne s'en est pas sorti. Le roi est mort.

La culpabilité se mêle au soulagement. Je pleure à chaudes larmes quand je comprends qu'Albert a donné sa vie pour son fils. Un sacrifice final qui brouille tout ce que je pensais savoir de lui – tout ce qu'Alexander prenait pour véridique. Quand il se réveillera enfin, il devra affronter ça et je devrai être à ses côtés.

– J'ai besoin de le voir.

Je tire sur les sparadraps qui retiennent la perfusion dans mon bras et l'infirmière se précipite sur moi pour m'arrêter.

– Nous allons nous occuper de ça.

Une veine se tend dans le cou du docteur Andrews quand il ajoute :

– Mais avant tout, je dois vous demander, Mademoiselle Bishop, savez-vous que vous êtes enceinte ?

# CHAPITRE

# VINGT-TROIS

*Enceinte.*

Le monde s'arrête de tourner et je le dévisage.

Le besoin de confidentialité. Leur apparente prudence injustifiable. Soudain, tout paraît logique.

– Ce n'est pas possible.

Mais en prononçant ces mots, je sens la vérité. Je le savais. Ça fait des semaines que je me dis que quelque chose a changé. Mais ça n'explique pas comment c'est possible.

– Je prends la pilule.

– La pilule n'est pas fiable à cent pour cent pour prévenir les grossesses. Il y a toujours une possibilité de tomber enceinte, malgré tout, précise le docteur Andrews en fronçant les sourcils, les yeux sur mon dossier. Nous ne pourrons le confirmer qu'en faisant une échographie, mais d'après votre taux d'hormones, vous semblez être assez avancée dans votre grossesse.

– Combien de semaines ?

Ce n'est pas possible. Je me suis levée ce matin en espérant vivre la plus belle journée de ma vie et au lieu de ça, je suis entrée dans un énorme grand huit émotionnel – et ça n'est pas fini. Enceinte. Je ne peux pas être enceinte. Nous ne sommes même pas encore mariés. Ça n'est pas possible.

– Plusieurs mois, je dirais. D'après vos analyses sanguines, au moins trois, peut-être plus.

– Mais je n'ai eu aucun symptôme.

Instinctivement, je pose mes mains sur mon ventre pour essayer de fixer ce qu'on me dit et le rendre tangible. Je me repasse les dernières semaines pour chercher les indices que j'aurais manqués. Et il y en a. Les maux d'estomac et les sautes d'humeur. Ma possessivité quasi maladive envers Alexander. Les crises de larmes. Je les ai pris pour de l'anxiété et du sentimentalisme.

– C'est assez courant de ne pas se rendre compte de sa grossesse, particulièrement chez les femmes absorbées par d'autres événements importants.

*Comme un mariage par exemple.* C'est vrai, j'ai eu pas mal de choses qui m'ont absorbée ces derniers temps, mais comment ai-je pu ignorer que j'étais enceinte ?

– J'ai eu mes règles.

Le puzzle ne s'assemble pas, parce que je refuse de le voir dans son ensemble.

– Comment puis-je être enceinte depuis plusieurs mois et avoir toujours mes règles ?

– Une échographie nous permettra de voir s'il y a une explication à vos saignements. C'est peut-être à cause de la position du placenta ou des petits saignements intermenstruels que vous avez pris pour vos règles. Nous pouvons regarder ça tout de suite si vous le souhaitez.

*Alexander devrait être là.* L'idée s'échappe presque de mes lèvres, mais je la rattrape. Un bébé est la dernière chose dont il devrait avoir à se soucier. Je repousse cette prise de conscience douloureuse, je sais que ce n'est pas une bonne nouvelle. Non seulement c'est la dernière chose dont il devrait avoir à se soucier mais c'est aussi la dernière chose dont il a envie.

– Souhaitez-vous attendre votre fiancé ? demande-t-il comme s'il pouvait lire dans mes pensées.

Je secoue la tête.

– Non, je ne veux pas lui causer de stress supplémentaire.

Et moi, je ne peux pas attendre. J'ai besoin d'avoir des réponses. J'ai besoin de quelque chose de concret pour me prouver que tout ça n'est pas un rêve. Parce que là, je ne suis pas sûre de savoir si je suis prisonnière d'un cauchemar ou non.

– Je vais chercher la machine, dit l'infirmière.

– Je peux aller en salle d'examen.

L'idée de rester coincée ici, reliée à des tubes et des moniteurs en attendant les réponses à mes questions est trop difficile à supporter.

– Au vu des événements de la journée, il serait plus indiqué de faire venir la machine à vous, suggère gentiment le médecin. J'imagine que vous voulez peut-être garder cette nouvelle pour vous jusqu'à ce que vous puissiez en parler avec votre famille.

Ma famille. Je vais devoir leur dire. Je vais devoir leur faire face et leur expliquer que tout ce qui s'est passé d'horrible aujourd'hui est de ma faute. Je vais devoir leur dire pourquoi Daniel a fait cet attentat. Je vais devoir leur dire que j'étais au courant de la menace qui planait sur nous. Puis je vais devoir leur dire que je suis enceinte.

Je vais devoir le dire à Alexander.

Et ensuite, je vais devoir en affronter les conséquences.

Je vais tous les perdre. Peut-être est-ce pour le mieux. Il est dangereux d'être proche de moi. La main sur mon estomac descend sur mon bassin dans un geste protecteur, comme si je pouvais protéger mon enfant encore à naître.

Mais c'est de moi qu'il devrait être protégé.

Le médecin se lève pour partir et je l'attrape par le bras :

– Mon amie, Belle Stuart. Elle doit encore être là.

Il regarde l'infirmière qui hoche la tête.

– Elle est dans la salle d'attente, m'informe l'infirmière Taylor. Souhaitez-vous lui faire passer un message ?

– Non, dis-je en secouant la tête. J'aimerais qu'elle soit à mes côtés. Pouvez-vous lui demander de venir ?

– Bien sûr.

Le temps s'arrête, j'attends que l'infirmière revienne avec Belle. Le seul mouvement dans la pièce est le petit point lumineux qui clignote sur le moniteur cardiaque, mais mon regard est rivé à la main sur mon ventre. C'est impossible. Même lorsque ma mémoire fait remonter de plus en plus de preuves, je refuse de la croire.

Belle entre en trombe dans la chambre et s'arrête devant mon lit en me désignant d'un doigt tremblant.

– Dieu merci, tu es en vie, parce que j'ai bien l'intention de te trucider. Je ne peux plus supporter toute cette folie, Clara Bishop.

– Alors, tu ferais bien de t'asseoir, dis-je doucement en tapotant le bord de mon lit.

Elle obéit à contrecœur, ne me quittant pas des yeux, comme si j'allais encore m'évanouir dans l'instant.

– Le médecin a dit que tu allais bien.

Il y a comme une note accusatrice dans le ton de sa voix, un certain ressentiment qu'on lui ait menti.

– Je suis enceinte.

Je me force à prononcer ces mots, j'ai désespérément besoin de les dire et, à la fois, je veux les garder pour moi.

– De… Hein ? Quoi ?

Belle a du mal à trouver ses mots, son regard va et vient de l'infirmière à moi.

– Tu étais au courant ?

– Bien sûr que non !

Ma voix s'étrangle, mais assez forte pour que l'infirmière, anxieuse, s'approche de moi.

– Bon, ça fait des semaines que tu ne bois plus, dit Belle, croisant les bras et me toisant.

– Je n'en avais pas envie. Le stress me donnait la nausée.

Belle plisse les yeux et attend que je me rende compte de ce que je suis en train de dire.

– Oh.

Je ne trouve rien à ajouter.

– Es-tu une de ces femmes qu'on voit à la télé ? Tu sais, celles qui vont aux toilettes et s'aperçoivent qu'un bébé sort ?

Son incrédulité s'adoucit sur le ton de la taquinerie. Elle poursuit :

– J'imagine que ça veut dire qu'Alexander n'est pas au courant.

– Crois-moi, si je l'avais su, je le lui aurais dit.

Lui parler est un entraînement pour la révélation bien plus difficile que j'aurai à faire plus tard. Rien que d'y penser, l'appréhension me gagne.

– Je sais, dit-elle doucement. Tu es à combien de semaines ?

– Je ne sais pas.

Je dois faire un effort pour prononcer les mots, pour qu'ils dépassent la grosse boule coincée dans ma gorge.

– Le docteur a dit peut-être trois mois. Ils vont faire une échographie.

Belle fait de son mieux pour ne pas avoir l'air choquée par cette révélation, mais je le lis dans son regard. Elle attrape ma main pour la serrer et me témoigner son soutien.

– Je peux rester avec toi ? J'aimerais voir le bébé.

Le barrage cède et des larmes de reconnaissance glissent sur mes joues. Je ne peux qu'opiner.

– Je vais rester là, avec toi, me promet-elle alors que le médecin fait rouler un chariot dans la chambre.

Il ferme rapidement la porte derrière lui et dit :

– Essayons de le voir.

L'infirmière s'avance et tire le drap du lit sur mes hanches.

– Remontez votre blouse, trésor, et je vais la tenir.

Je me tortille pour faire remonter la fine blouse et montrer mon ventre. Du coin de l'œil, je les vois échanger un regard. Je baisse les yeux pour voir ce qui a attiré leur attention. À la lumière des dernières informations, c'est évident. Les quelques kilos que j'ai pris ces derniers temps sont bien dus à la grossesse.

– Attention, ça va être froid, m'avertit le docteur Andrews en faisant couler une petite goutte visqueuse sur mon ventre. Ne paniquez pas si rien n'apparaît à l'écran. C'est peut-être trop tôt pour ce type d'échographie.

– Et si c'est… ?

Je ne termine pas ma question, la peur enserre mon cœur et le comprime. Je ne suis pas sûre de savoir si j'ai peur qu'on voie quelque chose ou que ce soit invisible.

– Il faudra passer par la voie utérine, explique-t-il en étalant le gel avec la sonde d'une main et en allumant des interrupteurs de l'autre.

À mes côtés, l'écran s'allume, emplissant la pièce d'un bruit de glissement suivi de celui d'un rythme cardiaque accéléré.

Et là je le vois.

Je le reconnais dès que je le vois.

Je sais que c'est un garçon. Je sais que c'est le mien et celui d'Alexander. Notre chair et notre sang. Notre amour combiné pour créer la plus belle chose que j'aie jamais vue.

– Je vous présente votre bébé, dit-il en tournant l'écran pour que je puisse bien le voir.

J'ai plus d'un million de questions sur le bout de la langue et aucune d'entre elles n'a d'importance. Il n'y a que lui. Ma petite majesté. Je lève une main, comme pour le toucher.

– C'est un garçon ?

– Le bébé est un peu timide. Je ne peux pas vous le dire. Dans quelques semaines, votre médecin pourra faire une nouvelle échographie pour vous le dire, mais le bébé a l'air en bonne santé.

Je ne peux pas quitter l'écran du regard, entièrement absorbée par ma dévotion, pendant qu'il prend des mesures et les note.

– Comme je le pressentais, vous êtes actuellement dans votre quatrième mois.

Choquée, je répète ses mots :

– Quatrième mois ? Comment puis-je être dans le quatrième mois et ignorer ma grossesse ?

– La plupart des femmes qui vivent leur première grossesse ne sentent pas le bébé avant le quatrième ou le cinquième mois et la plupart d'entre elles décrivent les premiers mouvements comme des petites bulles. Et puis il y a ce petit problème avec votre placenta qui est très bas. C'est peut-être l'explication de vos saignements. Nous allons devoir suivre ça, mais c'est très normal au début d'une grossesse. Il n'y a pas de quoi s'inquiéter.

Il appuie sur quelques boutons et, un instant plus tard, une image imprimée sort de la machine.

– Première photo.

Je remonte le drap sur ma poitrine. J'ai passé les dernières heures à espérer être dans un rêve, mais là, j'ai envie que ce moment soit réel. Je passe mon doigt sur les bords de l'image jusqu'à sentir la douleur familière d'une coupure de papier. Des larmes de joie – des larmes auxquelles je ne m'attendais plus aujourd'hui – ruissellent sur mon visage. La main de Belle se resserre autour de la mienne, me ramenant au présent.

Quand je me tourne vers elle, je vois qu'elle pleure, elle aussi. Je murmure :

– Il est si beau.

– Alors c'est un garçon, c'est ça ? me taquine-t-elle en essuyant ses yeux de sa main libre.

– J'en suis sûre.

Je ne peux pas l'expliquer. Pas plus que je ne peux expliquer comment, une heure plus tôt, un bébé était ce qu'il y avait de plus lointain dans mon esprit, alors que maintenant il est devenu le centre de mon existence. L'idée de porter l'enfant d'Alexander me captive. C'est peut-être un signe – une lueur dans les ténèbres qui nous ont engloutis.

J'avais tort. La pire journée de ma vie – une journée de souffrances et de peurs inimaginables, une journée de déception et de deuil –, cette journée est tout de même la plus belle de ma vie.

# CHAPITRE VINGT-QUATRE

Je m'habille doucement, car je sens que mon corps m'est devenu comme étranger. Je nourris une autre vie – je le fais depuis des mois. J'ai été trahie par ma féminité. Malgré tout l'amour qui s'est installé en moi, je ne peux pas l'ignorer. Je dois repousser cette idée et me concentrer sur les autres réalités à affronter.

J'ai enfin été autorisée à aller voir Alexander et je ne peux pas me présenter devant lui en blouse d'hôpital. S'il me voit dans cet accoutrement, il se mettra à stresser, ce qui ne l'aidera pas.

Le pantalon de yoga et le sweat tout doux largement échancré aux épaules que Belle m'a apportés offrent une solution de remplacement réconfortante après toutes ces heures passées dans ma robe de mariée. J'ai besoin d'être bien dans ma peau, d'autant plus que j'essaie toujours d'assimiler ce que je viens d'apprendre. Mon reflet dans le miroir des toilettes paraît déplacé dans ce décor : mes cheveux forment toujours d'élégantes boucles sur mes épaules, mon maquillage a été précisément étudié pour les caméras et les photos. J'ouvre le robinet d'eau chaude et m'asperge le visage. J'ai envie de tout faire partir. J'appuie sur le distributeur de savon et me lave la figure à l'eau brûlante. Puis j'attrape une serviette et me frotte jusqu'à faire partir toute trace de la journée. Ma peau finit par être rouge, elle me tire. J'arrache les épingles qui retiennent mes cheveux et les attache en queue-de-cheval sur ma nuque. J'ai envie d'avoir l'air normal.

Parce que j'ai besoin de me sentir normale.

Je suis Clara Bishop. Rien de plus, rien de moins. Je n'ai pas épousé le prince d'Angleterre aujourd'hui. Je suis toujours une femme comme une autre. Quelque part, ça me réconforte.

Assise sur le lit, j'enfile une paire de chaussures plates lorsque l'infirmière frappe à la porte.

– Je peux vous conduire à votre fiancé tout de suite. Si vous êtes prête.

Je ne suis pas prête, loin de là. Mais je sais que je ne le serai jamais. Mon imagination galope et m'inflige d'horribles images. Je l'ai vu tomber dans la cathédrale. L'homme puissant et brutal que j'aime a été mis à genoux par un acte lâche et violent. Mais ma place est à ses côtés.

Et je dois lui dire.

Mon réflexe est de retourner me coucher dans le lit d'hôpital et de m'y cacher. Au lieu de quoi, je me lève et je la suis vers le service des soins intensifs.

– Nous avons bloqué cette aile du bâtiment, m'explique-t-elle en me guidant dans un couloir très calme.

Des agents de sécurité sont positionnés le long des murs, aussi immobiles que des statues devant notre passage. Chaque pas me rapprochant d'Alexander fait grandir mon anxiété. À voix basse, je lui demande :

– Comment va-t-il ?

– On ne m'a pas informée de la situation. Mais j'ai pensé que vous souhaiteriez lui parler immédiatement.

C'est une déduction raisonnable, alors pourquoi ai-je soudain tellement peur de l'affronter ? Comment puis-je avoir envie d'être avec lui et de le fuir à la fois ?

– Il va être tellement en colère.

J'ai parlé à voix haute sans faire exprès.

– La surprise et la colère sont deux choses différentes, dit-elle prudemment. Il aura peut-être besoin de temps pour s'habituer à l'idée de devenir père, mais ne pensez pas qu'il ne voudra pas de cet enfant.

Mais il n'en voudra pas, effectivement. Je le sais parce qu'il a été très clair sur la question. Ça ne fait pas partie de ses projets. Bien sûr, rien de ce qui s'est passé aujourd'hui ne faisait partie de ses plans non plus.

Elle s'arrête à la porte de sa chambre.

– Je ne vais pas plus loin.

– Entrez avec moi.

Les mots m'échappent et je me demande soudain pourquoi j'ai demandé à Belle d'aller prendre des nouvelles de ma famille.

– Je n'ai pas l'autorisation d'entrer dans cette chambre, me dit-elle en pressant mon épaule. Vous allez très bien vous en sortir.

Je prends une grande inspiration et je touche mon ventre, espérant trouver de la force dans l'amour que je viens d'y découvrir. Ma main retombe lorsqu'un garde du corps ouvre la porte pour moi.

Les lumières sont tamisées dans la pièce pour lui permettre de dormir. Tout est immobile – comme à l'arrêt – alors, je ne bouge pas non plus. Je me contente de m'abreuver de son image, j'observe sa poitrine se soulever et retomber au rythme de sa faible respiration. Je ferme les yeux et me concentre jusqu'à pouvoir entendre son souffle sous le masque à oxygène. Inspire, expire. Inspire et expire.

Aucun son ne m'a jamais été aussi précieux.

Et là, je sais que quoi qu'il arrive, nous pourrons nous en sortir. Un amour comme le nôtre – un amour qui consume et ravage – est un amour vivant, exaltant, bien plus exigeant que les autres, mais il donne plus en retour. C'est un amour pour les braves et c'est ce que je dois être à présent.

Du coin de l'œil, j'aperçois un mouvement et je fais volte-face, une main sur la poitrine et l'autre sur mon ventre, dans un geste protecteur. Norris ne dit pas un mot, en silence il me parcourt du regard, s'arrêtant quelques secondes lorsqu'il repère la main sur mon ventre. Je la laisse tomber, un peu gênée, et quand j'ose le regarder droit dans les yeux, je vois bien qu'il a tout compris.

Aucun de nous deux ne parle pendant un long moment, jusqu'à ce qu'enfin, il se lève et se dirige vers Alexander, notre raison commune. Il me regarde et hoche la tête, un signal pour me dire que c'est bon. J'inspire profondément, le souffle tremblant, et le rejoins de l'autre côté du lit. Alexander prend toute la place, ses larges épaules donnent l'impression que le lit est minuscule et je n'arrive pas à comprendre ce que j'ai sous les yeux. Je n'arrive pas à comprendre ce silence. C'est comme si un incendie s'était éteint en lui alors que moi, je continue de brûler.

– Il va s'en sortir, Clara, me dit doucement Norris.

– C'est vraiment grave ?

Je lui pose la question, incapable de détacher mon regard de son corps, même si je n'arrive pas à me forcer à le toucher.

– La première balle a évité tous les organes vitaux, mais la seconde a sectionné l'artère sous-clavière. C'est pour ça qu'il est resté aussi longtemps sur la table d'opération.

Il se tait quelques instants et tourne son regard fatigué vers moi.

– Je vous présente mes excuses de vous avoir laissée seule. Je sentais que ma place était ici.

Je déglutis et lui fais un petit sourire. C'est tout ce que j'arrive à lui offrir.

– C'est bon. Je n'avais pas besoin de vous.

– Il aurait voulu que je reste à vos côtés.

Je ne peux nier qu'il a probablement raison là-dessus.

– Je ne dirais rien, si vous non plus.

– Me dire quoi ? demande une voix rauque.

Je me laisse tomber près du lit à ses côtés, mes doigts trouvent les siens en tremblant. Un œil s'ouvre, puis l'autre.

– Dieu merci, dit-il dans un souffle en essayant de lever ma main pour l'approcher.

Il grimace et la laisse retomber.

– Pas si vite, X.

Je me penche et j'effleure sa main de mes lèvres, la tenant toujours fermement.

Alexander ne peut pas bouger la tête, mais ses yeux me détaillent de haut en bas et le froid glacial que je ressentais jusqu'à présent s'évapore sous la chaleur de son regard.

– Tu n'as pas été blessée ?

Je secoue la tête, les larmes aux yeux.

Son regard se tourne vers Norris et il plisse les yeux en voyant l'apparence défaite de son vieil ami.

– Vous avez une sale tête.

– C'est de votre faute.

Mais la blague sonne creux. Aucune erreur possible quant à la voix usée de Norris. Moi aussi, je le sens. La tristesse et la confusion de cette journée se sont gravées en nous.

Nous savons tous les deux que des conversations pénibles nous attendent. Il est impossible de lui cacher ça.

– Qui ? demande Alexander.

– Vous devez vous reposer, répond Norris.

Mais il est impossible d'éluder la question, tout comme il est impossible de sauver Alexander de la fatalité qui lui est soudain tombée dessus.

– Qui ? répète-t-il avec fermeté.

– Je suis vraiment désolé, dit Norris. Votre père est mort.

Je me prépare à l'impact, serrant plus fort sa main, mais Alexander demeure silencieux. Un muscle tressaute dans sa mâchoire, mais son visage reste impassible.

– Il y avait des papiers dans ma veste, dit-il à Norris.

– Je les ai, lui assure-t-il en posant sa main sur l'épaule indemne d'Alexander. Votre frère gère la situation.

– Par situation, vous voulez parler de décider des prochaines étapes ? clarifie Alexander d'un ton bourru. Ce n'est pas de son ressort.

– X, je pense que…

Il m'interrompt d'un ton sec :

– Edward ne portera pas ce fardeau.

– Il est plus que capable de débrouiller la situation et de se charger de l'enquête.

– Je ne remets pas en question ses compétences, mais les miennes. Comme le fera le peuple s'il est forcé d'endosser mon rôle plus longtemps.

Alexander se tourne vers moi et lève les yeux pour me regarder en face.

– Clara, j'ai besoin de toi à mes côtés.

– Je suis là, je te promets, je le serai toujours.

Alexander regarde Norris.

– Trouvez l'aumônier. Je veux être marié immédiatement.

– Pas comme ça, dis-je rapidement. Ça peut attendre.

Ça doit attendre. Je n'ai jamais vu Alexander dans un tel état de vulnérabilité et je ne veux pas profiter de la situation. Alexander mérite de savoir où il met les pieds. Je ne peux pas l'épouser sans lui dire pour le bébé. Je le refuse. Mais il y a plus urgent pour le moment.

– Ça ne peut pas attendre.

Je regarde Norris, luttant pour contenir le stress qui s'accumule en moi. S'il exige d'être marié, je ne peux plus reculer et je lui demande d'une petite voix :

– Pouvons-nous avoir une minute ?

Norris hoche la tête, mais le regard qu'il me lance en sortant est plein de fierté.

J'ai pris la bonne décision. Je me concentre là-dessus lorsqu'il disparaît dans le couloir pour attendre.

– Je comprends que ce n'est pas comme ça que tu t'imaginais ton mariage, dit Alexander avant que je puisse ouvrir la bouche.

– Je me moque du mariage, je m'écrie.

La main sur la bouche, je m'étouffe dans un sanglot plein d'anxiété, avant de secouer la tête. Rien ne va. Tout arrive trop vite, bien trop vite. Refuser d'exaucer son vœu maintenant le blesserait, mais c'est pour son bien. Il comprendra pourquoi plus tard.

– Tu n'es pas en état de prendre cette décision.

– Je suis le roi d'Angleterre, dit-il.

Il y a quelque chose d'étrange dans sa voix, comme s'il s'essayait à dire ces mots pour la première fois. Sa bouche s'affaisse, mais il se reprend immédiatement :

– Certes, ce n'est pas ce qui était prévu.

Il parle d'un ton mesuré, comme s'il avait besoin d'assimiler ce qu'il dit. Mais je sais que c'est trop.

– Je ne peux pas t'épouser, je réponds en murmurant, baissant la tête sur nos mains imbriquées. S'il te plaît, ne me demande pas pourquoi.

– Clara, regarde-moi, exige-t-il. Rien de tout ça n'est de ta faute. Mais si tu as changé d'avis…

Ses derniers mots sont étranglés et je ne peux pas les supporter.

– Je te veux, X. Ça n'a pas changé.

– Alors, qu'est-ce qui a changé ?

– Je sais que ton père a refusé de consentir à notre union. Le mariage ne sera pas valide.

Je bredouille, cherchant à esquiver la vérité par tous les moyens.

– Les papiers que j'ai demandés à Norris nous accordent son consentement. Mon père me les a donnés ce matin. Ils te confèrent aussi ton premier titre, ce qui n'aura bientôt aucune importance. Si tu n'as pas d'autre objection…

J'éprouve une sorte de chagrin à double tranchant. Ce matin, j'avais envie de l'épouser, sans la permission, pensant que c'était mon choix. Le fait que son père ait changé d'avis, couplé au sacrifice qu'il a fait de sa vie, me perturbe complètement. C'est un mélange de honte et de tristesse qui me coupe le souffle. Albert a fait disparaître le dernier obstacle au bonheur d'Alexander et, maintenant, c'est moi qui en érige un nouveau.

– Si, j'en ai une, mais je ne sais pas par où commencer.

– Par le début, suggère-t-il. Vu mon état, je ne vais pas disparaître !

Il y a quatre mois. C'est là que tout a commencé. Je secoue la tête, des images de la journée me reviennent en tête, à commencer par le sol maculé de sang dans l'abbaye de Westminster. Je sais alors que tout a commencé dans les ténèbres, dans la sensation de vide du deuil qui a tout englouti et m'a fait revenir au monde complètement changée.

– Belle est venue me voir, dis-je pour commencer, gagnant des forces en le voyant hocher la tête pour m'encourager. Personne ne m'avait rien dit quand elle est arrivée et je pensais qu'elle était là pour me dire que tu étais parti.

Les mots sortent lentement de ma bouche.

– Je suis là.

C'est une simple parole rassurante, mais mon estomac se retourne. *Pour combien de temps ?*

– Je n'ai pas pu le supporter. La journée a été si stressante. Je me suis évanouie.

Mes joues rougissent d'embarras.

– Mais tu vas bien ? Les médecins t'ont examinée.

Je ravale la grosse boule dans ma gorge en hochant doucement la tête.

– Oui, mais ils ont trouvé quelque chose.

Alexander s'immobilise, son silence m'incite à continuer.

Mes mots sortent maintenant à toute vitesse.

– Je ne savais pas. Mais il faut que tu le saches. Je ne l'avais pas senti. Je ne sais pas comment ça a pu se passer.

– Clara, m'interrompt-il d'une voix forcée. Qu'ont-ils trouvé ?

– Un bébé, dis-je dans un murmure.

Ma confession pèse lourd entre nous. J'ose lever les yeux vers lui pour découvrir son visage impassible, impossible de lire en lui, c'est comme s'il avait mis un masque. Le silence s'étire, la tension est palpable. Un mot de travers, et tout explose.

– Tu en es à combien de semaines ?

La question est directe, technique, sans la moindre douceur. Il vient de s'endurcir sous mes yeux, se barricadant contre un futur dont il ne veut pas.

– Quatre mois.

– Tu prenais la pilule ?

Encore une autre question pour clarifier la situation, mais l'accusation implicite fait mal.

– Oui.

Il ne relâche pas ma main, mais la sienne est devenue molle, comme s'il ne voulait plus me tenir. Je me berce un peu d'avant en arrière, essayant d'apaiser la douleur sauvage qui s'accumule dans mes entrailles.

– Je suppose que ce n'est pas surprenant, vu notre activité sexuelle.

Des mots froids. Cliniques. Aussi détachés de la réalité que je me sens l'être.

– C’est pour ça que je ne peux pas t’épouser.

Ma voix se brise, j’éclate en sanglots. Je cligne des yeux pour chasser mes larmes. Je hais cette preuve de ma faiblesse alors que j’ai besoin d’être forte.

– Si les choses s’étaient passées différemment, tu m’aurais épousé ce matin. N’est-ce pas ?

Je me force à répondre :

– Oui.

– Aurais-tu eu peur de me le dire si j’avais déjà été ton mari ?

– Je ne sais pas.

J’ai perdu la capacité d’abstraction nécessaire pour penser aux différentes possibilités. Il y a déjà bien trop de choses auxquelles penser. Il n’y a aucune consolation dans les questions qui commencent par « et si ».

Les minutes passent et aucun de nous ne prend la parole.

– Je ne vois pas en quoi ça change la donne. Norris va aller chercher un prêtre.

– Ça change tout.

Je murmure ma réponse, mais c’est déjà le cas. Je sens que les choses ont changé entre nous.

– Je veux toujours faire ma vie avec toi.

Sa voix s’est juste assez adoucie pour attirer mon regard vers le sien. Un bref instant, le rideau qu’il a tiré s’est levé me montrant la vérité, puis il s’abaisse à nouveau.

– Va chercher un prêtre, dit-il sur un ton définitif que je ne remets pas en question. Nous allons nous marier.

***

Pendant des mois, les gens ont disserté sur le moindre détail du mariage du siècle. Il a eu lieu le onze avril dans les heures les plus sombres de la nuit, loin des fanfares et des caméras. Six personnes étaient présentes. Alexander a accepté d'attendre assez longtemps pour que nous puissions appeler nos proches qui seront les témoins.

Sa main reste fermée sur la mienne lorsqu'il prononce ses vœux.

– Moi, Alexander, je te prends toi, Clara pour légitime épouse, à partir de ce jour, pour le meilleur et pour le pire, dans la richesse et dans la pauvreté, dans la santé et dans la maladie, pour t'aimer et te chérir jusqu'à ce que la mort nous sépare, selon le décret de Dieu, et je t'en donne ici ma foi.

Je répète ses vœux, m'arrêtant à chaque phrase pour m'en imprégner. C'est si simple de réciter cette promesse célèbre, c'en est une autre d'y croire sincèrement.

Lorsque le prêtre nous déclare mari et femme, je me baisse vers Alexander pour l'embrasser, et notre petit public laisse éclater sa joie.

– Pour toujours, ajoute doucement Alexander lorsque nous nous écartons l'un de l'autre.

L'éternité ne suffira jamais.

# CHAPITRE

# VINGT-CINQ

Il n'y a que la mort qui rôde dans Buckingham Palace. Le palais est vide. En dépit des préparations pour les funérailles conduites au pas de charge derrière les portes closes, il n'y a pas âme qui vive. Je me suis retrouvée dans la salle du trône à regarder distraitement le fauteuil qu'on s'attend à me voir remplir. Je n'ai pas ma place ici. Je ne l'aurai jamais. Malgré la splendeur et l'opulence qui suintent des appartements privés de cette grandiose demeure, je suis contente que nous continuions à habiter à Clarence House, pour le moment.

Du moins c'est ce que l'un des nouveaux secrétaires particuliers d'Alexander m'a dit. J'ai appris à ignorer la frustration qui me gagne régulièrement, surtout quand des messages personnels me sont communiqués par de parfaits étrangers.

Du coup, je me dis que je devrais m'estimer heureuse d'avoir l'opportunité de sortir de Clarence House, qui ne me fait pas encore l'effet d'être ma maison puisque j'y suis confinée depuis deux jours. Je n'ai même pas eu le droit d'aller rendre visite à Alexander, mais ce qui m'a fait le plus mal, c'est que je suspecte que c'est un ordre qui vient directement de lui. Norris m'a conduite ici ce matin, m'informant qu'Alexander a prévu d'y venir directement après sa sortie de l'hôpital Saint Thomas.

– Excusez-moi, dis-je en apostrophant une domestique. Pourriez-vous m'indiquer…

Et je ne finis pas ma phrase, parce que je ne sais pas où aller.

Elle me répond d'une révérence en gardant la tête baissée avant de parler :

– Votre Majesté peut me suivre.

Je ne m'habituerai définitivement pas à ça.

– Elle n'est pas encore reine, nous interrompt une voix corrosive.

Je fais volte-face et me retrouve nez à nez avec la grand-mère d'Alexander. Son âge se devine aux fines rides qui encerclent ses yeux plissés et ses lèvres pincées, mais il n'a aucun effet sur son allure. C'est elle la reine et elle le fait savoir.

Je suppose que ce n'est pas une coïncidence si je ne l'ai pas vue à l'hôpital après la fusillade.

– J'ai été informée de votre mariage avec mon petit-fils à l'hôpital. Je ne suis pas entièrement certaine qu'une union sous l'influence des opiacés soit tout à fait légale, mais vous avez gagné… (Elle fait un geste négligent du bras à la jeune domestique pour la chasser…) *malgré* tout. Et bientôt vous monterez sur le trône, mais vous n'êtes pas encore la reine.

– Je vous assure que je n'ai pas paradé avec un sceptre et les bijoux de famille, dis-je en me laissant gagner par la colère.

L'idée que je puisse me réjouir de tout ça ne fait pas que m'irriter, elle me rend furieuse.

J'étais prête à assumer mon rôle d'épouse d'Alexander avant le mariage, mais je ne sais pas encore ce qui se passera quand le trône lui incombera. C'était tellement lointain que je n'ai même pas pensé à poser la question.

– Vous devrez apprendre quelle est votre place dans cette famille, persiffle-t-elle en postillonnant.

Je mords ma lèvre inférieure pour essayer de contenir ma rage. Je ne connais peut-être pas toutes les règles de l'étiquette et du protocole dans cette situation, mais je sais que maintenant, je suis d'un rang supérieur au sien. Et elle le sait tout aussi bien.

J'ai rencontré Mary suffisamment de fois pour être certaine que son comportement n'est pas dû uniquement au deuil. Mais bon, je ne peux pas m'empêcher de penser qu'elle vient juste de perdre son fils. Probablement parce que j'ai un cœur qui bat dans ma poitrine et probablement aussi parce que la simple mention de cette idée met sens dessus dessous mes imprévisibles hormones.

– Je suis sincèrement désolée pour le décès qui vous touche, Votre Majesté.

– Que savez-vous du deuil ? demande-t-elle en grimaçant. Vous ne savez rien.

Elle me plante là et se replie dans le passage. Un instant plus tard, sa voix résonne dans le couloir vide, suivie d'une autre, bien plus familière.

Je choisis de me concentrer sur le positif. Au moins, je sais où est Alexander.

Je jette un coup d'œil à la chapelle privée depuis le pas de la porte et je suis soulagée de voir qu'Edward et Alexander sont à quelques pas. Mais je préfère rester hors de portée de vue lorsque je vois que Mary est toujours avec eux. Ils ont déjà suffisamment de soucis, je n'ai pas besoin d'en remettre une couche.

– Un bien pauvre spectacle, dit-elle sur un ton condescendant à Alexander.

Je n'ai pas vu ce qu'il avait fait pour la décevoir cette fois-ci, mais je peux deviner qu'elle fait encore toute une montagne d'une chose insignifiante.

– La veillée mortuaire du prince est une tradition ancestrale.

– Alexander est encore convalescent. Je mènerai la veillée autour du cercueil en compagnie du duc de Sandringham, Elliott et William, dit Edward en s'approchant de sa grand-mère pour lui prendre le bras. Alexander devrait avoir un moment seul à seul avec notre père.

– Il n'en a jamais voulu auparavant, l'accuse-t-elle alors qu'Edward la conduit vers la porte.

Je recule et me colle contre le mur en espérant devenir invisible. Mais à peine sortie, elle me repère.

– J'ai oublié de lui dire que sa putain était arrivée.

Edward s'arrête net et se plante face à elle.

– Vous parlez de la femme d'Alexander et de ma sœur. Vous lui ferez preuve du respect que vous lui devez.

Elle m'adresse un nouveau regard assassin, sans présenter la moindre excuse.

– J'aimerais me retirer. Je dois continuer à boucler mes bagages.

Je suppose que même si Alexander a décidé de ne pas emménager à Buckingham, elle ne veut pas rester ici. Son mari est mort depuis des années et maintenant son fils est également décédé. D'un certain côté, je suis presque triste pour elle.

J'avance dans l'entrée de la chapelle et m'arrête. Alexander est debout devant le corps de son père et me tourne le dos. Ses larges épaules sont baissées, comme s'il portait un lourd fardeau. Il lui parle à voix basse et ses mots résonnent dans la pièce silencieuse.

Je suis déchirée entre l'envie de partir et celle de rester. Dans toute autre circonstance, j'aurais une idée sur la meilleure manière de procéder, mais là je suis très loin de ma zone de confort. Cette semaine, ses actes ont suggéré qu'il ne me voulait pas auprès de lui, mais ça ne change rien au fait qu'il a besoin de moi. J'en suis certaine.

Les vœux que j'ai prononcés me reviennent en tête. Nous sommes vraiment dans le scénario « pour le meilleur et pour le pire », et nous y sommes tous les deux. S'il l'a perdu de vue, c'est mon rôle de le lui rappeler.

– Les grands gestes sont inutiles si on finit par en crever. Si vous m'aviez aimé depuis le début, vous auriez juste pu le dire, espèce d'enfoiré, dit Alexander.

La douleur et la solitude que j'ai ressenties ces deux derniers jours teintent également sa voix à *lui* et m'envoient un coup au cœur plein de regret.

Il sort de la pièce avec tant d'impétuosité qu'il passe rapidement devant moi sans me voir. Je sors de l'ombre, mais il poursuit son chemin. S'il s'est rendu compte de ma présence, il m'ignore.

Alexander sort son téléphone de sa poche et compose un numéro. Sans saluer son interlocuteur, il demande :

– Des nouvelles ?... C'est inacceptable. La situation doit être contrôlée et arrangée. Je n'accepterai rien de moins.

Il s'arrête. À l'évidence, il écoute une réponse que je ne peux entendre.

Mon cœur se loge dans ma gorge et m'empêche de déglutir. Quoi qu'il se passe, j'ai besoin d'avoir foi en lui et de lui faire confiance pour qu'il soit honnête avec moi. Les derniers jours ont été des circonstances exceptionnelles. Rien de plus.

– Alors, occupez-vous d'elle, dit-il d'un ton sec avant de ranger son téléphone dans sa poche.

*Occupez-vous d'elle ?* De moi ? D'une autre femme ? Étant donné que ça qualifie plus ou moins la moitié de la population, les possibilités semblent infinies.

Le froid saisit mes membres et j'essaie de m'en défaire. Je deviens paranoïaque, un symptôme qui apparaît quand on est laissée toute seule sans information. Si je veux savoir ce qui se passe, je n'ai qu'à le demander.

Avant qu'il ne puisse aller plus loin, je l'interpelle :

– X.

Il se retourne, surpris, mais impossible de savoir ce qu'il pense de me découvrir derrière lui. Son beau visage est brouillé d'épuisement et ses cheveux noirs, d'ordinaire emmêlés, le sont encore plus. J'ai tellement envie d'aller vers lui, de le prendre dans mes bras et de lui donner le peu de réconfort que j'ai en moi.

– Depuis quand es-tu là ?

– Je voulais te laisser tranquille.

Ma voix est si fluette qu'elle se perd quasiment dans cet immense et sombre couloir.

– Tu n'as pas à être là.

Je recule d'un pas. Ma détermination à rester à ses côtés s'effrite, une fraction de seconde. Je redresse les épaules et décide de lui rappeler les raisons de ma présence.

– La place de ta femme et de ton fils est à tes côtés.

– Mon fils ? répète-t-il. (Une expression de surprise traverse le beau visage que verra notre enfant un jour, je l'espère.) Alors, tu as eu une autre échographie ?

Une légère fêlure point dans sa voix. Est-ce de la douleur ? Du regret ? De la déception ? Je n'en suis pas sûre. Peut-être un peu des trois.

Je secoue la tête, ma main tombe sur la petite preuve de ma grossesse.

– Non, c'est juste une intuition.

– Je ne savais pas que tu avais étudié la médecine, dit-il froidement.

Le masque se remet en place, m'empêchant de lire ses pensées et ses émotions.

Mais son sarcasme a atteint son but. Je m'oblige à en ignorer la morsure. Je ne peux pas m'attendre à ce qu'il soit lui-même après tous ces changements dramatiques.

– Personne ne m'a tenue informée des détails pour les funérailles, dis-je en essayant de changer de sujet. Puis-je aider?

– On s'en occupe.

Il écarte ma question, comme si je n'avais pas à la poser, et continue d'avancer dans le couloir.

– Les programmes des funérailles des souverains sont toujours établis à l'avance. Rappelle-moi de discuter avec toi des nôtres le plus rapidement possible.

La vie qui grandit en moi s'agite pour protester, c'est exactement ce que je pense de sa suggestion morbide. Tout ça pour me faire penser à autre chose que ce que nous avons à gérer maintenant.

– Mais je marcherai avec la famille derrière le cercueil de ton père pour la procession.

Je dois presser le pas pour rester à ses côtés.

Alexander s'arrête une fois encore pour se tourner brusquement vers moi.

– Je préférerais que tu t'abstiennes.

S'il m'avait giflée, je n'en aurais pas été moins blessée.

– Je suis un membre de cette famille. Je suis ta femme.

Je baisse la voix car du personnel passe rapidement à nos côtés.

– Je pense simplement à ta condition.

Mais il regarde dans le vide lorsqu'il s'adresse à moi, crispant ses doigts pour contenir son énergie débordante.

– Et ta condition à toi ? On t'a tiré dessus !

Apparemment, Alexander va reprendre toutes les responsabilités de son père, y compris celle de me rendre folle.

– Je vais bien, Clara.

Mon nom sonne froidement dans sa bouche. Il utilise le même ton qu'avec les étrangers, lorsqu'il est condescendant. Cette semaine a éprouvé ma détermination, diminué mes forces et j'ai besoin qu'il me soutienne. Nous avons besoin l'un de l'autre.

– Ne sois pas comme ça, dis-je en murmurant. Ne me rejette pas.

Sa main attrape brusquement mon poignet. Il le tord dans mon dos dans un geste déterminé qui réveille la faim que j'ai choisi d'ignorer ces derniers jours. Il le prend dans son autre main puis me fait lever les yeux vers lui.

– Je ne te rejette jamais, Clara. Parfois, j'aimerais pouvoir le faire, mais tu es toujours là.

– Prouve-le moi.

Il passe ma main au-dessus de ma tête et en même temps change d'appui pour me plaquer contre le mur. Mes doigts, encore mobiles, en profitent pour caresser le velours et lorsque sa bouche entre en collision avec la mienne, je m'agrippe aux rideaux. Une jambe s'insère entre mes cuisses et le bout de sa chaussure tape sur l'un de mes talons pour m'inciter à les écarter, lui permettant ainsi d'avoir un meilleur accès à mon intimité. Il fait onduler son bassin contre le mien, son membre va et vient contre moi pour que je puisse en sentir la chaleur.

Il recule imperceptiblement, ses lèvres sont à un souffle des miennes.

– Ça suffit ? demande-t-il le souffle court brûlant contre mon visage. Voilà ce que tu me fais, Clara. Tu me fais tellement bander que je vais devoir te baiser ici et maintenant, alors que ce n'est ni le lieu ni le moment pour ça.

Il relâche mon poignet pour baisser sa main et détacher son pantalon. J'appuie mes mains contre le mur pour me préparer alors qu'il remonte ma jupe sur mes hanches. Puis il repousse ma culotte sur le côté en me pénétrant d'un seul coup.

Je mords ma lèvre inférieure pour m'empêcher de crier. J'ai envie de passer mes bras autour de son cou, de le serrer contre moi tandis qu'il me baise avec acharnement. Mais ce n'est pas ce dont il a besoin. Il est perdu, sa rage est nourrie par un besoin bestial que j'ai déjà vu par le passé. Il m'a déjà prise comme ça – quand il voulait me baiser tout en restant détaché.

Il se punit lui-même.

Des larmes coulent sur mon visage, je suis bouleversée par l'euphorie et la confusion qui, assemblées, forment un cocktail qui me pousse vers le précipice. C'est plus que je ne peux en supporter et pourtant, pas assez.

– Ta chatte me serre, dit-il d'un ton rauque.

La main qui maintenait mon visage en l'air descend se poser sur mon cou. J'en perds le souffle lorsqu'il l'attrape avec douceur.

– Elle va recueillir tout ce que j'ai – tout comme toi.

J'éclate, le plaisir m'échappe et se mêle à la honte. Alexander grogne et lâche un cri guttural qui résonne dans le couloir alors que sa semence se répand en moi en jets chauds. Il me maintient dans cette position un petit bout de temps, son membre toujours palpitant, puis il se retire sans dire un mot. Il remonte son pantalon et après un bref regard jeté dans ma direction, il part, me laissant tremblante et à bout de souffle.

Satisfaite – et complètement seule.

***

Cette nuit-là, allongée dans notre lit à regarder les ombres jouer sur le mur, j'essaie d'ignorer l'absence à mes côtés. Après sa petite démonstration de l'après-midi, je n'aurais pas dû m'attendre à moins de sa part. Mais ce n'est pas en me le répétant que ça apaisera le vide qui s'est installé dans ma poitrine.

Mes pensées divaguent vers l'endroit où je devrais me trouver : une plage privée aux Maldives. Mais ça me rappelle ma solitude de façon criante. Une petite palpitation caractéristique me coupe le souffle. Je reste immobile en attendant de la sentir encore – de le sentir encore une fois. Un déluge d'amour se déverse en moi, comblant le vide glacial qui occupait mon cœur il y a quelques instants à peine.

J'ai tort. Je ne suis pas seule.

Ma main se pose sur mon ventre et je me demande si c'est normal de ressentir à la fois autant d'amour et de peur pour la petite vie fragile qui grandit dans mes entrailles.

La poignée de la porte bouge et un rai de lumière s'infiltre dans la chambre pour se poser sur le lit. Un instant plus tard, une ombre passe le long du mur, mais elle s'immobilise.

J'ai envie de me tourner pour tendre la main vers lui. J'ai envie de l'appeler pour qu'il vienne se réfugier dans mes bras. J'en ai envie, mais je ne le fais pas.

La porte se ferme, faisant disparaître la lumière et laissant la place à mes côtés toujours aussi vide.

# CHAPITRE VINGT-SIX

D'un geste nerveux, j'ajuste le chapeau que ma mère m'a envoyé la veille au soir pour que la voilette dissimule mon regard. Je me tourne devant le miroir, la petite bosse sous ma robe noire est visible. J'étais peut-être aveugle avant, mais là, j'ai l'impression qu'elle grandit un peu plus chaque jour. Je fouille dans mon placard et déniche une longue veste noire. Je l'enfile, bien contente d'avoir trouvé ce camouflage supplémentaire.

Je n'ai pas fait d'apparition publique depuis le jour de mon mariage – cette journée qui a causé celle d'aujourd'hui. Sans avoir grand-chose à faire, je sais que je dois être là, même sans préparation et quoi qu'en pense Alexander. Il n'est pas le seul de mes proches à souffrir aujourd'hui.

Une petite partie du cortège funèbre officiel s'est rassemblée dans le foyer. Si Alexander me voit entrer dans la pièce, il choisit de m'ignorer. Il est à couper le souffle dans son costume noir. J'ai envie d'aller vers lui, j'ai envie d'être à ses côtés, plus que tout. Mais je me contente d'aller de l'autre côté de la pièce pour retrouver Edward, qui me prend la main et me regarde avec insistance, fronçant les sourcils sans grande subtilité sur mon tour de taille.

– Comment avons-nous pu passer à côté de ça ? demande-t-il sans détour.

Eh bien, voilà qui est confirmé. Je déglutis en secouant la tête pour lui suggérer de laisser tomber.

Lorsqu'il comprend, il penche la tête et s'approche de mon oreille pour murmurer :

– Tout va bien ?

Je réussis à lui répondre d'un hochement de tête malgré la grosse boule qui se forme dans ma gorge. Entre Alexander qui m'évite et mes journées à faire croire que le bébé n'existe pas, personne ne m'a posé cette question.

– Tu es éblouissante, ajoute-t-il doucement. La grossesse te va à ravir.

J'ai envie de savourer ses mots. Le problème, c'est que je voudrais tant que ce soit Alexander qui me les dise.

Norris surgit à mes côtés et me désigne une Bentley garée non loin. Un modèle ancien.

– Madame.

Pleine d'espoir, je demande à Edward :

– Tu es dans la même voiture que moi ?

Il ouvre la bouche pour me répondre quand Alexander s'installe tranquillement à l'arrière du véhicule.

– Non.

– Peu importe.

Je tire sur les pans de ma veste pour m'assurer qu'elle soit bien fermée. Edward me serre dans ses bras.

– Il a l'esprit ailleurs, me rassure-t-il.

Mais il plisse les yeux en me répondant.

Il est parfois plus facile de mentir que de dire la vérité.

Norris m'ouvre la portière et me fait un signe de tête lorsque je me glisse à l'arrière de la voiture. J'ai envie de me rapprocher d'Alexander, mais surtout je n'arrive pas à me résoudre à le faire sortir de ses pensées. Il ne prend pas la peine de remarquer ma présence à ses côtés, son regard loin derrière la vitre.

Mes yeux me brûlent et je me détourne de mon mari pour regarder moi aussi à l'extérieur. Lorsque sa main se referme sur la mienne, je jette un coup d'œil vers lui pour découvrir qu'il a toujours le regard dans le vide, aussi immobile qu'une statue. Je reviens alors sur le paysage.

Nous n'échangeons pas un mot, mais nos mains restent fermement liées, même en arrivant à Westminster Hall. Il y a un moment d'hésitation lorsque Norris ouvre la porte, aucun d'entre nous n'est prêt à lâcher la main de l'autre. Alors, la tête d'Alexander pivote dans ma direction, m'offrant un bref sourire, et il lâche ma main.

D'après ce que j'ai lu sur Internet, le cortège funèbre s'ébranlera d'ici à la gare de Paddington. J'attends quelques instants dans la voiture, observant les militaires représentant le corps de la marine qui escorteront le cercueil du roi. Son attelage est recouvert des couleurs vives de son étendard. C'est difficile de l'imaginer là-dessous. J'ai eu un petit aperçu de sa dépouille lorsqu'elle a été exposée pour la veillée mortuaire à Buckingham, mais je ne me suis pas approchée. Il a corrigé quelques erreurs qu'il avait commises, mais en fin de compte, ça ne semble pas suffisant.

Alexander me tend la main pour m'aider à sortir de la voiture, mais à peine suis-je debout qu'il se tourne pour dire un mot en toute discrétion à Norris.

Le ciel du mois d'avril est encore plus lourd que ce à quoi je m'attendais. Une vague de chaleur monte sur ma nuque et mon visage, je croise les bras sur la poitrine dans un geste protecteur lorsque je m'aperçois que je n'aurais pas dû porter de manteau. Puis je les décroise immédiatement. Je suis au beau milieu du cortège pour des funérailles nationales. Ma fierté blessée et plus encore ma gêne d'être là doivent être repoussées. Je garde la tête baissée, je ne suis pas encore prête à regarder en face la foule qui s'est rassemblée pour assister à la dernière parade du roi. Je fais quelques pas pour me placer derrière Alexander.

– Madame ?

Norris me jette un regard inquiet. Je me force à sourire, agrippant mon col du bout des doigts. J'ai juste besoin d'un peu plus d'air frais.

Norris se racle la gorge pour attirer l'attention d'Alexander. Mon mari se retourne pour m'observer.

– Je vais bien, dis-je, sentant la délation du garde du corps.

Je prends soudain la décision de retirer mon manteau et j'en détache la ceinture. Mais avant de terminer le geste, je suis prise d'un léger vertige. Je trébuche, le bras d'Alexander me rattrape immédiatement.

Il fait un pas en avant pour s'approcher de moi et baisse la voix pour ne pas être entendu du public :

– La procession va durer deux heures. Norris va te raccompagner à la maison.

Je secoue la tête alors que mes idées sont encore embrouillées. Ma place est à ses côtés. Je dois le lui montrer.

– Le sujet n'est pas soumis à discussion.

Alexander fait signe à Norris et le garde-du-corps attrape doucement mon coude pour me reconduire.

Entre le soudain vertige et la honte qui me gagne, je n'ai pas l'énergie de m'opposer à lui lorsqu'il me raccompagne à la voiture. Mais quand la porte se referme, je ne peux pas m'empêcher de penser que ce n'est pas la seule qui vient de m'être claquée au nez.

***

De retour dans ma chambre, le poids de la journée me rattrape. Je suis ici au lieu d'assumer mes responsabilités. Cet après-midi, Alexander partira pour Windsor où le corps de son père sera enterré. Il va faire ça tout seul, sans moi.

J'arrache les épingles qui maintiennent mon chapeau et les jette dans la chambre avant de m'effondrer contre le mur. Je replie mes genoux contre ma poitrine, déchirant mes bas au passage. Je me balance d'avant en arrière, libérant tout ce que j'ai essayé de réprimer cette semaine.

*Une semaine*. Ma vie a été brisée en un instant il y a à peine une semaine. Comment le temps peut-il avancer si rapidement et si doucement à la fois ? Je suis encore sous le choc de la fusillade, incapable d'accepter ce qui s'est réellement passé, comme si ça n'avait été qu'un cauchemar – et pourtant cette semaine a été la plus longue de mon existence, surtout à cause de l'absence constante d'Alexander.

On frappe doucement à ma porte. Je sursaute, mais reste silencieuse. Alexander peut envoyer qui il veut pour prendre de mes nouvelles, cela n'ôtera pas la violence de son rejet. S'il a besoin d'être rassuré sur ma santé, il n'a qu'à venir lui-même.

On frappe avec plus d'insistance et, finalement, la porte s'ouvre en grand.

– Je rentre, et n'essaie même pas de m'en empêcher ! s'exclame Belle juste avant de passer un visage inquiet dans l'entrebâillement de la porte.

J'arrive à couiner une réponse entre mes larmes :

– Hé. Tu devrais être à l'enterrement.

– Je ne manquerai à personne, dit-elle d'un ton pince-sans-rire en se laissant tomber à mes côtés.

Je pose ma tête sur son épaule, et son bras entoure ma taille.

– Tu me manques, lui dis-je en murmurant.

– Je suis là. Les copines d'abord, tu te souviens ? demande Belle en me serrant plus fort. Maintenant, dis-moi ce qui se passe.

– Je ne sais même pas par où commencer.

Mais son invitation ouvre les vannes et je lui dis tout, sans faire le tri, lui racontant les épisodes les plus confus de la semaine dernière.

– J'ai presque tout compris, dit-elle, mais chérie, il va falloir que tu prennes le temps de respirer. Je ne suis pas experte, mais je suis quasiment certaine que le stress, ça n'est pas bon pour le bébé.

– Plus facile à dire qu'à faire.

Belle me serre très fort dans ses bras alors que je sanglote tout mon saoul, jusqu'à ce qu'il ne me reste plus de larmes. Enfin, le menton tremblant, je marmonne :

– Stupides hormones. Je dois t'avertir que je suis un tantinet mélodramatique ces jours-ci.

– Ton taré d'ex t'a pratiquement tuée le jour de ton mariage. Je ne pense pas que tu puisses être trop mélodramatique, me fait-elle remarquer. Et j'ai l'impression d'être une conne finie parce que je ne sais pas quoi faire. Normalement, je nous recommanderais de boire jusqu'à plus soif pour noyer notre détresse, mais…

Elle tend la main pour caresser mon ventre.

– Oh, mon Dieu !

Ma voix se casse alors que de nouvelles larmes me viennent aux yeux.

– J'avais oublié pour Philip. Je suis la pire des meilleures copines.

– C'est bon, tu as un sacré joker, répond-elle en me frottant le dos. D'après le classement des urgences copines, les tentatives de meurtre et les grossesses surprises passent avant les mecs infidèles. Tout le monde le sait et si ça peut te rassurer, tout ça m'a empêchée de penser à ce branleur, alors… merci.

Un petit rire m'échappe, passant entre les parois de ma gorge à vif. J'ai oublié à quel point ça fait du bien de rire.

– Et sinon, je vais habiter avec Tante Jane. Elle va m'apprendre à collectionner les liaisons torrides, m'informe Belle.

– Ça ne m'étonne pas d'elle.

Je souris en me remémorant le point de vue de Tante Jane sur les relations amoureuses. Belle va être bien occupée si elle veut suivre le rythme.

– Il y aura une petite place pour moi ? Je viens accompagnée.

– Toujours, me promet-elle en fronçant les sourcils. Il t'aime, Clara. Tout le monde peut le voir.

– Moi pas, dis-je en murmurant.

*J'en ai envie*, mais cet écran de mensonges et de distanciation m'en empêche.

– Il ne veut pas du bébé.

– Il ne sait pas qu'il veut du bébé, me corrige Belle. Ce n'est pas lui le mec qui disait qu'il ne pouvait pas aimer ? Il aime plus farouchement que tous les gens que j'ai rencontrés – sauf toi, peut-être. Vous allez vous en sortir.

J'aimerais pouvoir la croire. J'aimerais plein de choses. Mais tout ce que j'aimerais – comme un dénouement heureux à notre histoire, par exemple –, c'est pour les contes de fées.

# CHAPITRE

# VINGT-SEPT

Belle reste avec moi toute la nuit et la matinée suivante pendant que j'attends qu'Alexander revienne de l'enterrement. Nous avons facilement trouvé notre rythme, nous regardons des films en mangeant des cochonneries. C'est la distraction parfaite pour oublier tout ce qui se passe en dehors de mon contrôle. J'ai même cru, l'espace d'un instant, que ça pourrait durer.

– Ton portable sonne, m'annonce Belle lorsque je sors de la salle de bains. C'est ta mère.

Je m'assieds au bord du lit et tends la main. Nous savons très bien toutes les deux pourquoi elle appelle.

– Tu es sûre ?

Elle attaque avant même que je n'aie le temps de la saluer.

– Où étais-tu ?

– Bonjour à toi aussi.

Je me laisse tomber sur le lit, fermant les yeux pour me préparer. Elle poursuit :

– C'est à peine si Alexander a décroché un mot hier soir.

Étonnée, je lui demande :

– Tu l'as vu ?

– Bien sûr, nous sommes allés à l'enterrement à Windsor. Je pensais que tu y serais.

Elle pousse un gros soupir que je peux sentir même de mon côté de la ligne. Puis elle reprend :

– D'autant plus que je t'ai acheté ce chapeau. C'est un Jane Taylor.

– Un peu de recul, Maman, je lui réponds d'un ton sec.

– Tu sais ce qu'on dit dans les journaux à scandale ?

Elle baisse le ton avant de poursuivre :

– Que tu es enceinte. Ils ont une photo de toi à deux doigts de t'évanouir au début de la procession – merci mon Dieu, parce que je ne sais pas quand tu vas pouvoir remettre ce chapeau – et ensuite tu t'es volatilisée ! Ils ont commencé un nouveau blog sur *Entertainment Today*, entièrement dédié à la surveillance de ton royal petit ventre.

Je garde le silence pendant qu'elle jacasse, j'ai comme un goût amer dans la bouche. Ma mère m'interpelle, mais je ne réponds pas.

– Clara... Clara ?

– Je ne me sens pas très bien. Il faut que j'y aille.

– Oh mon Dieu, tu es enceinte.

De la bile remonte dans ma gorge et je lâche le téléphone pour me précipiter vers les toilettes, Belle sur mes talons. J'agrippe la cuvette en porcelaine alors qu'elle reste à proximité en me tenant les cheveux.

Quand mes haut-le-cœur cessent, je m'assieds par terre en me tenant le ventre.

– J'ai planté ma mère au téléphone.

– Tu peux être sûre qu'elle rappellera.

Belle se met à fouiller dans les tiroirs jusqu'à ce qu'elle trouve ma brosse à dents et le dentifrice. Elle m'aide à me lever et je les prends sans conviction.

– Je ne vais pas y arriver.

– Mais si, murmure-t-elle en me regardant dans le miroir.

– Comment tu sais ça ?

Elle me prend dans ses bras et laisse tomber son menton sur mon épaule.

– Parce que tu n'as pas le choix.

***

Une voix furieuse s'élève dans le couloir. Instantanément je marque un temps d'arrêt, assaillie d'émotions. Alexander est rentré à la maison il y a plusieurs heures et il s'est enfermé dans son bureau. Quand je pense qu'il est peut-être en train de gérer les conséquences de ma performance de la veille, mon estomac se noue.

– On ne peut pas continuer à s'éviter comme ça.

Je le dis à voix haute, comme si ça pouvait m'aider à y croire.

J'attends que le silence se fasse devant sa porte, en essayant de toutes mes forces de ne pas écouter ce qui se dit derrière. C'est assez simple en fin de compte puisqu'Alexander semble n'aboyer des ordres qu'à la personne en face de lui. Quand plusieurs minutes se sont écoulées sans bruit, je frappe brusquement à la porte et entre sans attendre.

Il n'est pas question que je lui laisse une chance de m'ignorer. Pas cette fois-ci.

D'entrée de jeu, j'admets :

– On m'a dit pour les tabloïds.

Je sais qu'il déteste les torchons à scandale qui ont débité tant de mensonges sur sa famille depuis des années, mais je suspecte également qu'il pourrait être plus sensible à leur intrusion en ce moment, à la façon dont il s'est cramponné à notre intimité la semaine dernière.

– Les spéculations sont inévitables dès lors que nous sommes mariés.

Il s'adosse à sa chaise de bureau, me permettant de mieux l'admirer.

C'est tellement injuste. Comment fait-il pour être aussi fatigué et si sexy en même temps ? Les légers cernes sous ses yeux ne font que rehausser les traits de son visage. Une petite barbe souligne sa mâchoire et attire l'attention sur sa bouche sensuelle.

Je perds de vue la raison de notre malentendu quand mon corps me rapproche de lui. Je ne réfléchis pas. J'agis par pur instinct, primaire – ce même instinct qui m'a poussée dans ses bras au début.

– J'ai pris mes dispositions pour que tu aies une voiture personnelle. C'est une Range Rover, continue-t-il en classant des papiers sur son bureau.

Son comportement pue à plein nez la personne qui essaie d'avoir l'air occupée.

Soudain, je me rappelle pourquoi je suis en colère contre lui.

– Je n'ai pas besoin d'une nouvelle voiture. La Rolls-Royce me va très bien.

Je triture mon alliance et vérifie d'un coup d'œil qu'il porte la sienne. C'est le cas.

Je n'ajoute pas que la nouvelle voiture me sert d'autant moins que je ne suis allée nulle part ces derniers jours.

– Je vais avoir plus de réunions et tu as tes propres engagements. Il y a d'autres… considérations à prendre en compte.

J'en reste bouche bée. Non seulement il va m'ignorer mais il va aussi faire comme si le bébé n'existait pas.

– Considérations ? Bon Dieu, X. Cet enfant a un cœur qui bat.

– En parlant de ça, poursuit-il sans broncher. Tes soins prénataux ont été planifiés avec notre médecin de famille. Tu devrais lui parler directement si tu as des questions ou des inquiétudes.

Je croise les bras sur ma poitrine, la colère qui frémissait en moi il y a quelques instants bouillonne furieusement.

– Ah oui ? Je devrais lui parler ? Et toi, quand rentres-tu dans l'équation ? Dois-je t'envoyer un faire-part de naissance ou ai-je le droit d'en parler à tout le monde ?

– Vu la situation, on m'a recommandé d'attendre encore quelques semaines avant d'annoncer…

– Qui a recommandé ?

J'écrase mon poing contre la surface du bureau. L'impact est douloureux et je retire ma main immédiatement pour la frotter. Alexander se raidit lorsque je le mets au défi de me répondre.

– C'est toi et moi, tu t'en souviens ?

Je commence par me pencher en avant pour le forcer à me regarder en face, mais finalement je recule et croise à nouveau les bras en le toisant.

– *Rien ne changera entre nous.* C'est ce que tu m'as dit, alors pourquoi tous ces gens se mettent soudain à nous donner des conseils sur la meilleure manière de mener notre existence ? Je ne peux pas cacher cette grossesse pendant une éternité, je n'en ai pas envie.

Il penche la tête en arrière et se met à regarder le plafond.

– Tu deviens déraisonnable. Le docteur m'a prévenu des fluctuations hormonales…

Un presse-papiers en verre passe subitement près de son oreille et s'écrase contre le plâtre derrière lui. Alexander baisse la tête et me dévisage. Je hausse les épaules.

– Fluctuation hormonale.

Je n'attends pas de voir sa réaction. Je sors de la pièce aussi calmement que ma rage m'y autorise et je retourne dans notre chambre. Je suis certaine qu'il aura des tas de choses à dire là-dessus, mais pour l'instant, son air complètement dépassé suffit amplement.

J'attrape une paire de bottes couleur brun roux dans le placard et me laisse tomber sur le lit.

La carrure d'Alexander envahit soudain l'embrasure de la porte. Son regard brille d'un éclat dangereux. Il passe un doigt sur sa lèvre inférieure en me voyant enfiler une botte par-dessus mon legging.

– Tu vas quelque part ?

– À ce qu'il paraît, j'ai une nouvelle voiture. Je pourrais en profiter pour faire une virée.

– Il fait nuit et le temps est menaçant.

Alexander avance un peu et s'approche d'un pas avant de s'arrêter.

– La dernière fois que j'ai vérifié, j'étais une adulte, ou me donneriez-vous un ordre, Votre Majesté ?

– Fais attention à ce que tu me dis, surtout quand tu t'adresses à moi.

– Fais attention à ce que tu me dis ?

Je répète ses mots. Faire attention, c'est terminé. Ça fait un bail et nous le savons très bien tous les deux. Je me lève et j'avance vers la porte.

– D'accord. *Je ferai attention à ce que je te dis* quand tu en feras de même. Dis-moi ce qui se passe. Tu n'as pas de réunion stratégique à minuit.

Il desserre sa cravate et la laisse pendre autour de son cou en détachant le premier bouton de sa chemise.

– Ça ne te regarde pas. Ce sont mes affaires.

J'explose :

– Mon cul ! Tu ne peux pas décider de m'exclure de ta vie. L'amour, ça ne marche pas comme ça.

Nous sommes liés l'un à l'autre, même si tu renonces à notre couple.

– Tu crois que c'est ça le problème ?

Alexander bouge si rapidement que sa main encercle ma taille avant que j'aie le temps de comprendre sa question. Son autre main attrape mon menton et lève mon regard vers le sien. Je sens comme une petite étincelle jaillir en moi et me maintenir captive.

– Tu penses que je renonce ?

– Des réunions tard le soir ? Des coups de téléphone mystérieux ? Que suis-je censée comprendre ?

Je ne l'interroge pas, je le supplie – je le supplie de me dire que ma peur est infondée. Mon anxiété prend le dessus, elle me renvoie d'un seul coup toutes les idées les plus paranoïaques que j'ai pu avoir ces deux derniers mois.

– Je sais que ce n'est pas ce que tu veux. Tu ne veux pas être roi. Tu ne veux pas être pieds et poings liés à cette vie. Tu ne voulais pas vraiment te marier, et tu n'avais certainement pas envie…

– Tais-toi. Juste, tais-toi.

Ses lèvres s'écrasent contre les miennes, ses mains glissent sous mes fesses pour me prendre dans ses bras. Nous bougeons d'un commun accord, entrant dangereusement en collision, trop pris dans notre envie de nous serrer l'un contre l'autre pour penser aux conséquences.

Nous avons des choses à nous dire. Des réalités à affronter. Mais à cet instant, tout ce qui compte, ce sont ses mains qui cherchent à me caresser alors que nous nous débattons pour nous retrouver dans les ténèbres qui consument notre amour.

Alexander m'allonge sur le lit, mais je sais que là s'arrête sa courtoisie. Son besoin de me posséder – de me prendre – irradie, mais ça ne veut pas dire qu'il soit pressé. Loin de là. Il dépose d'un geste nonchalant ses boutons de manchette sur le petit plateau en miroir posé sur la table de chevet. Puis il s'attaque aux boutons de sa chemise. *Un. Deux. Trois*. La tension dans mes entrailles redouble lorsque le dernier bouton s'ouvre et qu'il retire sa chemise avec la grâce du prédateur prêt à fondre sur sa proie.

Son corps me manque. Il m'en a privée, sauf si l'on compte le petit coup vite fait dans le couloir. Je ne sais pas si cette distance est un moyen de me punir moi ou de se châtier lui-même. Je n'arrive à penser qu'à une chose : la sensation de douceur de sa poitrine si ferme contre mes seins. J'ai tellement envie de sentir la chaleur de sa peau contre la mienne. J'ai besoin qu'il n'y ait plus rien pour s'immiscer entre nous – ni vêtement ni mensonge.

J'attrape du bout des doigts l'ourlet de mon top, mais avant que j'aie pu m'en débarrasser, il bondit sur moi. Je suis prise par deux bras musclés qui m'empêchent de bouger.

– Je ne renonce pas à notre couple. Ce n'est pas ça, grogne-t-il en me faisant frissonner d'impatience. Ce n'est pas ce que *nous* faisons. On se dispute, on baise et on s'aime, mais on ne renonce jamais.

J'en ai le souffle coupé, ma tête retombe sur le matelas lorsqu'il s'insinue entre mes jambes. Malgré les couches de vêtements qui nous séparent, je sens son érection poindre sur mon sexe, réveillant cette faim que je maîtrise malgré les souffrances et la douleur récentes.

– C'est toi que je choisis, Clara. Et toi, tu me choisis encore ?

– Oui.

C'est un murmure. C'est une prière. C'est un vœu aussi solennel que celui que j'ai prononcé sur son lit d'hôpital.

Ses lèvres s'avancent vers moi pour déposer une ligne de baisers sur le bas de mon visage.

– Tout ce qui nous est arrivé – tout ça ne nous a pas abattus. Ça ne nous a pas détruits. Ça nous a rendus plus forts. Je ne pourrais rien faire sans toi… (Il recule un peu et fixe son regard sur moi.) Alors putain, ne suggère pas une fois de plus que je renonce.

Je ferme les yeux pour lui répondre, envoûtée, intoxiquée par cet afflux massif d'émotions provoquées par son éclatante confession.

J'ai besoin de l'entendre, mais elle devait aussi être dite – et c'est un fait que je ne peux ignorer. Ces derniers temps, il y a eu trop de non-dits entre nous. Nous avons esquivé la vérité en marchant sur des œufs, essayant d'ignorer à quel point nos vies ont drastiquement changé.

Et à quel point elle va encore changer d'ici quelques mois.

La main toujours sur le bas de mon vêtement, je change de position et étale mes doigts sur mon ventre, là où notre enfant grandit en moi.

– Je ne peux pas faire *ça* sans toi non plus.

Alexander sursaute et s'accroupit, un air horrifié se fige sur son beau visage. J'ai envie de le toucher, de le rassurer, mais je sais que ça ne ferait que nous blesser un peu plus.

– Ces mensonges et ces secrets que tu me caches, dis-je en m'appuyant sur les coudes pour l'assassiner du regard, ça doit cesser. Je n'ai jamais eu aussi peur. Pas la nuit où Daniel m'a agressée ni à Westminster. J'ai l'impression de te perdre et j'ai besoin de toi. *Nous* avons besoin de toi.

Le masque d'horreur peint sur son visage disparaît au profit d'une distance calculée, et le feu qui d'ordinaire habite son regard bleu se glace. À la place, deux froids saphirs m'observent dans un silence de plomb.

Un sanglot m'échappe, il obstruait ma gorge. Comment puis-je lui expliquer ce que je ressens ? À quel point j'ai besoin qu'il me rassure ? Encore plus quand il me regarde comme ça.

– Ces jours-là étaient de brefs épisodes de panique. Maintenant, je la sens gravée dans ma chair. Ça me fait mal comme un cancer qui me bouffe lentement, qui me dévore vivante. Je ne peux pas vivre comme ça.

Ma voix se brise encore alors que mon cœur essaie de me faire taire. J'ai peur d'affronter l'avenir seule, mais j'ai encore plus peur de dire ce qui doit être dit. J'en suis sûre. Je sens un doux petit mouvement sous mes mains étalées. En temps normal, je m'en serais à peine rendu compte, mais là c'est le signe dont j'avais besoin.

Toutes mes peurs sur les souffrances que je pourrais avoir à endurer ne sont rien, comparées à l'amour que je ressens pour cet enfant.

– Si tu me choisis moi, alors, tu prends la décision de m'accepter avec lui ou elle aussi. Je choisis de t'aimer et je veux faire ce choix chaque jour jusqu'à ce que la mort nous sépare, mais je ne peux pas te choisir, toi, au détriment de notre enfant. *Je ne le ferai pas* parce que c'est notre enfant. C'est l'incarnation en chair et en os de notre amour.

J'attends qu'il dise quelque chose, mon cœur se brise un peu plus à chaque seconde qui passe. Lorsque je perds le compte, l'humiliation l'emporte.

Tout ça pour ça.

Je regagne à toute vitesse le coin du lit et me lève. Toujours accroupi, Alexander m'observe sans un mot. Nous sommes à quelques centimètres l'un de l'autre, mais il ne fait pas un geste pour m'arrêter. Rien. Il ne me touche même pas.

J'ouvre la bouche, ne sachant pas trop quoi dire, et une seule idée me vient en tête. Mais avant que je ne puisse prendre la parole, son téléphone se met à vibrer dans sa poche.

Nos regards se rivent l'un à l'autre et, tout au fond de moi, je sais que c'est maintenant que tout va se jouer, que mon avenir tout entier sera révélé à nu. Il le sort de sa poche et le colle à son oreille.

– Un instant.

D'un geste du pouce, il passe l'appel en silencieux, mais je suis déjà à mi-chemin de la porte.

– Prends tout le temps qu'il te faut.

Je secoue la tête en me demandant pourquoi mes larmes ont arrêté de couler. Il prend une grande inspiration.

– Mes secrets te protègent, Clara.

– Tes secrets ont détruit notre couple.

Je n'attends pas qu'il essaie de me retenir. Je sais qu'il ne le fera pas. Il a choisi.

# CHAPITRE VINGT-HUIT

Le garde ne pose pas de questions en me voyant sortir la nouvelle Range Rover, même s'il est déjà minuit passé. J'ai juste pris mon sac à main et rien d'autre, mais personne ne m'a arrêtée. À une époque, je n'aurais pas pu sortir de chez nous toute seule. Une époque où Alexander aurait insisté pour que je sois escortée. Une époque où il aurait envoyé Norris m'intercepter.

C'est une époque révolue.

Je m'attendais à avoir plus mal qu'il n'en ait plus rien à faire. Je me suis battue contre lui sur la question de la sécurité et des gardes du corps. D'un certain côté, j'ai enfin obtenu ce que je voulais. Non, ce n'est pas son manque d'intérêt qui fait mal. C'est le déni.

Alexander peut dire qu'il m'aime. Il peut lutter pour moi et même d'ailleurs *contre* moi. Mais il nie l'existence de la pure incarnation de notre amour : notre enfant.

Il n'y a plus de place pour la souffrance. Mon cœur ne peut pas se briser plus sans devenir poussière et s'envoler à chacun de mes souffles.

Je boucle la ceinture de sécurité et franchis la grille de Clarence House. Un groupe d'intrépides reporters se réveille d'un bond et patauge sous la pluie pour obtenir une photo. J'appuie à fond sur l'accélérateur, faisant crisser les pneus de la voiture pour m'engouffrer à toute vitesse dans la rue.

Ils ont pris quelques clichés. Je cligne des yeux pour chasser les taches sombres qui dansent dans mon champ de vision à cause des flashs. On va encore spéculer sur mes agissements, mais je n'en ai plus rien à faire. Je comprends enfin qu'on se posera toujours des questions. Mais maintenant, je sais aussi que je n'ai pas à les éviter. C'est impossible. Je dois maintenant protéger mon bébé.

Je ne veux pas qu'il grandisse sans Alexander, mais je refuse de rester à ses côtés pour jouer à faire semblant. J'ai vu comment la rancune peut empoisonner la relation entre un père et son fils. Je ne laisserai pas ce même genre de situation se reproduire. Le plus beau cadeau que je puisse lui offrir est une vie normale pour notre enfant, même si ça implique une vie sans lui.

Maintenant, je le comprends. Je ne peux qu'espérer que lui aussi le comprenne un jour, quand il ne sera plus aveuglé par le deuil et la culpabilité.

Je débarque sur l'autoroute M1 relativement déserte à cette heure-ci. Les gens *normaux* sont au lit chez eux. Ils dorment pour aller travailler demain. *C'est ça* que je veux. La normalité. Mais je dois d'abord la trouver. Quelques taxis me doublent pour rejoindre la banlieue. La pluie cogne contre leurs signalétiques lumineuses alors qu'ils conduisent leurs passagers à bon port.

Je ne sais pas du tout où je vais. Je sens une extrême tension dans ma poitrine, comme un élastique au bout de ses forces, et j'ai du mal à respirer, une grosse boule de larmes bouche ma gorge. J'ai envie de pleurer. Il faut que j'expulse la douleur piégée dans mon corps. J'ai désespérément envie de laver de mes larmes cette souffrance de mes erreurs passées.

Mais ce n'est pas la fin d'une relation ordinaire. C'est la relation qui a justifié tous les moments de ma vie, à la fois mon passé et mon avenir. Impossible de faire sortir Alexander de ma vie, pas plus que je ne peux me débarrasser du sang et des veines qui font battre mon cœur brisé. Alors, quelle importance de choisir une destination plutôt qu'une autre ? Tous les chemins que je prendrai seront teintés de son absence.

La lumière de mes phares éclaire un panneau. *Écosse*. Je vais aller à Balmoral pour me donner le temps de prendre une décision. J'ai des gens à appeler, un rendez-vous à annuler avec le médecin et toute une vie à régler dans la ville que j'ai laissée derrière moi. Mais pour l'instant, j'ai envie d'être seule et les Highlands semblent être le meilleur des endroits au monde pour se retirer.

***

Une demi-heure plus tard, les grognements de mon estomac, suivis par une palpitation de sa petite majesté, me rappellent que j'ai sauté le dîner. Je caresse mon ventre et je sors de l'autoroute pour trouver une station-service.

Me demandant s'il peut déjà m'entendre, je m'adresse à lui d'une voix douce.

– Maman est désolée.

Ça fait du bien de lui parler. D'avoir un lien tangible avec une personne que j'aime, même si je ne l'ai jamais rencontrée.

– Maintenant, je vais mieux m'occuper de nous deux.

Dix minutes plus tard, je ressors d'une boutique avec un paquet de chips et un jus de fruits en me promettant de faire mieux demain. J'ouvre le sac en entrant les coordonnées de ma destination dans le GPS de la Range Rover. Avec la tempête dehors, il est de plus en plus difficile de lire les panneaux. Balmoral est à huit heures de route. Je suis pratiquement sûre d'y arriver en me reposant sur ma détermination. J'ai besoin d'autant de distance que possible entre Alexander et moi. Un pays entier est un bon début.

Je retourne sur l'autoroute, les essuie-glaces sur la plus grande vitesse. La pluie a repris de plus belle. D'averse printanière, elle a viré au déluge. Des éclairs zèbrent les ténèbres vers lesquelles je me dirige et le craquement du tonnerre accompagne chaque flash lumineux, faisant vibrer la Range Rover. Mais ce qui me fait vraiment sursauter, c'est la sonnerie stridente du téléphone quelques secondes plus tard.

Et merde et remerde. J'ai mis mon téléphone sur silencieux, mais il a dû se connecter automatiquement à la voiture en passant par le Bluetooth.

Une plaisante voix féminine m'informe :

– Appel d'Alexander.

J'appuie sur la commande vocale près du volant et lui réponds :

– Rejeter l'appel.

Il fait trop sombre et la route est trop dangereuse pour prendre le risque de fouiller dans mon sac pour éteindre mon téléphone. C'est peut-être mon nouvel instinct maternel qui s'est mis en route, mais il n'y a pas moyen que j'ôte une main du volant. Lorsque le téléphone sonne pour la dixième fois en moins de vingt minutes, je me range sur le bas-côté, bien contente que la route soit déserte à cette heure-ci et j'extrais mon téléphone. Mais c'est le visage souriant d'Edward qui s'affiche sur l'écran. Visiblement Alexander a fait appel à un ami. Je réfléchis un instant avant d'accepter la communication. Je ne suis pas une fugitive, alors il n'y a pas de raison, je peux être honnête et lui parler de mon projet. J'ai juste envie d'être seule et je sais qu'Edward peut comprendre ça.

– Allô ?

– Clara ! Ça va ? Où es-tu ?

C'est bien la voix d'Edward qui résonne dans l'habitacle. Je regarde la route devant moi pour voir si je peux lire un panneau, mais entre la pluie battante et la nuit d'encre, impossible de voir quoi que ce soit.

– Ça va. Et je n'en ai aucune idée. Je ne sais pas du tout où je suis.

– Reste où tu es, m'ordonne-t-il. Il y a un mouchard dans la voiture. Je vais envoyer quelqu'un te chercher.

– Comme de bien entendu, je réponds en marmonnant. Je ne suis pas perdue. J'ai quitté Londres sur la M1. Il fait trop sombre pour que je sache où je suis très précisément, mais ce n'est pas nécessaire de m'envoyer quelqu'un. J'ai un GPS.

– Je me sentirais mieux.

– Edward, dis-je en baissant le ton pour lui faire ma confidence. C'est terminé. Je l'ai quitté. Je ne peux pas revenir.

Il y a un petit silence avant qu'il ne reprenne la parole.

– Dis-moi simplement où tu vas. Je viens te rejoindre.

Sa proposition débloque une nouvelle vague de larmes qui ont commencé à monter à mes yeux à l'instant où j'ai entendu le son de sa voix. Je les essuie d'un geste, frustrée d'avoir ajouté un cœur brisé à mon yo-yo hormonal.

– Balmoral.

– Balmoral ? répète-t-il, choqué. Bon Dieu, c'est à plusieurs heures de route. Arrête-toi dans le village le plus proche et je viens te retrouver. On peut aller où tu veux, mais il est très tard. Tu devrais dormir.

– Edward…

Je ne termine pas ma phrase, parce que j'entends une voix étouffée à ses côtés. Il parle à quelqu'un d'autre. Quelqu'un qui est dans la même pièce.

Je n'ai pas à chercher longtemps pour savoir qui c'est.

– Clara.

Alexander dit mon nom avec tant de puissance que mon corps réagit comme s'il était juste à côté de moi. Mes tétons durcissent et ma peau se couvre de chair de poule. Mes larmes coulent encore plus vite, à l'instar de la pluie incessante qui bat les carreaux de la voiture et les coups impatients qui se répètent dans mon ventre. J'imagine que ma petite majesté peut nous entendre et qu'il reconnaît la voix de son père.

– S'il te plaît, reste là où tu es.

Il me parle posément, mais il y a une certaine anxiété dans sa voix.

– Je ne me doutais pas que *s'il te plaît* faisait partie de ton vocabulaire.

Je ne me souviens pas de l'avoir déjà entendu me le dire.

– Quand tu me diras que tu vas m'écouter, je te dirai même merci.

Il a maintenant pris un ton suave et charmant, ce même ton qui m'a fait tomber dans ses filets au début.

Je secoue la tête avant de me rendre compte qu'il ne peut pas me voir, mais je ne peux pas me persuader de dire non. Le silence s'étire entre nous, soulignant la distance qui nous sépare réellement, jusqu'à ce que le tonnerre retentisse en brisant ce vide avec fracas.

– Tu es déjà partie, dit-il. Je ne pourrais pas supporter que tu me dises adieu ce soir en plus. Laisse-moi te ramener à la maison.

Je réussis à enfin lui répondre :

– Impossible. Je ne peux pas revenir. Nous savons tous les deux que c'est la fin, X. Tu m'as avertie depuis le début. C'est *toi* qui m'as dit de partir.

– C'était quand tout ce que je savais de toi, c'était ton nom.

– Tu m'as avertie, et pourtant tu t'es lancé à ma poursuite.

Ma voix se brise, perdue entre l'accusation et les souvenirs.

– Je n'ai pas pu m'en empêcher, admet-il. Tes soupirs étaient tellement parfaits quand je te touchais.

Je ferme les yeux, enivrée par sa confession. Même si je pouvais lui pardonner, ça ne changerait rien. Il poursuit :

– Est-ce que je te l'ai déjà dit ? Est-ce que je t'ai déjà dit que ce petit soupir qui s'échappe de tes lèvres quand je prends ta main ou que je te serre dans mes bras est parfait ? Je vis pour ce son. J'en ai tellement besoin. Ça m'a pris beaucoup de temps de comprendre pourquoi ce simple petit soupir pouvait me faire un tel effet, mais maintenant, je le sais. C'est l'expression de la satisfaction la plus complète – celle d'un amour et d'une confiance absolus. Et tu as poussé ce petit soupir le jour où je t'ai rencontrée.

J'ai attendu ma vie entière de pouvoir l'entendre et je ne le savais même pas.

– X, non.

Je l'interromps en déglutissant avec force. Mes mains s'approchent du tableau de bord d'où provient le son de sa voix.

*Il n'est pas là.*

Je dois me le rappeler en tapant le volant de mes poings.

– Tu en sais bien plus sur moi maintenant, mais tu continues à avoir des secrets, dis-je en murmurant. J'ai vu trop de gens que j'aime ignorer volontairement les mensonges. Je ne veux pas vivre comme ça.

– Ce n'est pas un secret.

Le ton de sa voix passe de la douceur du souvenir à la détermination la plus féroce en un instant :

– Je te…

– Laisse-moi deviner, dis-je en l'interrompant dans un sanglot de colère. Tu me protèges ? De quoi ? De la souffrance ? Je n'ai pas besoin de tes mensonges. Ils ne me protègent pas, ils me blessent.

– Bon Dieu, Clara, rugit-il en faisant résonner son exclamation dans l'habitacle confiné. Quelqu'un a tué mon père. Ils…

– Daniel. Daniel a tué ton père et Daniel est mort.

– Ce n'est pas aussi simple. Quelqu'un lui a donné des informations, une arme – c'est mon devoir de trouver qui c'est.

Je m'affaisse sur mon siège, posant mon front contre le volant, soudain vaincue par l'épuisement.

– Pourquoi me cacher une chose pareille ?

– Parce que tu étais occupée par des choses plus importantes, répond-il d'un ton cassant. Des choses qui ne te rappellent pas ce jour ni son souvenir.

– Non, dis-je si doucement que je doute qu'il m'ait entendu. J'étais occupée à me sentir seule, parce que tu m'as exclue de ta vie.

– Nous pouvons nous en sortir, répond-il d'une voix redevenue douce.

– Alexander…

Un poignard s'enfonce dans ma poitrine, mais je sais ce que je dois faire. Je sais ce que je dois dire :

– … Il n'y a pas de *nous*.

– Ne redis plus jamais ça, m'ordonne-t-il. Toi et moi, nous…

Je lève la tête, luttant pour trouver la bonne façon de lui expliquer. Je sais qu'il n'existe pas de mot magique qui puisse rompre le lien qui nous unit.

– X, je…

L'abominable crissement du métal déchiré me coupe la parole et expulse tout l'air de mes poumons alors que mon corps est propulsé avec violence contre le volant. Le monde se met à tourner. Le verre vole en éclats et danse autour de moi alors que je suis en apesanteur, que je flotte en l'air, mais je n'ai pas d'aile. Tout ce qui me retient, c'est sa voix qui crie mon nom – même lorsqu'elle ne retentit plus.

# CHAPITRE

# XXIX

Tout s'immobilise. Le monde s'arrête, il n'y a plus qu'une seule chose qui vibre : le son qui résonne dans le téléphone.

Le fracas du métal.

L'explosion du verre.

Le silence.

– Clara !

Mais je sais qu'elle ne répondra pas. Mon estomac se retourne et je tombe à genoux, des haut-le-cœur me font répandre de la bile sur le sol.

Tout autour de moi, je vois des flammes s'élever. Je m'écroule un peu plus, je regarde mes mains, mais il n'y a pas de sang même si j'ai l'impression de sentir le verre sous mes paumes.

– Alex !

Je cherche les flammes, le son de la voix, mais je suis seul au milieu de la désolation.

Un million de questions m'assaillent l'esprit, je cherche des réponses. Ce n'est pas normal. Je ne suis pas censé être là. Puis quelque chose vibre sous ma main, que je soulève pour découvrir un téléphone.

L'écran s'illumine.

*Appel terminé.*

Pourquoi ai-je un téléphone ? Mon regard se tourne vers l'accident pour découvrir qu'en fait je suis dans le bureau de mon père à Buckingham.

Non, *mon* bureau.

*Non !*

Ça recommence.

C'est *elle.*

– Alex !

La voix est accompagnée d'une secousse, je lève les yeux et comprends qu'Edward me regarde. Il me prend le téléphone des mains et crie son nom à son tour.

Je dois me débarrasser du brouillard, je secoue la tête. Je dois lui dire qu'elle n'est plus là.

Appel terminé.

C'est terminé.

C'est de ma faute.

Le hurlement du métal emplit mes oreilles, je plaque mes mains dessus pour faire taire le bruit.

Edward parle. Il est au téléphone. Je dois lui dire.

– Norris est en route, mais appelle la police et préviens l'hôpital le plus proche.

Norris. Police. Hôpital. Peu importe, elle est déjà partie.

*Non*, me dit une petite voix. *Maintenant, il faut se battre.*

Je me relève. Je dois me battre. Il est peut-être encore temps.

*Clara.*

Clara a besoin de moi. Ce n'est pas un rêve. Ce n'est pas un flash-back. Mon estomac menace de se soulever encore une fois, mais je le maîtrise.

– Où est-elle ?

– Norris est déjà en route et nous avons contacté les services de police les plus proches. Elle est à environ quatre-vingts kilomètres de Londres, près de Salford.

– Je dois la rejoindre.

Je sors de la pièce sans dire un mot de plus, Edward sur mes talons.

– Alexander, les secours sont en route.

– Est-ce qu'ils ont un hélicoptère équipé ?

– Je m'en occupe, promet-il. Tu dois y aller tout de suite. Norris est trop éloigné, mais je vais te trouver un chauffeur.

– Trouve-moi un hélicoptère, je réponds d'un ton cassant.

– Les équipes de secours sont déjà en route, répète-t-il, ignorant ma requête.

Je fais volte-face et le plaque contre le mur. À cet instant, je me moque qu'il soit mon frère ou qu'il essaie de m'aider. Tout ce qui m'importe, c'est qu'il m'écoute.

– Trouve-moi un putain d'hélicoptère !

– Tu ne peux pas voler avec un temps pareil.

Il me repousse en secouant la tête.

– Six ans à survoler les zones de guerre me disent que je le peux.

– Ce n'est pas en te tuant que tu la sauveras, dit-il doucement en me touchant l'épaule.

Mais je le repousse.

– Ce qui me tuera, c'est de ne pas la sauver.

Je traverse le couloir menant à l'escalier qui débouche sur l'héliport en parlant par-dessus mon épaule :

– Trouve-moi un hélicoptère.

– Je suis sur le coup, dit-il, cessant toute contradiction.

Son regard croise le mien à l'autre bout du couloir. Il ajoute :

– Tu ne vas pas la perdre.

Non, effectivement.

***

– Je répète : météo trop instable pour voler.

– Tour de contrôle, c'est une urgence.

Je crie dans le micro attaché à mon casque en bouclant mon harnais avant de parer à l'allumage des moteurs.

Une voix désincarnée et frustrée me demande impérieusement de m'identifier :

– Sous quel nom êtes-vous enregistré en tant que pilote ?

– Alexander Cambridge, putain de roi d'Angleterre.

Immédiatement, la frustration de l'homme se transforme en panique.

– Monsieur. Nous ne pouvons pas vous permettre…

– Alors, arrêtez-moi, mais d'abord donnez-moi une autorisation de décollage.

Les pales du rotor fendent l'air, satellisant des gouttes de pluie contre le cockpit lorsque je mets les gaz et que je tire sur le manche. Mon pied s'enfonce sur la pédale de gauche qui pilote la gouverne. J'ai déjà volé dans de pires conditions que celles-ci, mais j'avais l'esprit tranquille ; en partie grâce à ma formation avec la Royal Air Force et en partie parce que je me moquais de revenir de mission vivant ou pas. J'essaie de retrouver ce détachement.

*On se concentre sur les objectifs de la mission.*

*On suit la procédure.*

*On ne pense pas aux prochains coups.*

Avec une météo pareille, je dois me focaliser sur l'instant présent, sinon je suis foutu. Penser à Clara, le corps recouvert de sang sur l'asphalte me traverse l'esprit, mais je l'enterre immédiatement et profondément en moi.

– Concentre-toi.

La peur ne peut pas me contrôler. La peur ne peut pas sauver Clara. Il n'y a que moi qui puisse y arriver. Il n'y a que sa vie qui compte, même si elle finit par me quitter.

L'hélicoptère tremble lorsque je passe de la phase d'ascension au vol de translation, mais j'ajuste le tangage facilement malgré la pluie. Je sais que seuls les bons pilotes peuvent atterrir de nuit. Seuls les meilleurs sont capables de le faire la nuit en pleine tempête. Pour la première fois de ma vie, je remercie Dieu d'avoir été envoyé en Afghanistan. Chaque instant de ma vie m'a-t-il mené vers elle ? Chacune de mes erreurs a-t-elle un but ?

La voix d'Edward résonne dans mon casque, il me relaie les dernières informations sur l'opération de sauvetage en cours. Ses messages sont entrecoupés de ceux de la tour de contrôle qui me répète que l'atterrissage sera difficile et que remonter avec un tel vent sera quasiment impossible.

Je me bats contre la pluie, je force le passage à travers la tempête. Et bien sûr, il a fallu qu'elle se retrouve au beau milieu de nulle part sans aucun centre hospitalier équipé pour accueillir les blessés graves. Aucun dans lequel je puisse faire confiance à l'équipe soignante. J'ai envie de la tenir dans mes bras et de la secouer un bon coup, tout en l'embrassant. Je prends une profonde inspiration, me préparant mentalement à la réalité : je ne pourrai rien faire de tout ça dans l'immédiat.

Une bourrasque pousse l'hélicoptère de côté et secoue l'appareil violemment. Si mes calculs sont exacts, je devrais arriver d'une seconde à l'autre, mais il n'y a encore aucun signal de détresse posé au sol.

Oubliant que mon micro est connecté, je marmonne :

– Bande de cons, j'espère que l'un de vous a pensé à mettre des balises.

– Norris est entré en contact avec la police locale, me rassure Edward dans le casque. Il leur a donné des indications très précises pour sécuriser la zone. Il était à environ une demi-heure de route. Il devrait arriver juste après toi.

Ça ne me rassure qu'à moitié. J'aurais dû l'envoyer à sa poursuite juste après son départ. Rien de tout ça ne serait arrivé. Mais je ne m'attendais pas à ce qu'elle quitte Londres, je n'ai réalisé qu'elle partait pour de bon que lorsque c'était trop tard.

– Hé, dégage tout le monde de cette ligne, je veux te parler à toi seul.

Quelques instants plus tard, la voix de mon frère revient.

– Il n'y a que moi, Alex.

– Si je ne m'en sors pas, épouse David. Deux rois ne détruiront pas la monarchie.

– Je ne pense pas que ça marche comme ça, répond Edward ironiquement.

– On s'en branle. Ce sera à toi de faire ta loi.

– Désolé, je ne suis pas intéressé par le poste. Tu reviens après t'être occupé de ma sœur. Va la chercher, elle et le bébé, et reviens en un seul morceau.

– Ok.

J'ai répondu d'un ton sec. Je ne veux pas laisser les émotions qui frémissent en moi entrer en ébullition. Je débranche le système de transmission et mon cerveau. Personne ne peut m'aider à atterrir. C'est à moi de jouer. Le rotor anti-couple à l'arrière se prend une bourrasque et je m'agrippe au manche à m'en faire blanchir les jointures, luttant pour maintenir l'hélicoptère sous contrôle alors qu'il menace de partir en vrille.

Une image de Clara et de son teint de porcelaine me traverse l'esprit. Un rayon de soleil s'infiltre dans la chambre et tombe sur les draps, illuminant la pièce si calme. Elle me sourit timidement et baisse les yeux vers le petit paquet qui dort paisiblement dans ses bras.

Je tire avec force sur le manche et reprends le contrôle, mais je perds l'image de ce tableau. Un instant plus tard, j'enclenche le frein pour passer en vol stationnaire et entamer la descente.

– J'arrive, mon chou. Tiens bon.

L'hélicoptère touche le sol brutalement, ce qui me provoque un léger coup du lapin. Je suis peut-être un peu rouillé, mais c'est bon, je gère. Au sol, la tempête s'est calmée et les nuages se sont suffisamment levés pour me permettre de voir où je mets les pieds lorsqu'ils touchent le sol trempé.

L'asphalte luit sous les rayons de lune et je lutte pour la rejoindre en me débattant contre les herbes hautes de ce coin de campagne. Impossible de prendre le risque de bloquer la route par laquelle pourrait arriver l'équipe médicale d'urgence, je suis donc à environ un kilomètre de l'accident, si toutes les informations qu'on m'a données en vol sont correctes. Je ne suis pas loin, mais l'idée ne fait rien pour apaiser la peur qui m'envahit. Les gyrophares apparaissent quand je dépasse la crête de la colline.

*Concentre-toi.*

*Une chose à la fois.*

J'enferme ma panique à double tour dans le coin le plus sombre de mon esprit et me force à avancer.

C'est quand j'atteins la route que je le vois. Entouré de bris de verre, le 4x4 est sur le toit, il a fait un tonneau complet. Il n'est pas assez haut. L'habitacle a plié pendant l'accident. Avant, j'étais rassuré de savoir qu'elle était dans une Range Rover – mais en voyant le résultat, ça n'a plus d'importance. Je me prépare au pire et fonce pour m'approcher, mais plus j'avance, plus je vois la violence de la scène, et plus il est difficile de me concentrer car je suis assailli de flashs de vieux souvenirs.

L'autre voiture prend feu et je cours vers elle en dépassant un pompier, mais quand j'arrive à côté, il n'y a plus rien d'autre que les restes calcinés d'une vieille berline. Tout le côté conducteur a été arraché comme une boîte de conserve éventrée. Le regard mort de Sarah me transperce depuis le fauteuil derrière le volant. Je trébuche, je tombe en arrière le souffle coupé, mais quand je me force à regarder à nouveau, c'est un étranger qui me regarde de ses yeux vides. Il est mort. Je ne peux rien faire pour lui.

*On se concentre. Clara.*

– Monsieur !

Un officier de police me tire en arrière pour m'éloigner du véhicule, ce qui ne fait qu'amplifier la confusion entre la réalité et le passé.

La scène me terrifie, je suis bouleversé par les sensations que me renvoient des flash-back de l'accident qui a tué ma sœur. Une écœurante odeur d'essence flotte dans l'air, je ravale la nausée qui me saisit. C'était il y a six ans. Aujourd'hui c'est différent.

Mais le poids de l'instant me retombe sur les épaules – l'odeur âcre du sang et du caoutchouc brûlé ont presque raison de moi.

*Il va y avoir des questions. Et comment vais-je expliquer ça à mon père ?*

*Jonathan me tire en arrière, mais je la serre dans mes bras très fort, comme si je pouvais lui redonner la vie. Pourquoi n'ai-je pas conduit ? Ils n'auraient pas dû être là ce soir.*

Un bras puissant me relève et je suis éjecté de mon flash-back par Norris qui me tire hors de la route.

– Reprenez-vous !

Sans attendre qu'il continue, je lui échappe et avale en courant les derniers mètres vers le 4x4.

– Hé !

Un ambulancier m'attrape par le bras pour essayer de me retenir, mais je me débarrasse de lui. Le véhicule est entouré d'une équipe médicale d'urgence, l'un d'eux se précipite avec une pince hydraulique.

Norris me rattrape lorsque j'atteins la voiture.

– Ne laissez pas le passé s'interposer entre vous. Pas maintenant que vous vous êtes promis l'un à l'autre jusqu'à ce que la mort vous sépare.

Ses mots me dévastent. Je lui ai promis. Et tout ce que je fais remet en question le caractère sacré de mes vœux de mariage.

Je tombe à genoux à côté du 4x4 pulvérisé, à peine conscient du verre et du métal sur le sol. Derrière, Norris parle en mon nom avec les premiers secours pendant que je rampe vers la fenêtre éclatée.

La tête de Clara pend comme celle d'une poupée de chiffon. Son visage est maculé de sang. Elle ne bouge pas, mais elle a bouclé sa ceinture de sécurité. *C'est bien.*

Je me faufile à l'intérieur pour essayer d'attraper la main qu'elle a posée dans un geste protecteur sur son ventre.

Elle ne resterait pas dans cette position si elle était… Elle tomberait mollement.

Mais toute la logique du monde ne m'aide pas à presser mon pouce à l'intérieur de son poignet. Clara pousse un petit cri quand mes doigts se posent sur sa peau, la petite lueur d'espoir que j'ai mise de côté prend de l'ampleur.

– Mon chou, réveille-toi.

Mais elle ne bouge plus.

De l'extérieur de la voiture, une voix impatiente me réprimande. Visiblement, j'ai marché sur les plates-bandes de quelqu'un.

– Ne la bougez pas. Nous allons couper la porte.

J'enlace mes doigts aux siens, puis j'aboie ma réponse :

– Combien de temps ça va prendre ?

– Pas longtemps. Sortez, s'il vous plaît.

– Je ne sortirai pas avant elle.

– Votre Majesté…

– Exactement.

Voilà qui met un terme à l'échange.

Lorsqu'ils sont enfin prêts à découper la tôle, je m'extirpe à contrecœur du véhicule et une main se saisit brusquement de la mienne pour m'aider à me relever.

– Ils disent qu'ils ne sauront pas tant qu'elle ne sera pas sortie, dit Norris à voix basse.

– Vous les avez informés pour le bébé ?

Il hoche la tête pour acquiescer.

– Vous ne pourrez plus garder la grossesse secrète après cette nuit.

Le regard braqué sur l'opération de désincarcération, je réponds en murmurant :

– Je m'en fous. Tant qu'elle s'en sort, nous pourrons affronter toutes les conséquences.

Norris marque une pause et m'observe de son regard sage et triste.

– Pour elle, priez qu'ils s'en sortent tous les deux.

Nous sommes pris de court par un sursaut d'activité et dès que le dernier morceau de la voiture cède sous la pression de la pince, nous nous précipitons.

– Doucement ! s'exclame un pompier lorsqu'ils la libèrent de la ceinture de sécurité.

Elle s'effondre dans leurs bras dès qu'ils sectionnent la ceinture. Je me fraie un chemin entre eux lorsqu'ils l'attachent à une civière.

– Et maintenant ?

– On la ramène en ville et on espère…

– Pas on espère. Pas on essaie. Elle s'en sortira ce soir. C'est compris ?

– Malheureusement, elle a perdu beaucoup de sang et il est toujours possible qu'elle ait une hémorragie interne. Vous devez vous préparer. Je ne peux pas vous garantir que votre femme ou votre enfant survivent à cet accident.

Mes mains se resserrent autour du col de sa chemise avant même que je me rende compte de mon geste.

– C'est inacceptable !

Norris me repousse et demande :
– Que pouvons-nous faire pour aider ?
– Vous n'avez qu'à suivre l'ambulance.
Le secouriste m'assassine du regard en remettant sa chemise en place.
– C'est loin ?
L'ambulancier hésite avant de répondre :
– Une heure de route.
– Est-ce qu'elle a une heure devant elle ?
– Nous n'avons pas le choix.
– Je peux l'y mener. Si vous pouvez maintenir son état stable.
– Généralement, les civils ne…
Je l'interromps :
– Est-ce que j'ai l'air d'un civil ?
Puis je me tourne vers Norris :
– Assurez-vous qu'elle soit stable et en sécurité. L'hélicoptère est à moins d'un kilomètre vers le nord.
– Je dois protester, intervient l'ambulancier. Malgré votre expérience, un vol médical requiert…
– J'ai appris à voler en me battant pour une cause pour laquelle je n'avais aucune affinité – et je n'ai jamais perdu le moindre soldat.
Je le regarde droit dans les yeux d'un air impérieux. Pour une fois, je suis bien content d'être né roi :
– Elle sera en sécurité avec moi.

# CHAPITRE

# XXX

– Votre Majesté.

Le médecin incline la tête pour me saluer formellement. D'un geste de la main, je lui signale que son cérémonial me fait perdre patience.

– Alexander. Comment va ma femme ?

– Elle souffre d'une commotion cérébrale assez sévère qui l'a fait tomber dans le coma.

Je m'effondre sur une chaise et lui fais signe de continuer.

– C'est assez commun après un traumatisme d'une telle gravité. La bonne nouvelle, c'est que nous avons stabilisé son niveau d'oxygène.

– Quand va-t-elle se réveiller ?

– C'est difficile à dire. Certains patients en sortent après quelques heures, d'autres des jours…

Il ne termine pas sa phrase, mais je sais ce qu'il ne dit pas.

Certains n'en sortent jamais.

– L'hôpital a été bouclé pour assurer…

Il continue de jacasser, mais je m'en moque, il y a trop d'informations à assimiler. Il y a quelques heures, j'ai cru la perdre et ça m'a presque achevé de la voir me quitter. Maintenant…

– Et le bébé ?

Je me force à poser la question. J'ai vu l'état de la voiture, alors je sais ce qu'il va répondre.

– Il est trop tôt pour se prononcer. Nous nous sommes concentrés sur l'état de votre femme parce qu'honnêtement, le bébé ne peut pas survivre sans sa mère à ce stade de la grossesse.

Il pose une main sur mon épaule, mais son geste est tout sauf réconfortant.

– Appelez votre famille. Ne restez pas seul.

Seul. Le concept me parle.

Il y a des gens à appeler. Des gens qui m'aideront et il y a ceux qui ont besoin de savoir. Mais sans elle, je serai toujours seul. Je sors mon téléphone de ma poche et le regarde intensément. Norris s'occupe de tous les problèmes de sécurité de l'hôpital. Je devrais appeler Belle et ses parents. Mais je n'arrive pas à me résoudre à composer un numéro de téléphone, peut-être à cause du désespoir qui s'installe en moi, aspirant tout ce qui me reste de combativité. Il me semble impossible que le monde entier ne soit pas, grâce à une sorte d'instinct, déjà au courant.

La porte de la salle d'attente s'ouvre, je prends une grande inspiration. S'il y a déjà des nouvelles, c'est qu'elles ne sont pas bonnes. Mais quand je vois que c'est mon frère qui arrive, je me mets à pleurer.

Edward s'assied sur la chaise à côté de la mienne et attend. Il ne pose pas de questions. Il ne me donne pas de nouvelles. L'avoir ici à mes côtés me fait du bien, mais en même temps, sa présence empire la situation. Il me réconforte, mais le voir ici rend tout plus tangible, plus réel.

Ça veut dire que je suis en train de la perdre, elle aussi.

De perdre tout ce que j'ai.

***

Je résiste à la suggestion d'Edward d'aller me reposer. Je préfère passer mon temps à arpenter les couloirs et à fixer la porte de la salle d'attente. On nous a informés qu'ils faisaient des prélèvements sanguins mais que, tout de suite après, nous pourrions voir Clara. Les minutes s'étirent interminablement, chaque seconde aspire une éternité d'émotions, et nous attendons des nouvelles qui ne semblent jamais venir. Edward s'excuse, sort de la pièce pour prendre des appels et régler des problèmes que je devrais normalement superviser. Il est comme une ombre qui entre et sort de la salle d'attente sans dire un mot et je ne suis qu'à peine conscient de sa présence.

Lorsque le docteur Sullivan revient enfin, de profonds cernes marquent son regard, mais son sourire est rassurant.

– Votre femme s'en sort bien. Toutes ses constantes sont bonnes. Nous aimerions avoir votre permission pour faire une échographie et voir comment s'en sort le bébé.

– Bien entendu, je réponds rapidement. À la condition que je puisse être présent.

Il hésite et une nouvelle vague de peur me serre le cœur.

– Si c'est ce que vous souhaitez, vous pouvez assister à l'examen. Toutefois, vous devez vous préparer. Le rythme cardiaque du bébé est fort sur nos moniteurs externes, mais sa situation est instable.

Je hoche la tête pour montrer que j'ai compris, même si cet avertissement ne sert à rien. Si elle ou lui ont été touchés, aucune préparation ne pourrait m'aider à surmonter cette tragédie. Mais je lui dois d'être là et même plus encore, j'ai envie d'être là. Clara est la source de ma force.

Maintenant, c'est à mon tour d'être là pour elle.

Edward se lève et me serre dans ses bras alors que le médecin m'attend à la porte. Nous n'échangeons pas un mot, mais quand il recule, nos regards se croisent et d'un simple signe de tête silencieux, il me montre sa solidarité. Je ne lui demande pas de m'accompagner ; je dois faire face à cette épreuve tout seul.

La chambre d'hôpital est spacieuse, mais la majeure partie est occupée par le lit et tout un tas de machines qui analysent et enregistrent en silence l'évolution de l'état de Clara. La scène est d'un calme sinistre, mais l'image m'assaille brutalement. Je m'étais préparé avant d'entrer dans la pièce, mais ce n'était pas suffisant. C'est un choc violent de la voir si petite et si pâle, entourée de tubes et d'intraveineuses. Mon estomac se retourne sans que je puisse détourner les yeux. Je suis à la fois soulagé de voir le léger mouvement de son torse, mu par sa respiration, et horrifié par la totale immobilité du reste de son corps. Le côté gauche de son visage est enflé et violacé par le traumatisme crânien, ce qui crée un contraste violent avec le teint cireux du reste de son visage. Tous mes instincts me crient de me jeter sur elle, d'arracher les aiguilles et de la prendre dans mes bras. Je lutte pour ne pas fuir cette pièce en l'emportant. Mais elle a besoin de soins, même si ignorer mon instinct est extrêmement difficile.

Le docteur Sullivan me fait signe de m'installer sur une chaise à côté du lit, je me dirige lentement vers elle pour prendre place à ses côtés.

Incapable de détacher mon regard de la femme que j'aime, je demande à voix basse :

– Je peux la toucher ?

– Oui, m'assure-t-il avant de se tourner vers l'infirmière qui entre dans la pièce avec la machine.

Tout se fond en arrière-plan lorsque je mêle mes doigts aux siens. Sa main est si douce et si fragile dans la mienne. Elle est épouvantablement froide, la chaleur réconfortante que je trouve d'ordinaire dans ce simple geste est absente. Une machine à côté de son lit se met à clignoter dans tous les sens et je regarde immédiatement le médecin qui étudie son rythme cardiaque.

– C'est… intéressant.

Je déglutis avec force, ma bouche et ma gorge sont sèches. J'attends qu'il poursuive.

– Parfois, les constantes des patients dans le coma varient lorsqu'ils sont au contact d'un proche pour lequel ils ont des sentiments, précise-t-il en souriant de manière encourageante. Je dirais qu'elle sait que vous êtes à ses côtés.

Je serre sa main en espérant voir un autre signe, mais son pouls reste stable. C'est égoïste d'espérer que je pourrais d'une manière ou d'une autre la faire sortir de cet état, mais ça ne va pas m'empêcher d'essayer.

Le médecin continue de parler pour expliquer ce que nous allons voir et ce qu'il fait à chaque étape en se préparant pour l'examen. Une infirmière se faufile à mes côtés et retire le drap avant d'arranger la blouse de Clara, mais je ne bouge pas.

Mon regard reste rivé sur elle, j'observe les tressautements de ses cils, espérant furieusement que ses lèvres s'ouvrent.

*Dis quelque chose.*

Mais il n'y a pas d'autre signe qui indique qu'elle sent ma présence. Je suis à la dérive. Déraciné. Je m'agrippe à sa main, ce faible lien qui me relie au reste du monde.

Un bourdonnement s'élève de la machine, suivi d'un petit souffle, mais je ne me retourne pas. Je lève sa main pour la porter à mes lèvres et j'y presse un baiser, désespéré de ne pouvoir emplir le vide entre nous.

Le médecin m'appelle pour attirer mon attention vers lui :

– Alexander, j'aimerais vous présenter quelqu'un.

Je dois faire appel à toute ma détermination pour détacher mon regard d'elle, mais lorsque mes yeux se posent sur l'écran, le poids qui lestait mon cœur disparaît soudain.

– Elle a l'air d'aller très bien, affirme le docteur Sullivan, l'air vraiment soulagé.

– Elle ?

– Elle, confirme-t-il.

– Tu avais tort, dis-je à Clara, le regard toujours braqué sur la minuscule créature qui danse sur le moniteur de la machine.

Elle.

Elle.

*Elle.*

Une chaleur envahit le vide qui s'était creusé en moi. Elle explose dans mon torse et s'enroule autour de mon cœur. Elle me ramène au présent, dans le monde – dans ma famille. J'ai trouvé le sens que je cherchais dans un endroit que je craignais d'explorer. Les ténèbres qui ont plongé ma vie dans l'ombre s'évaporent, il n'y a plus qu'elle. Voilà, je sais enfin, sans l'ombre d'un doute, que j'ai fait quelque chose de bien de toutes mes erreurs.

Le docteur Sullivan appuie sur un bouton et l'écran se vide. Je cligne des yeux. Notre enfant me manque immédiatement. Il tend la main, tire une feuille de l'imprimante attachée à la machine et me la donne. Je tiens la photo de ma fille d'une main et les doigts de ma femme de l'autre. Comment est-il possible de ressentir de la joie dans des circonstances aussi traumatisantes ?

L'infirmière essuie le gel de l'échographie et remet le drap en place. Je lui demande alors :

– Je peux rester avec elle ?

Le médecin réfléchit un instant avant d'accepter.

– Je vais demander à une infirmière de vous faire installer un lit de camp.

– Ça ne sera pas nécessaire.

La chance pour que je lâche sa main est infime – et pour que j'arrête de la regarder : inexistante.

– Il va bien falloir que vous dormiez à un moment ou à un autre. Elles vont avoir besoin que vous vous occupiez d'elles.

Mais il ne s'oppose plus à moi. Je l'arrête avant qu'il sorte de la pièce.

– Docteur ? Vous avez dit qu'elle peut m'entendre, mais peut-elle comprendre ce que je dis ?

– Les récits varient d'un survivant à l'autre. Certains se souviennent de tout ce qui s'est passé lorsqu'ils étaient dans le coma et ont fourni des détails très précis. Mais ce cas semble rare. En fait, c'est comme si le corps redirigeait toutes les fonctions vers un seul but : la guérison. Beaucoup d'anciens patients décrivent leur période dans le coma comme un rêve. Ils se souviennent d'avoir entendu des voix et vu des lumières, mais pas plus que vous ou moi en se réveillant. Mais des recherches et ma propre expérience me permettent de penser que les constantes des patients sont altérées en présence de proches, comme nous l'avons vu un peu plus tôt, précise-t-il, la main sur la poignée de la porte. Il n'y a qu'une seule chose que toutes les personnes sorties du coma ont en commun. Elles se sont toutes senties prises au piège – perdues si vous voulez – jusqu'à ce que quelque chose les ramène. Si Clara est prise dans les ténèbres, elle a besoin de vous pour la guider vers la lumière.

Il me laisse seul, mais je ne ressens plus cet isolement qui me paralysait dans la salle d'attente. Elles sont là, avec moi. Je le sais.

– Clara.

Son nom tombe de mes lèvres, plus comme une expiation que comme un ordre.

– J'aimerais pouvoir t'ordonner de te réveiller, mais nous savons tous les deux que tu peux être têtue.

Je fais une pause et prends une grande inspiration pour y puiser des forces.

– J'aime que tu sois obstinée, mon chou. Ça me rend dingue quand tu t'opposes à moi. C'est peut-être pour ça que je ne peux pas m'empêcher de te toucher.

J'espère qu'elle sera comme toi. Tenace et courageuse. Je sais que c'est déjà le cas, qu'elle te ressemble déjà. Je ne pensais pas que je pourrais désirer quelqu'un – avoir besoin d'une présence – jusqu'à ce que tu me grondes ce jour-là à l'Oxford et Cambridge club parce que je fumais. Je n'avais même pas envie de te dire que je ne fume pas vraiment, parce que j'appréciais trop ton côté sexy quand tu es énervée. Avant toi, je n'avais jamais compris ce que je désirais. Et jamais je n'aurais pu croire que je voudrais faire venir un enfant sur cette Terre.

Le médecin m'a dit qu'il fallait que je te guide pour sortir des ténèbres, mais comment suis-je censé faire ça ? Tu es mon âme, Clara. Tu m'as guéri et je t'ai ignorée pour me punir, par représailles envers moi-même. Je suis les ténèbres. Comment puis-je devenir ta lumière ?

Je me penche en avant, je couvre la petite bosse qui enfle son ventre de mon autre main.

– Je veux cette vie. Je choisis cette vie. Je te veux toi. Je la veux *elle aussi*. Je ne sais pas si je peux te faire revenir à la maison, mais je ne te quitte pas – je ne vous quitte pas toutes les deux. Je ne vous laisserai plus jamais partir.

Je pose ma tête sur nos mains jointes et je répète mes promesses jusqu'à ce que ma bouche soit trop sèche pour parler – jusqu'à ce que ces mots, prononcés à voix basse, deviennent des prières silencieuses.

# CHAPITRE

# XXXI

– Va. Dormir.

Belle réussit le tour de force de transformer une simple affirmation en un ordre. Elle se déchausse d'un petit mouvement de cheville en envoyant valser ses ballerines avant de s'asseoir en tailleur.

– Es-tu sorti de cette chambre aujourd'hui ?

– Il n'est pas sorti de la chambre de la semaine, moucharde Edward en tirant une chaise à côté de la meilleure amie de Clara.

Tous les deux se tournent vers moi pour me dévisager.

– Vous avez répété la scène ?

En vérité, les avoir à mes côtés m'aide à supporter cette épreuve. Après une semaine pendant laquelle Clara est restée stable mais sans montrer le moindre signe de progrès, je commence à perdre espoir. Leur présence me procure une distraction, je n'ai plus à penser à mon incapacité à faire quoi que ce soit pour aider ma femme et ma fille.

– Tu n'as pas un pays à gouverner ? demande Belle crânement.

– Heureusement, dis-je en désignant Edward d'un geste de tête, je l'ai lui pour ça. En fait, c'est surtout un boulot de représentation.

En fait, pas du tout. Edward fait tampon pour retenir le barrage de questions et de requêtes qui s'empilent en mon absence, mais il va bientôt falloir prendre une décision.

Et je sais où est ma place.

J'agrippe la main de Clara un peu plus fort.

– Déjà, réjouis-toi, j'ai réussi à le forcer à aller se doucher, précise Edward.

J'ai enfin réussi à le convaincre d'arrêter de m'apporter des chemises et des pantalons de costume. J'attire moins l'attention des autres patients en jean et en t-shirt. Ma main libre gratte la barbe qui envahit mes joues. Les cinq minutes par jour qu'il m'a convaincu de passer loin d'elle ne me laissent pas le temps de me raser.

– Tu vas devoir supporter la barbe, lui dis-je en murmurant.

Belle et Edward sont très forts pour prétendre ne pas remarquer quand je lui parle doucement.

– Il est deux heures, dit Belle, prenant un air faussement menaçant.

– Fermez les écoutilles, ajoute Edward.

J'ai abusé de mon pouvoir en insistant pour qu'ils aient tous les deux accès vingt-quatre heures sur vingt-quatre à la chambre de Clara et ils ont fait des roulements, réussissant à parfaire l'art d'être assez présents pour me montrer leur soutien tout en sachant quand j'ai besoin d'être seul en tête à tête avec ma femme. On ne peut pas dire la même chose de la famille Bishop. J'ai essayé de ne pas prendre pour moi le fait que les constantes de Clara ne s'altèrent qu'en présence de sa mère, surtout après que le médecin m'a calmement informé que ces changements pouvaient aussi être des signes de contrainte. Madeline est arrivée avec armes et bagages et j'ai vite demandé à Norris de leur procurer un endroit où dormir – mais aussi qu'ils soient soumis à des heures de visite strictes.

La mère de Clara débarque dans la chambre en s'agitant, avec la présence chaotique d'une poule désorientée. Elle s'empare du dossier accroché au pied du lit et parcourt les notes prises par l'équipe médicale en déversant un déluge de questions :

– Est-ce qu'elle a donné des signes de conscience ? Comment est le rythme cardiaque du bébé ? Vous avez demandé une autre échographie ?

– Maman, intercède Lola en essayant vaillamment de la maîtriser.

C'est peine perdue, mais j'apprécie tout de même son geste. La sœur de Clara peut être un peu agressive, mais après une semaine à l'avoir vue gérer Madeline, nous avons commencé à forger un lien solide.

Madeline s'installe de l'autre côté du lit et caresse doucement le front de Clara.

– Réveille-toi, mon bébé.

Malgré le chaos qui l'accompagne au quotidien, je n'ai rien à redire à son implication totale dans son rôle de mère. La femme au brushing excessif que je connaissais est aux abonnées absentes, remplacée par une mère en survêtement et queue-de-cheval.

– Je vais parler au médecin, annonce-t-elle. Nous demandons cette échographie depuis des jours.

Certes, elle a à cœur de défendre les intérêts de sa fille, mais elle veut aussi contrôler la situation. J'ai permis que certaines de ses demandes les plus minimes soient satisfaites. Toutefois, la situation est devenue critique entre nous.

– Ce n'est pas nécessaire, dis-je pour l'arrêter avant qu'elle n'arrive à la porte. Nous avons discuté et conclu que médicalement, ce n'était pas nécessaire.

En fait, c'est moi qui l'ai décidé. Le docteur Sullivan était plus que d'accord pour faire cet examen.

– C'est ridicule, fulmine-t-elle. Est-ce trop demander qu'on me rassure sur la santé de ma petite-fille ?

– Ils monitorent le rythme cardiaque fœtal. Tout va bien, dis-je en remarquant que la tension de Clara s'élève.

– Je suis sûre que le médecin a de bonnes raisons, dit Lola en rejoignant sa mère pour la ramener au milieu de la chambre.

– Ce n'est pas raisonnable, s'entête-t-elle. (Le pouls de Clara fait un bond.) J'ai le droit de savoir si ma fille est en bonne santé. Elle ne m'empêcherait jamais de voir une échographie.

– Elle ne t'a même pas dit qu'elle était enceinte, finit par la contrer Lola d'un ton sec en plantant ses mains sur ses hanches. Elle est enceinte de cinq mois et tu viens juste d'être mise au courant, alors arrête de croire que tu sais ce qu'elle veut !

– Ne parle pas à ta mère sur ce ton ! la réprimande Harold, à la surprise générale.

La plupart du temps, j'oublie qu'il est là.

Lola tente de répondre, mais il la coupe net.

– C'est exactement le problème. Cette famille ne peut pas continuer à se mentir les uns aux autres.

Mais au lieu d'avoir l'air en colère, il semble blessé. Il passe sa main dans ses cheveux devenus rares.

– Ça te va bien de dire ça, rétorque Lola d'un ton froid.

Le moniteur cardiaque se met à biper à toute vitesse et je lève immédiatement les yeux.

– Nous faisons tous des erreurs, commence Harold.

– Sauf Clara, l'interrompt Lola.

– Assez !

Je rugis mon ordre en me levant si rapidement que ma chaise tombe à la renverse.

– *Tout le monde* dehors.

– Alexander ! Elle pourrait vous entendre, rétorque Madeline la main sur le cœur.

J'avance vers eux en pointant la porte du doigt.

– Dehors !

– Je viens à p…

– Dehors !

Edward et Belle entrent en action et commencent à rassembler leurs affaires pour les faire sortir. J'attrape mon frère par le bras et lui murmure :

– Va chercher Norris.

Le garde du corps arrive un instant plus tard, entre dans la chambre et ferme rapidement la porte derrière lui.

– Un Bishop à la fois.

Il rit doucement en appréciant mon ordre.

– Compris. Comment va-t-elle ?

– Elle tient bon.

Je lui ai donné la même information toute la semaine. Je n'ai rien d'autre à lui donner et ça me déchire complètement.

– Elle est forte, me rappelle-t-il en sortant. Et vous aussi.

Normalement, le silence assourdissant qui emplit cette chambre détruit peu à peu ma foi, mais là, je l'accueille avec soulagement. En revenant vers les moniteurs de Clara, je m'aperçois que son rythme cardiaque est revenu à la normale.

– Tu aimes toujours quand je contrôle la situation, mon chou ?

Ses lèvres remuent légèrement, je m'immobilise. C'est certainement le fruit de mon imagination, juste un symptôme de mon manque de mon sommeil et de mon excédent de désespoir.

Mais quand même…

Je m'arrête à un coin du lit et reprends sa main.

– C'était un sourire ? Tu aimes quand je me mets à donner des ordres ?

Cette fois-ci, je n'imagine rien. Je déglutis avec force, résistant encore à la possibilité de croire que ça pourrait être un signe.

Je m'approche encore et replace une mèche de cheveux derrière son oreille. Elle soupire.

– Tu te souviens de l'histoire de la Belle au Bois Dormant ? lui dis-je en murmurant. Réveille-toi, mon chou.

J'effleure ses lèvres des miennes, mais elle reste immobile. Ce n'est pas en étant un gentleman que j'irai bien loin. Bien sûr, je ne l'ai jamais été avec elle. Le corps de Clara réagit à mes caresses – à la domination – mais vu sa condition, je vais devoir me cantonner à la suggestion.

– Je ne suis pas le prince charmant et je ne demande pas.

Ses cils papillonnent légèrement.

– Peut-être qu'il faut que je trouve une autre manière de te réveiller.

J'incline ma tête pour l'embrasser dans le cou. Je fais glisser la blouse d'hôpital avec mon menton et je continue ma descente le long de son épaule nue.

– J'ai en stock quelque chose de mieux qu'un baiser d'amour véritable.

– Je suis à peu près sûre qu'un petit con m'a déjà fait le coup, dit-elle d'une voix rocailleuse entre ses lèvres sèches.

Je la serre dans mes bras avant même de penser que ça pourrait être une mauvaise idée, la tirant contre moi jusqu'à ce qu'elle grimace et se débatte. Mais je ne peux pas la lâcher complètement.

– De l'eau, demande-t-elle de sa voix rauque.

Je passe à l'acte, renversant de l'eau partout sur la petite table à côté de son lit avant de finalement la porter à ses lèvres.

– Tout ce que tu veux, mon chou.

Elle grogne et laisse tomber sa tête sur mon épaule en me regardant d'un air timide.

– Des œufs, des toasts avec du beurre et de la confiture. Je meurs de faim.

J'appuie sur l'interphone et elle m'attrape la main.

– Et ensuite, j'aimerais que tu finisses de me raconter ton histoire, mais uniquement si elle se termine bien, murmure-t-elle les yeux grands ouverts et pleins d'espoir.

– Un vrai conte de fées, je lui promets. Avec un roi, une reine et une princesse.

– Une princesse ? demande-t-elle la voix pleine de surprise.

– Princesse, dis-je en retrouvant ses lèvres. Une magnifique et parfaite princesse. Clara, je…

Mais je suis interrompu par une infirmière qui débarque dans la chambre et qui, choquée, crie devant la scène sous ses yeux. Clara éclate de rire, mais c'est un rire las et je m'allonge encore un peu à ses côtés pour quelques précieuses secondes avant qu'ils ne se mettent à la tâter et la piquer de partout.

Elle se tourne vers moi, le regard irradiant d'amour. J'ai tellement de choses à lui dire, mais ça peut attendre. Nous avons tout le temps.

# CHAPITRE

# TRENTE-DEUX

J'étire les jambes en appuyant bien mes pieds sur le sol et je savoure l'exquise sensation de courbatures dans mes membres. Après avoir été coincée dans un lit d'hôpital pendant une semaine et demie, je profite du moindre mouvement. Je découvre qu'il y a peu de meilleures sensations sur cette Terre qu'une douche bien chaude, des jambes épilées et des dents brossées. Enfin, je peux certainement en trouver quelques autres, mais quand je pense à la quantité d'agents de sécurité qui m'escortent pour regagner Londres, je préfère *ne pas* y penser.

– Tu as faim ? me demande Alexander en prenant ma main.

Son autre main reste fermement sur le volant d'une Range Rover Discovery flambant neuve. Pour me conduire à la maison, il s'est habillé simplement. Il porte une chemise ajustée qui souligne sa carrure athlétique et met en valeur ses biceps musclés. Il me fait un petit sourire qui me renverse complètement.

– Aurais-tu quelque chose en tête, X ? dis-je sur un ton suggestif en me penchant vers le milieu du tableau de bord.

– Oh non, Votre Majesté. Vous êtes censée rester alitée, m'informe-t-il.

– Je n'ai pas encore été sacrée reine.

– Tu es ma reine.

Je fonds un peu, mais je ne peux pas trop savoir si c'est à cause de ce qu'il a dit ou de mon intense frustration sexuelle. Les derniers jours avant d'être autorisée à sortir de l'hôpital ont été pleins de baisers enflammés et de sous-entendus, mais il s'est retenu, ne laissant jamais la situation déborder et dépasser le stade du flirt innocent. Alors, je le corrige :

– C'est le médecin qui a parlé de repos.

– Ne me tente pas, mon chou, sinon tu ne pourras pas te reposer du tout.

Il regarde dans le rétroviseur pour vérifier que la route est sans danger avant de prendre une sortie.

Je le suspecte d'être encore plus protecteur qu'il ne le laisse entendre.

– Le médecin a dit qu'on pouvait reprendre une activité sexuelle normale.

– Je suis certain que *normal*, c'est pour monsieur et madame Tout-le-monde, répond-il en me faisant un clin d'œil assorti d'un sourire malicieux. Mais ça ne s'applique pas à moi. Pas à nous. Ne me dis pas que tu as déjà oublié ?

Oublié ? Absolument pas. J'essaie juste de ne pas m'en souvenir. Après ces quelques jours supplémentaires coincée dans ce lit d'hôpital, non seulement je suis agitée mais en plus je suis prise au piège de mes hormones. Entre les visiteurs et les médecins, nous avons eu à peine le temps de nous retrouver seuls. Je suis prête à rentrer à la maison avec mon mari.

– Que penses-tu de la voiture ? demande-t-il.

– N'imagine pas un seul instant que je ne me rende pas compte que tu changes de sujet, lui dis-je d'un ton accusateur avant de regarder rapidement autour de moi. Ça va.

En vérité, elle plus que super-sexy. Des sièges en cuir de couleur fauve et un tableau de bord en bois vernis. Sans oublier que le siège passager a une véritable fonction massage. C'est incroyable, mais ce n'est toujours rien, comparé à l'homme qui la conduit.

C'est étonnant, je ne suis jamais montée en voiture avec lui au volant, et je n'ai jamais réfléchi à la question avant de le voir se glisser sur le fauteuil conducteur.

– *Ça va ?* répète-t-il. D'abord, tu ferais mieux de l'apprécier parce que ses équipements de sécurité sont sans pareil et qu'en plus, il y a plein de place pour le bébé.

Je me retourne pour regarder avec insistance les cinq sièges derrière nous et je reviens sur lui.

– Il y a assez de place pour asseoir une petite armée.

– Je me suis dit qu'on pourrait avoir besoin de place à l'avenir.

J'ai entendu la suggestion. La main que j'ai posée sur mon ventre caresse la petite bosse en espérant que notre fille se sente aussi aimée et en sécurité que je ne le suis maintenant.

– Tu es bien calme, remarque-t-il.

– Je suis heureuse.

Je murmure en regardant d'un air rêveur le paysage par la vitre avant d'ajouter :

– Ramène-moi à la maison.

Il lève ma main vers ses lèvres et me répond :

– Tes désirs sont des ordres.

***

Les mains d'Alexander restent fermement plaquées sur mes yeux lorsqu'il me fait traverser le hall de Clarence House pour regagner notre chambre. À chaque pas, j'anticipe un peu plus, mais malgré mes supplications il ne veut pas me donner le moindre indice sur ce qu'il a prévu.

– On y est presque, me promet-il en tournant doucement sur la gauche plutôt que de prendre à droite.

Confuse, je lui demande :

– On ne va pas dans notre chambre ?

– Mon chou, quand tu as une idée en tête, tu ne l'as pas ailleurs, murmure-t-il à mon oreille. Et cette idée est de me mettre nu dans ton lit, n'est-ce pas ?

– Tu es diabolique.

– Tu es impatiente, répond-il en riant.

Je suis impatiente. Après une heure coincée dans les embouteillages à ses côtés, mon corps n'en peut plus. Je suis presque certaine de pouvoir le convaincre d'adopter mon point de vue sur la question du repos alitée. Je n'ai qu'à le coincer tout seul pour commencer.

– Nous y sommes.

Il me relâche et pose la paume de sa main sur mes reins lorsque je cligne des yeux.

– Oh.

Des larmes menacent quand je comprends ce que je vois. Les murs de la pièce ont été recouverts d'un papier peint couleur champagne éclairé avec élégance par la lumière d'après-midi qui envahit le précieux espace. Une soie rose pâle encadre les immenses fenêtres qui surplombent les jardins de Clarence House. Alexander me dirige vers un fauteuil confortable qui a été placé près d'une cheminée au manteau sculpté. En m'y asseyant, je sens qu'il s'incline légèrement et je me rends compte que c'est un rocking-chair. Je dois faire un effort pour ravaler toutes les émotions qui m'envahissent. Une maison de poupée décorée est posée dans un coin. Elle est entourée d'animaux en peluche et de poupées. Un cheval à bascule est positionné parallèlement à mon fauteuil. Et près du mur opposé, sous un dais de dentelle, un berceau doré attend notre bébé.

C'est plus que je n'aurais pu l'imaginer. Plus que je ne me serais autorisée à imaginer il y a encore quelques jours.

Il me demande :

– Tu aimes ?

Je lève les yeux vers lui, frappée une fois encore par son allure puissante et brutale. Cet homme est une force de la nature qui m'a emportée bien avant que je me rende compte que j'étais en danger de tomber amoureuse de lui. Mais il est tellement plus que ça, et je sais maintenant qu'avec le temps, je découvrirai encore plus la beauté de son âme, cachée sous sa présence autoritaire. Il m'a conquise, il a pris possession de mon corps, volé mon cœur et maintenant, je sais qu'il me chérira autant que je l'aimerai pour le restant de nos jours.

– Comment as-tu… ? Tu ne m'as pas quittée un seul instant.

– C'est là tout le pouvoir d'un smartphone et d'un frère qui a bon goût, admet-il. Mais bon, j'ai quand même tout validé.

– Tu m'as dit que tu n'étais pas romantique.

Je l'accuse en essuyant les larmes de joie qui roulent sur mes joues.

– Je suppose que ça veut dire que tu aimes ?

– J'adore.

Je me lève d'un bond, me demandant un instant combien de temps je vais encore pouvoir faire ça avec ce ventre qui s'arrondit. En me promenant dans la chambre, je découvre une multitude de petites attentions qui me font redoubler de joie. Un vase gravé de l'étendard de l'Oxford and Cambridge Club accueillant une brassée de petites roses pâles. Une minuscule mais exquise réplique du London Eye posée sur une étagère près du berceau. À côté se trouve une photo prise à la volée d'Alexander et moi nous embrassant le soir où il m'a demandé de l'épouser.

Cherchant les mots au milieu des émotions qui m'embrument le cerveau, je lui dis doucement :

– Je croyais… que je ne me sentirais jamais chez moi ici, et même si ça me fait toujours l'effet d'un rêve, je peux l'entrevoir maintenant. Je peux nous voir ici. Tous les trois.

Alexander m'attrape par-derrière et passe ses bras autour de ma taille, posant ses mains sur mon ventre dans un geste protecteur.

– Je comprends. J'ai passé toute ma vie dans des endroits comme celui-ci et je n'ai jamais pensé que là était ma place. Mais maintenant, je sais. Un foyer n'est pas un endroit, mon chou. Pas pour moi. C'est *toi* mon foyer.

Il me relâche, mais avant que je puisse le prendre dans mes bras à mon tour, il tombe à genoux devant moi et pose sa tête contre mon ventre. Mes doigts s'emmêlent dans sa chevelure et je le retiens là. Nous restons agrippés l'un à l'autre – mari et femme, cœur et âme.

Alexander enfouit son visage dans le creux entre mes jambes, puis presse ses lèvres avec délicatesse sur l'arrondi de la nouvelle vie que je porte. Sa bouche se déplace, effleurant d'un souffle le fin tissu de ma chemise, mais je l'entends parler :

*– Je t'aime, ma princesse.*

Autrefois, il a cru que ces mots étaient une malédiction. Il les a retenus en lui pour se punir en mémoire du passé. L'entendre les dire maintenant à notre enfant me coupe le souffle.

Des larmes dansent dans mes yeux lorsqu'il lève la tête pour me regarder. Le voilà, ce *Pour toujours* qu'il m'a promis ce soir-là dans le London Eye. Nous avons dû nous battre pour en arriver là et je ne doute pas que la vie ensemble ne sera pas toujours facile. Mais Alexander en vaut la peine.

– Je n'ai pas su comment gérer quand j'ai découvert que tu étais enceinte. Elle a essayé de te prendre à moi et l'idée que tu portes notre enfant a rendu le poids de cette journée trop dur à porter. J'ai toujours voulu vous avoir toutes les deux, ajoute-t-il doucement. Mais je savais que je ne te méritais pas – alors comment aurais-je pu la mériter elle ? (Il embrasse une fois encore mon ventre.) Je suis retourné dans les ténèbres. J'ai cherché à me venger pour vous mériter.

Je caresse son visage, laissant traîner mes doigts sur sa légère barbe avant de me saisir de son menton.

– Je suis avec toi, même dans les ténèbres.

– Et même là, tu es ma lumière, murmure-t-il d'un ton rauque.

– Et je le serai toujours.

Pendant quelques secondes, aucun de nous deux ne prononce un mot, nous nous abreuvons simplement de la présence de l'autre, nous repaissant de la paix que nous avons enfin trouvée. Puis la main d'Alexander passe sous l'ourlet de ma chemise et se saisit de ma hanche.

– J'ai une confession à te faire.

Ses lèvres dessinent un sourire canaille qui envoie un signal d'alerte entre mes jambes.

– Ton corps est incroyablement sexy, mon chou. J'ai eu du mal à me concentrer ces dernières semaines en le voyant changer.

J'arque un sourcil sceptique, mais il secoue la tête, attrapant ma chemise, et se lève pour la passer par-dessus ma tête.

– Putain, tu es tellement voluptueuse. J'ai juste envie de te goûter des pieds à la tête.

*Oui, avec plaisir.*

Sans un mot, il me prend dans ses bras, me porte contre sa poitrine où je peux entendre les battements de son cœur contre mon oreille, puis m'emmène de l'autre côté du couloir vers notre chambre.

Ironiquement, mais sans essayer de me couvrir, je lui demande :

– Tu oublies qu'il y a du personnel chez nous ?

– Tôt ou tard, les trois cents personnes qui travaillent ici apprendront que je suis incapable de me retenir de te toucher.

Sa bouche esquisse un sourire prétentieux, comme s'il imaginait chacun des futurs incidents avec un membre du personnel complètement sous le choc.

Il me pose par terre mais garde un bras autour de ma taille. Il resserre sa prise lorsque son autre main attrape ma nuque dans un geste possessif.

Un gémissement m'échappe lorsqu'il incline la tête et entame un abominablement long voyage de baisers le long de mon cou et de mon épaule. Sa langue suit la courbe de mon sein alors que sa main le libère de mon soutien-gorge.

– Je ne pensais pas qu'ils pouvaient être encore plus parfaits, murmure-t-il. Mais je suis un homme qui sait admettre quand il a tort. Pleins et doux – ils sont absolument délicieux.

À ces mots, mon rire cède pour un petit cri quand je sens le bout de sa langue passer rapidement sur mon téton. Puis il le suce lentement et je soupire de plaisir. Alexander m'enflamme. En proie à une faim incontrôlable, mon sang s'échauffe, il circule à toute vitesse, laissant derrière lui une traînée de désir qui s'accumule là où mon besoin est le plus pressant.

– Oh, mon Dieu… s'il te plaît, X…

– Dis-moi ce que tu veux, m'ordonne-t-il. Ma bouche sur ta délicieuse chatte ?

– Oui.

Sa respiration s'accélère, elle est aussi forte et rapide que je le veux. Ses lèvres abandonnent mes seins et s'attardent sur le point sensible derrière mon oreille.

– Tu veux ma bite ?

– Pitié… s'il te plaît.

– Il va falloir que tu sois plus précise dans tes instructions.

Son souffle chaud m'envoie des frissons en cascade sur ma nuque.

– J'ai pris ma journée pour pouvoir te vénérer, alors dis-moi comment tu veux que je te baise.

– Brutalement.

Je crie.

Il claque de la langue pour marquer sa désapprobation.

– Tu es censée te reposer.

– On s'en fout du repos.

– Justement, parlons du foutre.

Il passe ses mains sous la ceinture de mon jean et le fait brusquement tomber au sol. Alexander ne perd pas de temps et glisse ses doigts à l'intérieur de ma culotte. Son pouce s'insinue dans les replis de mon anatomie et se pose directement sur mon clitoris palpitant.

– Je vais te faire jouir encore et encore, dit-il d'un ton suave. *À ma manière.* Doucement et lentement, mon chou.

– Oh, s'il te plaît. J'ai besoin de jouer. Il m'en faut plus.

Je gémis en me ruant contre lui.

– Et c'est ce que nous ferons… dans quatre mois, ajoute-t-il avant que ses dents ne se mettent à me mordiller le creux du cou. Pense que ce sont des mois de préliminaires. Même si c'est *satisfaction garantie.*

– Fais-moi simplement l'amour.

Je n'ai pas besoin d'en dire plus. Il attrape le col de sa chemise et la retire aisément en la faisant passer par-dessus sa tête, pendant que mes mains s'affairent à déboutonner et dézipper son pantalon, qu'il enlève d'un geste. Puis il attrape l'élastique de ma culotte pour la faire craquer. Nos bouches entrent en collision lorsqu'il me soulève contre lui. Je passe mes jambes autour de sa taille, me frottant contre son sexe, et mon désir se liquéfie à son contact.

Alexander me porte sur le banc décoré au pied de notre lit. Il s'y assied en tenant mes fesses fermement au-dessus de son membre érigé.

– Doucement, m'avertit-il alors que mes hanches s'inclinent pour s'abaisser sur lui.

Je plante mon regard dans le sien. Je sais ce qu'il a besoin d'entendre.

– Tu ne vas pas me blesser.

– Et si tu avais tort ? Je ne suis pas parfait.

J'attrape ses cheveux à pleines mains et je l'immobilise, refusant de le laisser se tourner.

– L'amour n'a rien à voir avec la perfection. L'amour, c'est quand deux personnes imparfaites choisissent de ne pas renoncer à l'autre.

– Je te choisirai toujours avant tout le reste.

Je ferme les yeux en les plissant très fort et j'appuie mon front contre le sien alors que sa puissante étreinte se relâche pour me permettre de le prendre complètement en moi. Les mains d'Alexander donnent l'impulsion à mes hanches alors qu'il va et vient en moi. Je porte mes mains sur le bas de son visage, remontant jusqu'à ses pommettes saillantes pour me guider, et je me balance contre lui. Nous suivons un rythme sensuel, nous prenons notre temps.

– Le voilà mon foyer, grogne-t-il en accélérant légèrement la cadence.

Mon « oui » se perd dans un cri d'extase lorsqu'il change de position pour me pénétrer plus profondément et je tombe dans le précipice, explosant en un million de petits morceaux que lui seul sait rapiécer. Notre amour est fait d'extase et de douleur, de renaissance et de destruction, de lumière et d'ombres. Il existe en dehors du temps et de l'espace, il s'étire infiniment pour plonger dans l'inconnu. Je m'agrippe à lui, aux réponses que j'ai trouvées dans ses bras, je n'ai plus peur de ce que l'avenir nous réserve. Je sais que nous pourrons y faire face ensemble.

# ÉPILOGUE

***Janvier***

Un rai de la lumière de l'aurore s'infiltre sur le parquet, j'attends en écoutant la douce respiration de ma femme. Au même instant, un léger vagissement retentit de l'autre côté de la pièce. Clara s'éveille, soupire encore ensommeillée et pousse la couette.

Je lui murmure :

– Je m'en occupe, mon chou.

Je remonte la couette sur elle et l'embrasse rapidement dans le cou avant de me glisser hors du lit.

Exigeant, le cri augmente à mesure que je m'approche du couffin.

– Est-ce qu'on t'a oubliée, princesse ?

Au son de ma voix, Elizabeth se calme et je la prends dans mes bras. Sa tête oscille légèrement et son regard se fait désapprobateur avant qu'elle ne l'enfonce dans le creux de mon épaule. J'effleure du bout des lèvres les mèches brunes qui bouclent sur sa tête.

– Ta maman a besoin de dormir, dis-je en l'installant contre ma poitrine alors que j'entends Clara se lever pour aller aux toilettes. Papa l'a tenue éveillée toute la nuit pour essayer de te fabriquer une copine pour jouer.

– Alors, c'est ça que tu faisais ? demande doucement Clara à l'autre bout de la chambre.

Je me balance au son d'une musique silencieuse, ce qui me vaut un gazouillis satisfait de mon public. Je sens une bulle d'amour prendre de plus en plus de place dans ma poitrine lorsqu'une petite main se pose sur mon menton. C'est mon moment préféré dans la journée : quand je me réveille auprès de ma femme et de ma fille.

Le corps de Clara se presse contre le mien et elle pose ses mains sur mes épaules en suivant mon rythme paisible.

Nous dansons dans la lumière tamisée du petit matin jusqu'à ce qu'Elizabeth se rende compte que sa mère s'est jointe à nous.

– Quelqu'un à faim. (Je la passe à Clara en laissant une main planer près de son cou.) Quand tu auras terminé, j'irai la changer.

Clara m'embrasse sur la joue avant de l'emporter vers le fauteuil près de la cheminée. Je les regarde s'installer pour la tétée avant d'aller à mon tour aux toilettes.

Lorsque j'en sors, Clara berce Elizabeth dans ses bras. Le soleil filtre à travers la jonction des rideaux, éclairant doucement son teint de porcelaine. Je m'immobilise, le regard braqué sur la vue qui s'offre à moi, alors qu'un souvenir bien précis me revient en mémoire. Les doigts d'Elizabeth s'enroulent autour de ceux de sa mère alors que Clara lui fredonne un petit air pour la rendormir. Notre fille sourit d'un air rêveur avant de se remettre à téter.

– Elle rigole, murmure Clara, ravie.

Mon cœur se comprime un peu plus. Chaque jour apporte son lot de petits moments qui nous surprennent.

Je dirige un pays, mais ces deux femmes sont mon monde.

La bouche d'Elizabeth s'éloigne du sein de sa mère lorsqu'elle sombre dans les rêves ; je la prends dans mes bras. Clara la relâche à contrecœur.

– Retourne te coucher.

– Tu es bien directif aujourd'hui, X.

Elle fait comme si elle était irritée en retournant se faufiler sous la couette.

– On devrait te couronner roi d'Angleterre. Oh, attends…

– Tu peux dire ce que tu veux, mais tu m'accompagneras, lui dis-je en ramenant Elizabeth à son couffin, décidant finalement de ne pas changer sa couche.

Je la repose dans son lit et me retourne vers ma femme.

Je retire la couette et j'avance vers elle. Elle ouvre un œil langoureux lorsque je remonte sa chemise de nuit en satin et que j'effleure le creux de son cou de mes lèvres.

– J'ai entendu ce que tu mijotais, dit-elle, pas tout à fait capable de réprimer un petit cri de plaisir lorsque je frôle ses tétons de mes lèvres.

Comme elle s'acclimatait à la maternité ces derniers mois, je n'ai pas pu les approcher, mais ce matin, je ne peux pas résister. En traçant les courbes de sa poitrine depuis leur pic, je descends, puis contourne son nombril du bout de la langue avant de faire une pause et de déposer un petit baiser sur la cicatrice sur son bas-ventre. C'est la raison numéro un pour laquelle je n'ai pas réussi à la convaincre qu'il était temps de remplir une autre chambre de ce palais.

– Je ne peux pas m'en empêcher. Tu es devenue encore plus sexy. Ça me donne envie de te faire des tas de choses encore plus folles.

Je le pense vraiment. Le corps de Clara s'est adouci avec la maternité, il est devenu une espèce de fantasme ultra-voluptueux. J'ai failli perdre la tête pendant les dix premières semaines après l'accouchement et depuis, je rattrape le temps perdu en mettant les bouchées doubles.

– Folles comme avoir un autre enfant alors qu'Elizabeth n'a pas encore un an ?

Je pose la paume de ma main sur sa jambe qui s'écarte dans une invitation ouverte. Je continue ma descente en embrassant la courbe interne de sa cuisse.

– Je pense qu'on devrait au moins s'entraîner.

– C'est une bonne idée, l'entraînement, dit-elle en respirant fort alors que ma langue s'insinue entre les plis de son intimité pour danser sur son clitoris gonflé.

– C'est ce que je me suis dit.

Je passe mon bras autour de sa jambe et la relève brusquement en me servant de mon épaule pour faire levier tout en continuant mon assaut.

Les mains de Clara agrippent les draps, attrapant un oreiller au passage pour étouffer ses cris, alors que ma langue va et vient sur ses chairs, lui rappelant à quel point l'entraînement peut être bon. Ses muscles se tendent, puis elle explose dans une longue série de tremblements.

Allongée, elle frémit en silence quand j'embrasse sa cuisse. Lorsque je recule un peu, elle en profite pour lancer l'oreiller de l'autre côté du lit et se mettre à genoux. Ses seins s'échappent de sa chemise de nuit lorsqu'elle attrape mon boxer. Je m'allonge, me laissant aller à la délicieuse sensation de sa langue sur ma bite. Elle me suce avec gourmandise, jusqu'à ce que je sente mes couilles se contracter et que je me dégage.

Je prends mon membre dans ma main et j'esquisse quelques mouvements lents lorsqu'elle retire sa chemise de nuit en satin, me révélant l'intégralité de son corps. C'est une merveille – tout en courbes et en tentations – et je l'observe, fasciné, alors que ses cheveux retombent par vagues sur ses épaules. Elle jette le vêtement par terre et avance à quatre pattes vers moi, puis pose ses lèvres sur les miennes.

Elle mordille ma lèvre inférieure, ajoutant un soupçon de douleur au plaisir.

– J'ai envie de jouer.

Depuis la naissance d'Elizabeth, lorsque nous faisons l'amour, c'est en douceur et dans l'euphorie la plus complète. Je ne peux pas m'empêcher de passer chaque moment en tête à tête avec Clara à la vénérer.

– Tu ne vas pas me briser, ajoute-t-elle en disant tout haut ce que je pense tout bas.

Son regard se tourne vers le mien, grand ouvert, comme une invitation, alors que je sens poindre l'élan primal de la domination.

Si seulement elle savait à quel point je suis incapable de lui résister – que chaque once de contrôle dont je fais preuve n'a qu'un seul but : prolonger son plaisir. Mes mains partent en premier, elles attrapent le bas de son visage et l'attirent brusquement vers moi. Elle gémit et j'écrase mes lèvres avec plus de force contre les siennes. De petits cris lui échappent alors que ma langue plonge dans sa bouche, suçant la sienne avec force et l'attirant plus profondément vers moi.

Je mets un terme à ce baiser et la prends par les hanches, puis je l'aide à s'allonger sur le ventre. Je lui lèche le dos sur toute la longueur alors que mes doigts s'enfoncent dans sa chatte.

– Tu mouilles tellement pour moi, mon chou. Tu es si serrée et tu mouilles tellement, lui dis-je en murmurant avant de lui mordre la fesse. À quatre pattes.

Elle se met sur les genoux, puis pose ses fesses sur ses talons. Sur un ton approbateur, je poursuis :

– Tu as tellement appris.

Je guide mon sexe entre ses jambes. Je fais glisser mon gland sur la longueur de son sexe trempé, avant de m'enfoncer dans les replis enflés de son intimité, m'attardant sur le petit paquet de nerfs. Elle respire avec difficulté.

Elle ajuste sa position pour s'ouvrir à moi. Je n'ai jamais rien vu d'aussi érotique – ses hanches ondulant vers moi. Je me repais de cette image, jusqu'à ce que la tentation l'emporte sur mon contrôle et que j'accepte son invitation.

Je la pénètre d'une poussée et me retire immédiatement. Je change d'angle en prenant mon temps avant de revenir en elle. Mes bras s'enroulent autour de sa poitrine, la maintenant en place alors que je reviens avec force. Une de mes mains remonte le long de sa gorge, attrape le bas de son visage et l'incite à s'étirer. Les lèvres de Clara s'ouvrent et aspirent mon pouce dans sa bouche.

Sa chatte se contracte autour de mon membre, elle me serre tant et plus alors que je poursuis mon avancée.

– J'aime quand tu prends les commandes, mon chou. Tu es si belle avec ma bite en toi, putain.

Je m'enfonce complètement et me livre au plaisir brutalement alors qu'elle aussi se laisse emporter. Je garde mes mains fermement autour d'elle lorsqu'elle s'effondre. Je la prends dans mes bras et je la guide vers le matelas et l'y maintiens jusqu'à ce qu'elle s'immobilise. Je passe au-dessus d'elle et reprends mes va-et-vient en douceur, rivant mon regard au sien.

– Merci, murmure-t-elle.

Je ne peux pas m'empêcher de sourire d'un air suffisant.

– C'est quand tu veux.

Ses yeux papillonnent langoureusement et elle passe sa langue sur sa lèvre inférieure alors que j'ondule du bassin. Sa main cherche la mienne.

– J'ai besoin de ton contrôle. J'en brûle d'envie.

– J'aime te donner ce dont tu as besoin, lui dis-je en effleurant le bas de son visage. Et j'aime prendre ce dont j'ai besoin. De toutes les façons possibles, dès que je le peux – c'est ce que j'ai prévu. Je t'aime.

– Promis ? murmure-t-elle.

Ma bouche se referme sur la sienne, scellant mon vœu alors que nous nous retrouvons encore une fois.

***

La meilleure amie de Clara me prend Elizabeth des bras à la seconde où elle arrive et se met à roucouler et babiller. Belle est devenue notre baby-sitter officieuse, car ni Clara ni moi ne sommes à l'aise à l'idée de la laisser pour l'instant avec une étrangère. Nous allons inévitablement devoir le faire rapidement. Mais avec la cérémonie d'aujourd'hui qui arrivait à grands pas, nous avons tous les deux convenu qu'il était plus rassurant pour Clara qu'Elizabeth reste avec quelqu'un qu'elle connaît.

– Tu es sûre que tu ne veux pas venir ? demande Clara pour la dixième fois depuis que Belle est arrivée.

– Tu vas kidnapper ma filleule pendant deux mois pour votre petit voyage, l'accuse-t-elle en caressant les joues rebondies d'Elizabeth, ce qui fait rire le bébé.

– C'est un voyage diplomatique, lui dis-je pour la corriger. Apparemment, les règles de congé parental ne s'appliquent pas à tout le monde dans ce pays.

– Si seulement tu avais le pouvoir de changer ça, taquine Clara en préparant une pile de couches.

– Nous avons programmé ce voyage officiel en Amérique avant…

Je ne termine pas ma phrase. Je ne veux pas faire remonter à la surface le passé que nous avons tenté d'oublier au prix de tant d'efforts.

– Avant Elizabeth, finit Clara.

Nos regards se croisent et je sais que nous pensons à la même chose. Notre monde a été créé lorsque nous nous sommes rencontrés, mais il n'a commencé à tourner qu'avec elle.

– Eh bien non, ça ne me manquera pas, dit Belle en revenant au premier sujet. Comment le couronnement d'une reine peut-il battre ça ?

Elle souffle un baiser sur le ventre d'Elizabeth.

– Peut-être qu'on devrait les laisser la couronner, elle, suggère Clara un sourire aux lèvres. Elle dirige déjà toutes nos existences.

– Je pense qu'elle a besoin d'un peu plus de temps.

Je prends Clara par le bras et l'escorte hors de la nursery, bien conscient du fait que nous n'avons pas beaucoup de temps avant de devoir sortir pour la procession du couronnement.

– Et toi ? demande doucement Clara. As-tu eu assez de temps ?

J'ouvre la bouche pour dire qu'évidemment oui – pour la rassurer. Mais alors, je secoue la tête et réponds :

– Je ne pense pas qu'on soit jamais assez préparé pour ce métier.

– Tu l'exerces depuis plus de huit mois, dit-elle en disparaissant dans le dressing. Ce n'est qu'une cérémonie.

Mais accepter la couronne, ça devient permanent. Être couronné est un engagement. Mes pensées s'envolent vers Elizabeth de l'autre côté du couloir. Il y a beaucoup de raisons pour lesquelles je ne voulais pas être roi. Mais les deux plus importantes ont effacé toutes les autres.

Ce n'est pas simplement parce que je suis en mesure de leur offrir sécurité et confort, c'est aussi parce que j'ai véritablement le pouvoir de rendre ce monde meilleur pour ma fille, pour qu'elle puisse y grandir. Je lui dois au moins ça.

Je donnerais ma vie pour elles deux, mais ça veut dire la donner même sans la menace du danger.

Clara ressort du dressing en portant sa robe de couronnement, tremblant légèrement pour tirer sur un gant de satin.

Je m'approche d'elle et dépose ma main sur les siennes, pour la calmer, jusqu'à ce qu'elle arrive à les enfiler.

– Tu remplis ces fonctions depuis huit mois, lui dis-je en répétant ses mots.

– C'est plus facile à dire qu'à croire, admet-elle.

Je recule de quelques pas en levant sa main pour l'inspecter.

– Putain, mon chou, tu es canon.

Sa robe ivoire a été brodée de centaines de fleurs dorées.

– Demain, tu devras m'appeler Ma Reine, blague-t-elle en se mordant nerveusement la lèvre.

– Ce soir, je vais vous montrer que je suis à votre service, Votre Majesté.

Ma bouche s'incline vers la sienne, collant son corps brusquement au mien. Un instant plus tard, elle me repousse, légèrement essoufflée.

– Tu n'arriveras jamais à venir à bout de toutes ces couches de tissu.

– J'aime relever des défis.

Quelqu'un frappe à la porte, ce qui met un terme à notre discussion. Mes lèvres lui promettent alors, en frôlant les siennes :

– Ce soir.

***

Quitter Clarence House est ce que nous avons à faire de plus facile aujourd'hui. Après bien des débats, l'équipe d'organisation du couronnement nous a proposé de prendre une autre route que celle que nous avions faite en avril dernier. Clara a refusé, insistant sur le fait que nos vies ne pouvaient pas être dominées par la peur.

La main qui agrippe avec force la mienne lorsque nous arrivons devant l'abbaye de Westminster me dit que c'est bien plus difficile pour elle qu'elle ne le laisse paraître.

Nos cauchemars sur cette matinée fatale se sont calmés, mais c'est la première fois que nous sommes forcés de revenir à la cathédrale. Ce ne sera pas la dernière, puisque le baptême d'Elizabeth aura lieu à notre retour d'Amérique. Nous avons blagué en disant que cette journée est une répétition pour la prochaine.

La sécurité a encore été renforcée ce matin. J'ai personnellement veillé à ce que Norris soit impliqué dans les opérations et qu'il les supervise. C'est lui qui nous accueille dans son grand uniforme de cérémonie sur le tapis rouge.

– Tout est sous contrôle, nous dit-il alors que nous nous saluons. Et si vous me le permettez, j'ose vous dire que vous êtes superbe, Votre Majesté.

Clara l'assassine gentiment du regard.

– C'est encore pire que Mademoiselle Bishop.

Il nous escorte à l'intérieur et s'incline légèrement avant de nous quitter.

– Je ne pourrais pas faire ça sans toi à mes côtés, lui dis-je en attirant son regard vers le mien alors que les trompettes se mettent à retentir pour signaler notre arrivée.

Elle tient mon bras, puis place ses doigts sur les miens. Nous restons dans cette position quelques instants, nous regardant à peine avant d'avancer, main dans la main, vers notre destin commun.

Merci d'avoir lu COURONNE-MOI. J'espère que vous avez aimé lire l'histoire de Clara et d'Alexander autant que j'ai aimé l'écrire.

J'aime recevoir des commentaires de lecteurs et de lectrices et j'adorerais entendre les vôtres. Comme vous avez pu le deviner, l'histoire de Clara et d'Alexander est terminée, mais il y a encore tant d'autres choses à raconter. Qui aimeriez-vous voir dans les prochains tomes de la Royal Saga? Envoyez-moi un e-mail pour me le dire: genevaleeauthor@gmail.com

Ce serait très sympa de votre part de prendre quelques minutes pour laisser une critique honnête de votre lecture sur la plate-forme de votre choix. Le succès d'un livre dépend en grande partie de lectrices et lecteurs comme vous. Une critique aide d'autres personnes à trouver mes livres, ce qui me donne les moyens de continuer à les écrire pour vous!

## REMERCIEMENTS

J'ai tellement de chance de pouvoir faire ce que j'aime et d'avoir dans ma vie des gens qui me soutiennent ! Je ne sais pas ce que je ferais si je ne pouvais pas me sortir ces personnages de la tête pour les coucher sur le papier.

Tout d'abord, je dois remercier mon agent Mollie Glick. Cette femme m'encourage à chaque étape de ma carrière, même lorsqu'elle pense que je suis folle. J'ai tellement de chance de t'avoir à mes côtés dans cette entreprise. Ce qui fait toute la différence, c'est ta volonté d'adaptation et d'apprentissage en même temps que moi. Je suis vraiment contente de ne pas m'être laissé intimider par ta génialitude et de ne pas m'être enfuie ! En avant toute !

Jessica Regal, je te remercie d'avoir si bien géré les ventes à l'international !

À toute l'équipe de Foundry Literary+Media, un grand merci. Vous êtes vraiment les meilleurs dans le milieu. Je suis honorée de faire partie de votre équipe.

Merci à Jess et Elise de m'avoir aidée à ne pas devenir folle ! Je serais perdue sans vous deux.

Vania et Chandler, les filles, vous êtes vraiment top ! Merci pour cette superbe couverture.

Je n'arrive pas à croire que ça ne fait qu'un an et demi que notre petit groupe de tarés inadaptés s'est réuni et a décidé d'écrire des cochonneries.

On dit que le succès repose en grande partie sur les gens qui nous entourent, alors merci ! C'est réconfortant de savoir que même maintenant que nos carrières solos décollent, notre petit groupe reste soudé. Merci à Laurelin Paige, Kayti McGee, Melanie Harlow, Tamara Mataya et Sierra Simone pour ton esprit obscène… oh et ton soutien.

K.A. Linde, C.D. Reiss, Whitney Garcia Williams, S.L. Scott, Corinne Michaels, Claire Contreras, Elisabeth Grace, Faith Andrews, RE Hunter, Livia Jamerlan, K. Bromberg, Viv Daniels, Kari March, E.K. Blair, Mia Asher, Aleatha Romig et Pepper Winters, merci d'avoir su rester naturelles. À vous seules, vous prouvez au quotidien que les femmes se serrent les coudes. Vous m'avez donné les moyens de devenir une auteure, vous m'avez aidée à prendre ce risque, vous m'avez inspirée pour tenir bon.

Un énorme merci à Lauren Blakely pour, en gros, savoir tout sur tout – non mais sérieux, vraiment tout ! Tu es l'une des personnes les plus généreuses que j'ai jamais rencontrée. Merci d'avoir pris le temps de discuter avec moi et de m'encourager. Tous les jours, j'ai hâte de découvrir ce que tu vas m'apprendre. Je te dois une tiare !

Ces livres n'existeraient pas sans la touche de Tamara Mataya et de Bethany Taylor – extraordinaires éditrices devant l'éternel. Je vous promets de ne plus jamais vous faire ça. Du moins pas sans vous envoyer une bouteille de whisky d'abord.

Merci à Cait Greer pour cette magnifique mise en page et cette pure et simple brillance !

Aux Dames de la Cour, non seulement vous savez organiser des soirées de dingue mais vous êtes également les meilleures lectrices dont un auteur pourrait rêver. La nuit, quand je n'ai pas envie de travailler, tout ce que j'ai à faire, c'est d'aller faire un tour sur vos commentaires. C'est vous qui me motivez plus que tout ! Je suis tellement heureuse d'avoir pu toutes vous rencontrer : Mettie Griffin, Jennifer Lynn Pearson-Thompson, Stephanie Huddleston, Natasha Audet Dingle, Kimberly Kelleman Kazawic, Shannon Mace Wing, Kimberly Bell Ward, Tanya King, Patty Champion, Kimberly Cooke, Mindi Lou, Elise Kratz, Krista Ricchi, Pamela Washington, Jeri Branson, Bonnie Doubleday Harmon, Inna Vaynberg, Felicia Webster Gerdes, Susan Fulop Decker, Kayla Orton, Holly Duve, Doreen Barnes, Maria Bardales, R.e. Rose, Allison Bryan Workman, Natalie Martinez, Kim Walker, Francisca Saldivar, Tammy Shaffer, Bambi Hamilton, Delilah K. Stephans, Dorie Bowen, Tammy Kyle, Brandi Ditmars Bradford, Becky Harley Martin, Chandler Steele Dollahite, Casey Britton, Sherrell Ladson, Kristin Kitts Nelson, Janelle Lee Schindler, Iveta Veličkaitė, Trish Henson Varney, Leoniza Monzon, Kristan Pace, Trisha Quarles Strubhar.

Je bois à la santé de tous les prochains événements en ligne complètement fous ! L'enterrement de vie de jeune fille de Clara était dément ! #GLRC

Un énorme merci bien spécial à Pamela Washington d'avoir créé ce groupe et de toujours être au sommet ! Je suis tellement fière de voir à quel point vous bossez dur pour aller jusqu'au bout de vos rêves. Allez-y, les filles !

Je ne le dirai jamais assez, mais je dois tellement aux blogueurs et aux blogueuses ! Merci de prendre le temps de lire et de critiquer mes livres. Je ne pourrais pas faire ça sans vous. Un merci tout spécial à Milasy et aux Rockstars of Romance d'avoir révélé la couverture du livre avec un tel talent ! Vous êtes vraiment classe. Un grand merci à Trish Mint pour sa lecture en temps réel. Ça me fait vraiment plaisir ! Et aussi pour tous ces posts quand j'ai besoin de distraction. Merci au Schemxy Girl Book Blog !

Merci à Making It Happen Book Blog, Angie chez Fan Girl Book Blog, Cocktails and Books, Summer's Book Blog, Ramblings from This Chick et à The Next Chapter. Il y a tellement de blogs vraiment géniaux qui ont soutenu ces livres que je sais que j'en ai oublié. Sachez que j'ai vraiment apprécié tous vos efforts.

Lindsey, je suis désolée de te faire subir ça. J'espère qu'Alexander rattrape tout ça. Je ne pourrais pas y arriver sans que tu me colles au train. Je t'aime, connasse !

Merci à ma famille d'avoir laissé du temps à maman pour écrire ses livres et particulièrement à mon mari qui fait preuve d'un soutien sans faille. Merci pour toutes ces recherches, chéri ! Et tu sais, aussi de m'avoir nourrie et de t'occuper de tout quand je suis dans la dernière ligne droite.

Et bien sûr, merci à vous de m'avoir lue ! Je vous parle à vous, les lecteurs. Votre passion pour les livres me permet de raconter des histoires. Tant que vous les lirez, je continuerai à les écrire, d'accord ? Merci pour toutes vos notes, revues, critiques, messages et votre enthousiasme. Alexander a les meilleures fans et lectrices de la Terre. J'espère qu'il ne sera pas trop jaloux quand je vous présenterai quelqu'un d'autre.

Merci.

AUDREY CARLAN
CALENDAR
GIRL
Mai
Hugo Roman

AUDREY CARLAN
CALENDAR
GIRL
Juin
Hugo Roman

AUDREY CARLAN
CALENDAR
GIRL
Juillet
Hugo Roman

AUDREY CARLAN
CALENDAR
GIRL
Août
Hugo Roman

AUDREY CARLAN
CALENDAR
GIRL
Septembre
Hugo Roman

AUDREY CARLAN
CALENDAR
GIRL
Octobre
Hugo Roman

AUDREY CARLAN
CALENDAR
GIRL
Novembre
Hugo Roman

AUDREY CARLAN
CALENDAR
GIRL
Décembre
Hugo Roman

JAY CROWNOVER

# Marked Men

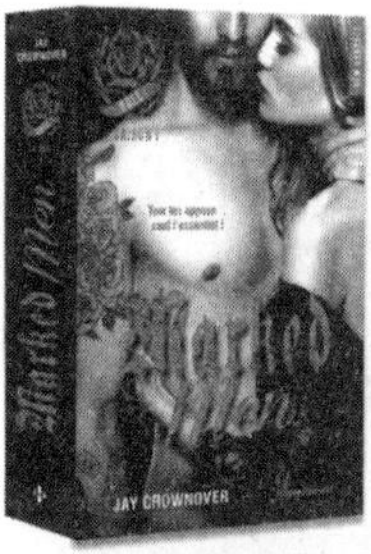


**MARKED MEN**
**RULE - SAISON 1**

**MARKED MEN**
**JET - SAISON 2**

**MARKED MEN**
**ROME - SAISON 3**

**MARKED MEN**
**NASH - SAISON 4**

**MARKED MEN**
**ROWDY - SAISON 5**

**MARKED MEN**
**ASA - SAISON 6**

Hugo Roman